クリスティー文庫
56

リスタデール卿の謎

アガサ・クリスティー
田村隆一訳

Agatha Christie

THE LISTERDALE MYSTERY
by
Agatha Christie

Translated by
Ryuichi Tamura
Published 2022 in Japan by
HAYAKAWA PUBLISHING, INC.
This book is published in Japan by
arrangement with
AGATHA CHRISTIE LIMITED
through TIMO ASSOCIATES, INC.

目次

リスタデール卿の謎 7
ナイチンゲール荘 47
車中の娘 95
六ペンスのうた 137
エドワード・ロビンソンは男なのだ 177
事故 209
ジェインの求職 231
日曜日にはくだものを 275
イーストウッド君の冒険 297
黄金の玉 333

ラジャのエメラルド　357
白鳥の歌　393
解説／福井健太　425

リスタデール卿の謎

リスタデール卿の謎
The Listerdale Mystery

1

セント・ヴィンセント夫人は足し算をしていた。一、二度ため息をつき、いつの間にか痛む頭のほうに手が伸びていく。昔から計算は嫌いだった。不幸なことに、昨今の夫人の生活ときたら、日々の支払い、つまり、こまごまとした生活必需品にかかる金をひっきりなしに合計すること一色に塗りつぶされているといったありさまで、おまけに、その合計がいつも彼女を仰天させ、狼狽《ろうばい》させるのだ。

こんな額になるわけがないわ！　計算をやり直す。ペンスの単位にちょっとした計算違いがあった。だが、それ以外は合っている。

セント・ヴィンセント夫人はまたため息をついた。いまにも頭は割れんばかり。ドアが開いたので目をあげると、娘のバーバラが部屋に入ってきた。バーバラ・セント・ヴィンセントはとても美しい娘だ。母親ゆずりの上品な顔立ち、ひいでた額も生き写しだ。だが、瞳は青ではなく、黒い。口元も母親とは違い、ちょっと魅力的で、すねたような赤い唇をしている。

「あら！　お母さま」彼女は大きな声でいった。「まだそのいやらしい請求書をひねくりまわしていらっしゃるのね？　そんなもの、みんな燃してしまいなさいよ」

「どういうことになっているか、ちゃんと知っておかないとね」セント・ヴィンセント夫人は曖昧《あいまい》にいった。

娘は肩をすくめた。

「わたしたちは一蓮托生《いちれんたくしょう》でしょ」娘はこともなげにいった。「金づまりなんか、なんてことはないわ。いつものように最後の一ペニーまで使っちゃえばいいのよ」

ヴィンセント夫人はため息をついた。

「なんとか――」言いかけて、口をつぐむ。

「わたしも何か仕事を見つけなくちゃ」バーバラはきびしい口調でいった。「それも大急ぎでね。わたしだって、例の速記とタイプのコースはちゃんと修了したのよ。でも、わたしの見たところでは、そういう女の子はほかにも百万人くらいいるんだわ。〝ご経験は？〟〝ございませんの、でも――〟〝そうですか！　わざわざ朝早くからお越しいただいてありがとう。では追ってご通知いたします〟よ。そのくせ、一度だって通知なんか来やしないんだから！　何かほかの仕事を探さなくちゃ——なんでもいいから」

「そんなに急がなくてもいいのよ」母親はなだめた。「もう少しお待ちなさい」

バーバラは窓ぎわへ行き、向かい側の薄汚れた家並みを見るでもなく、ぼんやりと外を眺めた。

「ときどき」彼女は元気のない口調でいった。「この前の冬、いとこのエイミーがエジプトなんかへ連れていってくれたりしなかったらよかったのに、と思うの。あら！　楽しかったのはわかっているわ——あんなに楽しかったのは生まれて初めてだったし、もしかすると、もう二度とあんなことはないんじゃないかと思うくらいよ。とても楽しかった——何から何まで楽しかったの。でも、それもほんの一時《いっとき》のことだった。つまり——ここへ帰ってきたんですもの」

彼女は片手を振って、ぐるりと部屋をさし示してみせた。ヴィンセント夫人はそれを目で追い、しょんぼりしてしまった。部屋は典型的な家具付きの安っぽい貸し間だった。ほこりだらけの葉ラン、見てくればかり派手な装飾のついた家具、ところどころ色あせたけばけばしい壁紙。間借り人と女家主の個性が奮戦したことを示すものがいくつかある。あちこちにひびが入って修理してあるので、売り物としての価値はゼロの上等な陶器が一つ二つ、ソファの背にかけてある刺繍入りの飾り布、二十年前に流行した服をまとった娘の水彩画。これにはまごうかたなくセント・ヴィンセント夫人のおもかげがある。

「ほかの生活を全然知らなかったら、問題はないわよ」バーバラはつづけた。「でも、アンスティーズのことを考えると――」

彼女は口をつぐんだ。何百年もセント・ヴィンセント家のものであったのに、いまではもはや人手に渡ってしまっている、あのほんとうになつかしいわが家のことを口にしてもいいものかどうかわからなかったからだ。

「もしもお父さまが――投機に手を出したりなさらなかったら――そして、借金なんかなさらなかったら――」

「あのね、おまえのお父さまはどう見ても商売に向くような方じゃなかったのよ」

セント・ヴィンセント夫人はやさしい口調できっぱりといった。バーバラは母親のそばに行くとなんとなくキスをし、つぶやいた。「かわいそうなお母さま。わたし、もう何もいわないわ」

セント・ヴィンセント夫人はふたたびペンを手にし、机の上にかがみこんだ。バーバラはまた窓辺に行った。しばらくすると娘が口を開いた。

「お母さま、わたし、今朝――ジム・マスタートンがいってきたんだけど、彼、わたしに会いにここへ来たいっていうの」

セント・ヴィンセント夫人はペンを置き、さっと顔をあげると、

「ここへですって？」と驚いたようにいった。

「だって、リッツに招待するなんて、とっても無理でしょ。あんな高級ホテルなんて」

バーバラは冷笑的にいった。

母親は悲しそうな顔をし、独特の嫌悪をこめてふたたび部屋を見渡した。

「そうなのよ」バーバラがいった。「うんざりする部屋だわ。清貧《せいひん》だなんて！　ほんとに聞こえはいいわよ――田舎にある白塗りの小さな家、趣味のいい模様の使い古した更紗《さらさ》、バラの花が生けてある花瓶、人まかせにせず自分で洗うダービー磁器のお茶のセット。こんなの小説の中のことよ。現実のロンドンっていうのは、駆け出しの安サラリーマンたちが住んでいるところよ。だらしないおかみさんたち、階段で遊んでいる薄汚れた子供たち、同宿人たちはみんな白人とインド人の混血みたいだし、朝食の鱈《たら》ときたらもうほんとに――ほんとになにもかも」

「もうちょっとね――」セント・ヴィンセント夫人が口を開いた。「でもね、本当いう

と、この部屋だって、そう長いこと借りていられないんじゃないかって、この頃そう思うようになったのよ」

「つまり、寝室兼居間だけの一つ部屋に引っ越すってことね――お母さまとわたし用に――あいやだ！　そしてルパートは屋根裏の押し入れってわけね。ジムが訪ねてきたら、階下のあのぞっとするような部屋で迎えることになるんだわ。壁を背にして意地悪婆さんたちがぐるりと座って編み物をしていて、わたしたちをじろじろ見て、例のいやらしい咳ばらいをするのよ！」

しばらく二人とも口をつぐんでいた。

「バーバラ」セント・ヴィンセント夫人がやっとの思いで口を開いた。「じゃあ――つまり――その気があるってこと？」

夫人は口をつぐむと、ちょっと顔を赤らめた。

「お上品な言い方をなさらなくたっていいのよ」バーバラがいった。「いまじゃそういうのは流行《はや》らないもの。ジムと結婚するのかっておっしゃるんでしょ？　彼が申し込んだら、喜んでそうするわ。でも、彼、申し込んでくれないんじゃないかと思って、わたしとっても心配なの」

「まあ、バーバラ」

「そうなの。一つには、いとこのエイミーといっしょにエジプトへ行ったとき、社交界で活躍してる（と小説なら書くとこでしょう）わたしを見たってことよ。彼はわたしを好きになったわ。でも、今度はここへ来て、こんなところにいるわたしを見るのよ！彼ってこっけいな人だし、いうなれば気むずかしくて旧式でしょ。わたし——わたしね、どっちかっていうと、だからこそ彼が好きなの。アンスティーズとか、あの村のことを思い出すのよ——なにもかも百年も昔のことみたいで。でも、とても——とても——ああ！　なんていったらいいのかしら——とても芳《かんば》しいの。ラヴェンダーの花のように！」

自分の熱っぽさにいささか恥ずかしくなり、彼女は声をあげて笑った。セント・ヴィンセント夫人はまじめな口調で率直にいった。

「わたしとしては、おまえがジム・マスタートンと結婚できるといいと思っているんですよ。あの男性《ひと》は——育ちもいいし、それにとても裕福だし。でも、そんなことは、わたしはあんまり問題にしてはいませんけどね」

「わたしにとっては問題だわ」バーバラがいった。「金づまりの生活なんて、もううんざりだもの」

「でも、バーバラ、そんなことをいったって——」

「お金がすべてじゃないとおっしゃるの？　いいえ、わたしにとってはお金がすべてよ。ほんとよ。わたし――ああ！　お母さま、わたしの気持ちがおわかりにならなくって？」

セント・ヴィンセント夫人はひどくみじめな顔をした。

「あの方がありのままのおまえを見てくださるといいんだけれど」夫人は思い悩んでいるようにいった。

「あら、もういいのよ。くよくよしたってしかたがないでしょ？　ものごとは楽しくやったほうがいいのよ。文句ばかりいってごめんなさいね。さあ、元気を出して、お母さま」

かがみこんで母親の額に軽くキスをすると、彼女は出ていった。

セント・ヴィンセント夫人は財政に関する仕事をすっかり放りだし、座り心地の悪いソファに腰をおろした。かごの中のリスのように、さまざまな想いが頭の中をぐるぐると駆けめぐっている。

〝男は見た目に左右されるものだなんて勝手なことをいう人もいるけれど、後になれば――婚約してしまえば、そんなことはなくなるものよ。婚約したら、彼だってバーバラがどんなにやさしくていい娘かってことがわかるはずだわ。でも、若い人たちって、と

ってもまっていねえ。

ってしまうものなのね。ルパートもいまではすっかり変わってしまったもの。わたしは子供たちに自分の考えを押しつけるつもりはないけれど。ちょっと違うのよ。でも、もしルパートがたばこ屋のあのいやな娘と婚約したら、わたしはきっとがまんできないでしょうね。あの娘だって、ほんとうはとってもいい娘なんでしょうよ。でも、わたしたちとは家柄が違うもの。何もかもやっかいなことばかり。かわいそうなバーバラ。わたしに何か――何かしてやれたら。でも、一体どこにお金があるというの？　ルパートを世の中に出すために、何もかも売り払ってしまったんですもの。実際、こんなことをしている余裕だってないんだわ〟

気分を変えようと思って、セント・ヴィンセント夫人はモーニング・ポスト紙を取り上げ、第一ページの広告をながめた。大部分は見ないでもわかっているものばかりだった。資本金を求めている人、資本金を約束手形で貸そうという人、歯を買うという人（彼女にはその理由がつねにわからない）、けっこういい値段がつくと楽観的に思って毛皮やガウンを売るといっている人たち。

突然、彼女ははっとして、ある広告に目を止めた。繰り返し繰り返し印刷されたその文字を読む。

〈上流階級の方に限る、ウェストミンスターの小住宅、豪華家具付、大切に使用してく

ださる方に貸したし。家賃は形式程度。仲介なし〉

ごくありふれた広告だ。これと似たような、いや——まったく同じといってもいいものを彼女はこれまでにもいくつも目にしていた。形式程度の家賃。罠《わな》はそこにあるのだ。にもかかわらず、夫人はそわそわした。それに、いろいろな思いから逃げだしたくてたまらなかったこともあったので、すぐに帽子をかぶると、広告に出ていた住所のほうへ行くバスに乗った。

そこの住所にあったのは不動産屋だった。開店したての繁盛している店ではなく、どちらかというと古色蒼然たる店だ。夫人はいささかおずおずと破ってきた広告を差しだし、くわしい説明を求めた。

応対に出た白髪の老紳士は考え深そうな顔をして顎をなでた。

「申し分ございませんです。はい、まったく申し分ございませんですよ、奥さま。この家、広告に出ておりますこの家は、チェヴィオット街七番地にございます。申し込みをなさいますか？」

「まず、お家賃のことをうかがいたいのですけれど」セント・ヴィンセント夫人はいった。

「なるほど！　お家賃のことでございますね。正確な額はまだ決まってはおりませんのですが、ほんの名ばかりだということは、わたくしが保証いたします」

「名ばかりといっても、いろいろありますもの」

老紳士はくすくす笑った。

「はい、よくある手でございますね――昔からある手でございます。しかし、その点につきましては、わたくしのことばをご信用ください。この物件にかぎって、そんなことはございませんから。週に二、三ギニー、おそらくそれ以上ということはないはずでございます」

セント・ヴィンセント夫人は申し込むことにした。もちろん、その家を借りられるかどうかはまだわからない。でも、要するに見るだけだっていいではないか。そんな家賃で貸すからには、何かゆゆしい欠陥があるにちがいないもの。

だが、チェヴィオット街七番地の屋敷を表から見上げたとき、夫人の胸はいささか高鳴ってしまった。アン王朝様式の美しい家で、手入れも完璧だったのだ！　白髪で、ちょっぴり頬ひげを生やし、大主教のような瞑想的な冷静さをたたえた執事が玄関ドアを開けた。情け深い主教さま、セント・ヴィンセント夫人はそう思った。

執事は好意的な態度で申し出に応じた。

「かしこまりました、奥さま。ご案内いたしましょう。いまからでもお住みになれるようになっております」

そして、夫人の先に立ってつぎつぎにドアを開け、部屋を見せた。

「こちらが客間でございます。それから、こちらが白塗りの書斎でございます。こちらをお入りになると化粧室でございます、奥さま」

完璧だった——夢のようだ。家具はどれも時代もので使い古されてはいるが、ていねいにみがきこまれている。目のあらい敷き物は美しいくすんだ渋い色で、どの部屋にも花を生けた花瓶が置かれている。家の裏手からはグリーン・パークを見渡すことができる。屋敷全体に古きよき日の魅力が満ち満ちていた。

涙がわきあがってくる。セント・ヴィンセント夫人はけんめいにこらえた。アンスティーズもこんなふうだったわ——アンスティーズも……

執事に気持ちを読まれてしまったかしら、と夫人は思った。たとえそうだったとしても、この執事は完璧に仕込まれている使用人だったから、もちろんそんなそぶりは見せなかった。夫人はこういう年配の使用人が好きだった。くつろいだ気分になれる。まるで友人みたいな感じなのだ。

「すてきなお屋敷ですわね」夫人は静かにいった。「ほんとにとてもすてき。拝見させていただいてよかったわ」

「奥さまおひとりでお住みになられるのでございますか？」

「わたしと息子と娘で住みますの。でも、気がかりなのは――」

夫人は口をつぐんだ。どうしようもないほどこの家に住みたかった――たまらなく。本能的に、執事はわたしの気持ちを見抜いている、と夫人は思った。執事は夫人のほうを見ずに、われ関せずといった私心のない口調でいった。

「いま思い出したのでございますが、奥さま、持ち主の方は、何よりもこの家にふさわしい方にお貸ししたいと思っておいでなのです。お家賃のことなど問題にしてはいらっしゃらないのですよ。ほんとうに大切に使ってくださって、この家のよさをわかってくださる方にお貸ししたいとお望みなのでございます」

「わたしにはこの家のよさがわかりますわ」セント・ヴィンセント夫人は小声でいった。

引き揚げようと思って夫人は踵《きびす》を返し、

「見せてくださってどうもありがとう」と丁重に礼をいった。

「どういたしまして、奥さま」

執事は直立不動のまま玄関口に立ち、通りを去っていく夫人の後ろ姿を見送った。夫人は思った。〝執事は知っているんだわ。わたしに同情しているのよ。彼も古い時代の人間なんだわ。わたしに借りてもらいたいと思っているもの――労働党員とかボタン製造業者なんかじゃなくて！　わたしたちのような人間は少しずつ少なくなっていくんだわ。でも、お互いにしっくりいくのよね〟

結局、夫人は不動産屋へはもどらないことにした。そうしたところで何かいいことがあるというのか？　家賃はなんとかなる――でも、使用人のことも考えなければならないのだ。ああした家には使用人が何人か必要だろう。

翌朝、夫人の皿の横に一通の手紙が置いてあった。例の不動産屋からの手紙で、チェヴィオット街七番地の家を週二ギニーで六カ月間賃貸したい、という申し出だった。手紙にはさらにこう書かれていた。〝ご承知かとは存じますが、使用人は家主負担で、あのままあの家で働くことになっております。めったにない申し出でございます〟

いかにもそのとおりだ。驚きのあまり、夫人は声をあげて手紙を読んでいた。さあ、質問の一斉射撃だ。そこで夫人は昨日の訪問のことを逐一話して聞かせた。

「お母さまったら、秘密にしてたのね！」バーバラが叫んだ。「ほんとにそんなにすてきなお家《うち》なの？」

ルパートは咳ばらいをし、まるで検事みたいな反対尋問を始めた。

「この話には何か裏があるよ。ぼくにいわせればくさい話だ。絶対にくさいよ」

「そんなことといったら、わたしの卵も匂うわよ」鼻にしわを寄せながらバーバラがいった。「いやあねえ！　どうしてまたこの話には裏がなきゃいけないのよ？　ほんとにあなたらしいわ、ルパート、なんでもミステリーにしなくちゃ気がすまないんだから。裏があるなんて、そういうのは、あなたがいつも読んでるぞっとするような探偵小説の中のことよ」

「その家賃ってのがお笑い草だよ」ルパートはそういうと、もったいぶってつけ加えた。「ロンドンの金融街《シティー》にいるとね、ありとあらゆる奇妙なことについて、ちゃんとわかるようになるのさ。いいかい、この話には何かとてもうさんくさいところがあるよ」

「ばかばかしい」バーバラがいった。「そのお家はお金持ちの男性《ひと》のものなのよ。そのひとはそのお家がとても気に入ってるから、どこかへ出かけているあいだ、だれか上品なひとに住んでもらいたいと思っているんだわ。何かそういったことよ。たぶん、家主はお金が目的で家を貸すんじゃないのよ」

「住所はどこだったっけ？」ルパートが母親に訊いた。

「チェヴィオット街七番地よ」

「ひゃあ！」彼はのけぞった。「こいつはおもしろいぞ。リスタデール卿が失踪した家じゃないか」

「確かなの？」セント・ヴィンセント夫人が疑わしそうな口調で訊ねた。

「そうさ。あのひとはロンドン中にいっぱい家を持っていたんだけれど、住んでいたのはあの家だったんだよ。ある晩、クラブへ行くといいおいて、あの家から徒歩で出かけたんだ。それっきりだれも姿を見ていないのさ。東アフリカかどこか、そういったところへ逃げだしたんだといううわさだけど、ほんとうの理由はだれも知らないんだ。あの家の中で殺されたんだよ、まちがいない。鏡板がたくさん張ってあるんでしょう？」

「え、ええ」セント・ヴィンセント夫人はおずおずと答えた。「でも――」

　ルパートはうむをいわせなかった。そして、猛烈に熱っぽい口調でしゃべりつづけた。

「鏡板だよ！　それだ。どこかに秘密の場所があるにちがいない。死体はそこに隠されていて、いまでもそこにあるんだ。おそらく最初に防腐処理をしたんだろうな」

「ルパートったら、ばかなことをいわないでちょうだい」母親がいった。

「ばかばかしいにもほどがあるわ」バーバラがいった。「あなた、オキシフルで髪をブロンドに漂白してるあの娘《こ》と映画を観すぎてるからよ」

　ルパートは重おもしい態度で立ちあがった――ひょろひょろと背ばかり伸びて、手に負えない彼くらいの年頃の若者に特有の、あのもったいぶった態度だ。そして、最後通牒を下した。

「その家を借りなさい、お母さん。ぼくが秘密を突きとめてみせる。細工は流々だよ」

会社に遅れないように、ルパートは大急ぎで部屋を飛びだしていった。

二人の女は顔を見合わせた。

「借りられるの、お母さま？」バーバラがびくびくしながら小さな声でいった。「ああ！　ほんとに借りられるんだったら」

「問題は使用人なのよ」セント・ヴィンセント夫人は哀れっぽい声を出した。「食べさせなければならないもの。わかるでしょう。わたしは、もちろん、そうしたいのはやまやまなんだけど――無理なのよ。わたしたちだけなら――べつに何もなくたって――楽にやっていけるんだけれど」

夫人は悲しそうにバーバラを見つめた。娘はうなずいた。

「よく考えてみなくてはね」母親がいった。

だが、じつをいうと、夫人の心は決まっていたのだった。娘の瞳がきらりと光ったのを見てしまったのだ。夫人は思った。〝この娘はこの娘にふさわしい環境の中でジム・マスタートンに会わなければ。これはチャンスだわ――すばらしいチャンスなのよ。逃がしてはならないんだわ〟

夫人は腰をおろし、不動産屋宛に申し出を承諾する手紙をしたためた。

2

「クウェンティン、このユリの花はどこから届いたの？　わたし、高価なお花はほんとうに買えないのよ」

「キングス・チェヴィオットの別荘から届けられたのでございます、奥さま。ここではそういう習慣になっておりますので」

　執事はそういうと引きさがった。セント・ヴィンセント夫人はほっとため息をついた。クウェンティンがいなかったらどうだろう。彼はあらゆることをらくらくと片づけてくれるのだ。夫人は思った。〝あんまりうまくいきすぎるわ。これでは長つづきするわけがない。きっともうじき目が覚めるのよ。そうなるのはわかってるわ。そして、何もかも夢だったってことになるんだわ。わたし、ここでとても幸せに暮らしている——もう二カ月、それもあっという間に過ぎてしまったわ〟

　実際、びっくりするほど楽しい生活だった。執事のクウェンティンはチェヴィオット街七番地の専制君主としてその能力を発揮していた。「すべてをわたくしにおまかせくださいますなら、奥さま」と、うやうやしくいうのだ。「いちばんうまくいくということがおわかりいただけると存じます」

一週間ごとに彼は夫人に家計簿を見せるのだが、経費の合計は驚くほど少額だった。ほかの使用人はコックとメイドの二人だけだった。この二人の態度も気持ちのいいものだったし、仕事の手際もよかったが、この家をとりしきっているのはクウェンティンだった。ときどき猟の獲物や家禽《かきん》の肉が食卓に登場し、セント・ヴィンセント夫人は気をもんだが、クウェンティンはこういって夫人を安心させるのだった。リスタデール卿の領地キングス・チェヴィオットから送ってまいりましたものでございます。また、あるときは、ヨークシャーにございます卿の猟場から送ってまいったものでございます。

「以前からこういう習慣になっておりますので、奥さま」

こうしたことばを不在中のリスタデール卿が認めるだろうか、とセント・ヴィンセント夫人は内心思っていた。クウェンティンは自分の主人の威光を勝手に乱用しているのではないかと疑いはじめていたのだ。執事がセント・ヴィンセント家の人びとに好意を寄せているのは明らかだったし、その目を見れば、夫人たちのためになることならなんでもやる気でいるのがわかる。

ルパートが宣言したことに好奇心をかきたてられたセント・ヴィンセント夫人は、二度目に不動産屋を訪れた際に、ためしにリスタデール卿のことについてふれてみた。白髪の老紳士はすぐさまこう答えた。

はい、リスタデール卿は東アフリカにおられます。この十八カ月間、ずっとかの地にご滞在なのですよ。

「わたしどものご依頼人は、ちょっと変わった方でございましてね」不動産屋は相好をくずした。

「たぶんご記憶かと思いますが、卿はきわめて型破りなやり方でロンドンを出ていかれましてね。だれにも一言も告げずにです。新聞記者がそれをさぐり当てましてね。スコットランド・ヤードの捜査も現実に始まったのです。折も折、東アフリカにおられるリスタデール卿ご自身から知らせがございまして、卿はいとこのカーファックス大尉に代理委任権を与えられました。現在はこの方がリスタデール卿に関することはいっさい処理しておられるのです。はい、いささか変わったお方でございますな。しょっちゅう未開地を旅行しておられまして——この先数年間はイギリスへは戻っておいでにならないと見て、まずまちがいないでしょうな。だいぶお年を召した方なんですが」

「たしか、そんなにお年寄りじゃなかったはずですわ」セント・ヴィンセント夫人がいった。いつだったか写真入り雑誌で見た、ちょっとエリザベス朝時代の船乗りに似た、顎ひげを生やした無愛想な卿の顔を、突然思い出したのだ。

「中年でございますな」白髪の老紳士がいった。「貴族年鑑によりますれば五十三歳です」

若者のお先走りをたしなめるつもりで、セント・ヴィンセント夫人は、この話をそっくりそのままルパートに話して聞かせた。

だが、ルパートは平然としたものだった。

「ますますくさいとぼくは思うな」断固たる口調で彼はいった。「そのカーファックス大尉っていうのは何者なんだろう？　おそらく、リスタデール卿の身に万一のことがあったら、その男が相続するんだよ。東アフリカから来たっていう手紙も、たぶんにせものだな。三年かそこらのうちに、そのカーファックスが卿の死亡宣言をして、爵位を継ぐよ。そして、全財産を自分のものにしてしまうんだ。大いにくさいよ」

とはいえ、彼もこの家のすばらしさを認めるのにはやぶさかでなかった。暇を見つけては鏡板を叩いて回り、秘密の場所はないかと入念な調査をつづけてはいたが、少しずつ彼のリスタデール卿の秘密に対する興味は薄らいでいった。同時に、たばこ屋の娘に対しても、さほどの熱意を示さなくなった。どうもそんな雰囲気なのだ。

バーバラはこの家に大いに満足していた。一度訪れて以来、ジム・マスタートンは頻繁に出入りするようになっていたし、彼とセント・ヴィンセント夫人はまことに意気投合していた。そんなある日、彼はこんなことをいってバーバラをぎょっとさせた。

「この家は、きみのお母さまにほんとうにぴったりだね」

「お母さまに？」

「ああ。この家はお母さまのために建てられたんだよ！　何かふしぎな力でお母さまはこの家に結びつけられている。この家にはなんとなく奇妙な雰囲気があるだろう。どことなく不気味で、幽霊が出そうな感じがする」

「ルパートみたいなことをいわないでちょうだい」バーバラは哀願した。「彼は、カーファックス大尉っていう悪人がリスタデール卿を殺して、死体を床下に埋めたんだって信じてるの」

マスタートンは声をあげて笑った。

「ルパート君の探偵熱にはびっくりだね。ぼくがいってるのは、そういうことじゃないんだ。でも、なんとなく気配がするんだよ。よくわからないけれど、どことなくおかしな感じがするんだ」

チェヴィオット街で暮らすようになってから三カ月。ある日バーバラが顔を輝かせながら母親のところへやってきた。

「ジムとわたし――わたしたち婚約したのよ。そうなの――昨夜。ああ、お母さま！

何もかも、おとぎ噺《ばなし》が実現したみたい」

「まあ、バーバラ！　よかったわねえ――ほんとによかったこと」

母親と娘はしっかりと抱き合った。

「ジムったら、わたしを愛しているのとおんなじくらい、お母さまのことも愛しているのよね」やっとのことでバーバラはそういい、いたずらっぽく微笑んだ。

セント・ヴィンセント夫人は非常にかわいらしく頬を染めた。

「ほんとなのよ」娘はいい張った。「お母さまはこの家がわたしにぴったりだと思ったんでしょ。でも実際は、いつだってお母さまにぴったりなんだわ。ルパートとわたしにはあんまりぴったりじゃないのよ。お母さまにぴったりなのよ」

「ばかなこといわないでちょうだい」

「ばかなことじゃないわ。この家には魔法がかけられているお城みたいな雰囲気があるんですもの。お母さまは魔法をかけられたお姫さまで、クウェンティンは――ええと――そうだわ！　博愛心のある魔法使いよ」

セント・ヴィンセント夫人は声をあげて笑い、最後のことばはそのとおりだと思った。

ルパートは姉の婚約の話をきわめて冷静に受け取った。

「なんとなくそういうことがあるんじゃないかと思ってたよ」とわけ知り顔でいったの

だ。

彼と母親と二人きりで夕食をとっているときだった。バーバラはジムといっしょに外出していた。

クウェンティンは彼の前にポートワインを置くと、音も立てずに引きさがった。

「奇妙な男だね」閉じられたドアのほうへ顎をしゃくってみせながらルパートがいった。

「どことなくおかしなところがあるよ。わかるでしょう、なんとなく——」

「くさい、っていうんでしょ？」ちょっと微笑みながらセント・ヴィンセント夫人が口をはさんだ。

「あれ、お母さん、どうしてぼくがいおうとしてたことがわかったの？」ルパートが大まじめに問いただした。

「おまえのお家芸みたいなものじゃないの。なんでもくさいと思うんだから。リスタデール卿を殺して床下に埋めたのはクウェンティンだって思っているんでしょう」

「鏡板の裏だよ」ルパートが訂正した。「いつもちょっとまちがえるね、お母さん。ちがうんだ、その点については調査ずみなんだよ。当時、クウェンティンはキングス・チェヴィオットにいたんだ」

セント・ヴィンセント夫人は息子に微笑みかけ、テーブルを立つと客間へ行った。ある意味で、ルパートはまだ子供なのだ。

とはいえ、リスタデール卿はなぜあんなに忽然《こつぜん》とイギリスから姿を消したのだろうという疑問が、突然、夫人の胸にわきあがった。そんなことを考えたのは初めてだった。あれほど唐突に決意したからには何か理由があったにちがいない。その点について考えつづけていた夫人は、コーヒーの盆を持って入ってきたクウェンティンに衝動的に話しかけた。

「あなたはリスタデール卿のところには長いのでしょう、クウェンティン？」

「さようでございます、奥さま。二十一のときからで、ご先代さまがまだご健在でいらっしゃいました。三人従僕がおりまして、一番の下っ端としてお仕えしたのでございます」

「それならリスタデール卿のことはきっとよくご存じのはずね。どんな方なの？」

夫人が砂糖を取りやすいように少し盆を回しながら、執事はまったく事務的だとさえいえる口調で答えた。

「リスタデール卿は、たいへんわがままな方でした、奥さま。他人にまったく思いやりのない方で」

執事は盆を持って部屋を出ていった。コーヒー茶碗を手に、セント・ヴィンセント夫人は当惑して眉をひそめた。執事の意見はべつとしても、いま、彼がいったことの中に何かおかしなことがあったような気がしたのだ。すぐにはたと思いついた。

クウェンティンは、〝です〟とはいわずに〝でした〟といったのだ。だが、それなら、彼の考えはきっと——いや、確信しているのは——夫人はきちんと座り直した。わたしもルパートみたいに懐疑的になっているわ！　だが、彼女はきわめてはっきりとした不安にとりつかれてしまった。以後、夫人が抱きつづけた疑惑は、まさにこの瞬間に芽ばえたのだ。

バーバラの幸せと未来とが保証されたおかげで、夫人にはあれこれと自分のことを考える余裕ができた。だが、そうなると、思いはいやおうなしにリスタデール卿の謎に集中してしまうのだ。真相はどういうことなのだろう？　何はともあれ、クウェンティンは何か知っているのだ。〝とてもわがままな方でした——他人にはまったく思いやりのない方で〟——あのことばはどうも奇妙だ。どういう意味なのだろう？　判事のように私心のない、公明正大な口調だったけれど。

クウェンティンはリスタデール卿の失踪に関係しているのだろうか？　何か悲劇があったとして、彼も一枚かんでいたのだろうか？　ルパートの憶測も、聞いたときにはばかばかしいと思ったが、結局、代理委任権のことが書いてあったという東アフリカから来たった一通の手紙のことだって——なるほど、いかにも疑わしい。だが、どう考えても、夫人にはクウェンティンがほんものの悪党だとは信じられなかった。クウェンティンはいい人だ、と夫人は何度も自分にいいきかせた——子供がそういう言い方をするように、夫人はこのことばをごく単純な意味につかったのだった。クウェンティンはいい人なのだ。だが、彼は何かを知っている！

彼女は執事に、二度と彼の主人のことを訊かなかった。この一件は当面忘れられたかたちになった。ルパートとバーバラにはほかにも考えることがあったので、この問題がさらに話題になることもなかった。

夫人が漠然と推測していたことが一転して現実のかたちとなってあらわれたのは、八月も終わりにさしかかる頃だった。ルパートはオートバイとトレーラーを持っている友人といっしょに、二週間の休暇旅行に出かけていた。出発してから十日ばかりたったある日のことだった。書きものをしていたところへ彼が飛びこんできたのだ。セント・ヴィンセント夫人はびっくりしてしまった。

「ルパート！」夫人は叫んだ。

「わかってるよ、お母さん。あと三日ばかりは帰ってこないと思っていたんでしょう。でもね、ちょっとした事件が起きたんだよ。アンダーソンが——ほら、ぼくの友人の——

──行き先はどこでもいいっていうんで、ぼく、キングス・チェヴィオットをちょっとのぞいてみようっていったんだ──」

「キングス・チェヴィオットですって？　でも、またどうして──？」

「この家のことについて、ぼくがいつもくさいと思っていたことはよく知ってるよね、お母さん。だから、ぼくは、その古い屋敷をのぞいてみたんだ──貸し家になってるから──問題はなかったんだよ。何か具体的なものを発見できるとは思ってなかったけど──ただ、いうなれば、嗅ぎまわってみたんだ」

なるほど、そのときのルパートは犬そっくりだったろうと夫人は思った。なんだかよくわからない、曖昧模糊としたものを求めて、本能のおもむくままに、せかせかと夢中になって嗅ぎまわったのだ。

「村を通り抜けて、十二キロか十三キロばかり行ったときに、偶然見かけたんだよ──彼を」

「だれを見かけたんですって？」

「クウェンティンをだよ──ちょうど、あるコテージに入っていくところだったんだ。こいつはなんだかくさいぞと思ってね、車を停めて引き返したんだ。ぼくがそのコテージのドアをノックすると、彼が自分で開けたんだよ」

「でも、よくわからないわ。クウェンティンはどこへも行かなかったもの――」

「話はこれからなんだ、お母さん。黙って聞いてくれよ、じゃましないで。その男はクウェンティンだったけどクウェンティンじゃなかったんだ。どういう意味かわかるかな」

セント・ヴィンセント夫人が狐につままれたような顔をしているので、彼はさらに説明をつづけた。

「彼はたしかにクウェンティンだったんだ。でも、ぼくらの知ってるクウェンティンじゃなかったんだよ。彼がほんもののクウェンティンだったんだ」

「ルパート！」

「まあ聞いてよ。ぼくも最初はすっかりだまされちゃったんだ。で、〝グウェンティンだろ？〟って訊くと、そのじいさん〝さようでございます。何かご用でも？〟っていうんだよ。それで、これは人違いだってことがわかったんだ。もっとも声から何からそっくりだったけどね。二、三質問してみて、すっかりわかったよ。そのじいさんは、何やらうさんくさいことが起きてるなんて、夢にも考えていなかったんだ。彼はたしかにリスタデール卿の執事だったんだけど、年金をもらって退職して、そのコテージももらったんだよ。ちょうどリスタデール卿がアフリカへ渡ったと思われる頃にね。それからどうなったかはわかるでしょう。この家にいるあの男は、詐欺師なんだよ——何か含むところがあって、クウェンティンになりすましているんだ。ぼくの推理だと、あいつはあの晩、キングス・チェヴィオットの執事を装ってロンドンに来て、リスタデール卿に面会して彼を殺し、死体を鏡板の裏に隠したんだ。こんなに古い家だもの、どこかに秘密の場所があるに決まっているよ——」

「ああ、そんな話、もう二度としないでちょうだい」セント・ヴィンセント夫人は激しい口調でさえぎった。「がまんできないわ。一体全体どうして彼が——わたしが知りたいのは、そこなのよ——どうして？　もし彼がそんなことをしたんだとしたら——わたしには全然信じられないけど——理由はなんなの？」

「そのとおりなんだ」ルパートがいった。「動機——それが重要なんだ。ぼくはもうちゃんと調査したんだよ。リスタデール卿は家を持っていたんだ。この二日間で突きとめたところによると、この十八カ月間、そういう持ち家は一つ残らずぼくらみたいな者に貸し家として提供されているんだよ。家賃はほんの名ばかり——おまけに使用人付きという条件でね。そして、どの家にもクウェンティンが——あのクウェンティンと自称している男のことだよ——ある期間、執事として入りこんでいるんだ。何かが——宝石とか秘密書類みたいなものが——リスタデール卿の持ち家のどれかに隠してあって、ギャングたちはどの家なのか知らないみたいな感じじゃないか。ぼくはギャングだと思うな。でも、もちろん、ここにいるクウェンティンって男の単独犯行の可能性もある。だって――」

セント・ヴィンセント夫人は断固たる態度でさえぎった。

「ルパート！　ちょっとお黙りなさい。頭が変になりそうだわ。とにかく、おまえのいうことはみんな根も葉もないことよ――ギャングだとか秘密書類だとか」

「別の見方もあるんだよ」ルパートも認めた。「このクウェンティンって男は、リスタデール卿に侮辱されたことがあるのかもしれないってことさ。ほんものの執事が、サミュエル・ロウっていう男の話をあれこれ聞かせてくれたんだけど――庭師の下働きをしてた男でね、背格好がクウェンティンととてもよく似ていたんだって。この男がリスタデール卿に恨みを抱いてて――」

セント・ヴィンセント夫人はぎくりとした。

〝他人にはまったく思いやりのない方〟ということばが、感情のない控え目なあの口調のままに思い出されてくる。曖昧なことば。でも、このことばの意味するところは？

夢中になって考えていたために、夫人はルパートの話などうわの空も同然のありさまだった。夫人にはよくわからないことを何か早口に説明すると、彼はあわただしく部屋を出ていった。

しばらくして、夫人はわれに返った。ルパートはどこへ行ったのかしら？　何をするつもりなのかしら？　最後はなんていっていたのだろう。たぶん警察へ行くつもりなんだわ。もしそうだとしたら——

不意に立ちあがると、夫人はベルを鳴らした。いつものように、すぐさまクウェンティンがあらわれた。

「お呼びでございますか、奥さま？」

「ええ。どうぞ入ってちょうだい。ドアを閉めて」

執事はいわれたとおりにし、セント・ヴィンセント夫人は少しのあいだ黙りこくったまま、熱心に執事の様子を観察した。

夫人は思った。〝このひとはわたしに親切だったわ——どんなに親切だったか、だれにもわからないくらい。子供たちにもわからないんだわ。ルパートのあのひどい話は、一から十まででたらめかもしれない——でも、もしかすると——そうよ、もしかするとら？　正しい部分もあるのかもしれない。どうしてはっきりさせなければいけないのかしら？　だれにもわかりっこないことなんだもの。正しかろうとまちがっていようと、わたしはつまり……。そうよ、わたしは生命を賭けよう——そうよ、そうしましょう！——

——彼がいい人だというほうへ〃

頬を染めて、夫人はおずおずと口を開いた。

「クウェンティン、ルパートがたったいま帰ってきたの。あの子、キングス・チェヴィオットまで行ってきたんです——あそこの近くの村で——」

夫人は口をつぐんだ。彼が思わずさっと驚きの色を浮かべたのに気がついたからだ。

「あの子は——ある人に会ったんです」夫人は慎重につづけた。

夫人は思った。〝ほら——この人は用心してる。とにかく警戒してるわ〃

最初にぎょっとしたような様子を見せはしたものの、クウェンティンはいつもの冷静さを取りもどしていた。だが、油断のない鋭い目つきで夫人の顔を凝視している。夫人には見たことのない何かがこもった目つきだ。初めて見る男の目。使用人の目ではない。

彼はちょっと躊躇したが、やっと口を開いた。これまたいつもとは微妙に違う声音だった。

「どうしてわたくしにそんなことをおっしゃるのですか、セント・ヴィンセント夫人？」

夫人が答える間もなくいきなりドアが開き、ルパートが意気揚々と入ってきた。その横には、ちょっぴり頬ひげをはやし、慈悲深い大主教のような品のいい中年の男が立っていた。クウェンティンだ！

「この人がほんもののクウェンティンだよ」ルパートがいった。「表のタクシーの中に待たせておいたんだ。さあ、クウェンティン、この男を見てくれ――サミュエル・ロウかい？」

ルパートは得意の絶頂だった。だが、それも束の間のことだった。まさに一瞬のうちに、何かおかしいことに気づいたのだ。ほんもののクウェンティンが当惑したような顔をして困り切った様子でいるのに、第二のクウェンティンはといえば、だれはばかることなく、いかにもおもしろそうに満面に笑みをたたえているのだ。

執事は当惑しているそっくりさんの背中を軽くたたいた。

「もういいよ、クウェンティン。どうせいつかはばれるんだから。わたしの正体をいってもいいよ」

上品な男は威儀を正し、

「この方は」と非難がましい口調で発表した。「わたくしのご主人、リスタデール卿でございます」

3

たちまち事態は一変した。まず、得意の絶頂にあったルパートが、完璧なまでにしょんぼりしてしまった。これからどういうことになるのかわからぬまま、真相を知った驚きにあんぐりと口を開けて、彼はわれ知らずドアのほうへそっとにじり寄っていた。耳慣れた、それでいて耳慣れぬ友好的な声が、親しげに呼びかけた。

「いいんだよ、きみ。大したことじゃないんだ。だが、わたしはきみのお母さんとちょっと話がしたいんだ。わたしの秘密を嗅ぎだしたきみの手腕は大したものだよ」

ルパートは踊り場に出て、閉められたドアを穴のあくほど見つめていた。横に立っているほんもののクウェンティンの唇から、おだやかな説明のことばがよどみなく流れ出てくる。部屋の中では、リスタデール卿がセント・ヴィンセント夫人の前に立っていた。

「説明させてください——もしよろしければ！　生まれてこのかた、わたしはずっとわがままで身勝手な男でした——ある日、それをしみじみと感じましてね。そこで、変身するために、ちょっとした愛他主義的なことをやってみようと思ったのです。そこで、一風変わった道化になって、風変わりな仕事を始めました。あれこれと寄付をしましたが、何かを自分で行なわなければならないと思ったのです——そう、何か個人的なことをです。わたしはかねてから、ある階級の人たちを気の毒に思っていました。物乞いをすることもできず、黙々と耐え忍ばなければならない人たち——家柄のよい貧しい人たちをです。わたしにはたくさん持ち家がある。そこで、これらの家をみなさんに——こうした家を必要としていて、大切に使用してくださる方がたにお貸ししようと考えたわけです。自分の力でなんとかやっていこうとしている若夫婦とか、世の中に出たばかりの息子さんや娘さんを抱えた未亡人といった人たちにね。クウェンティンは、わたしにとっては執事以上の存在なのです。彼は友人なのですよ。彼の同意と助力とを得て、わたしは彼になりすましました。わたしにはもともと役者としての素養がありましたからね。このアイディアは、ある晩、クラブへ行く途中で思いついたんです。で、クウェンティンと相談するために、そのまま行方不明になったわけです。わたしが失踪したということで、みんなが大騒ぎをしているのを知ったので、東アフリカから手紙を出したように見せかけるために細工をしました。その手紙を通じて、いとこのモーリス・カーファックスにすべての指示を与えたのです。そして——まあ、ざっとこんなわけだったのですよ」

いささか中途半端なかたちで不意に話をしめくくると、リスタデール卿は訴えるような目つきでセント・ヴィンセント夫人の顔をちらりと見た。夫人は背筋を伸ばしたまま、卿の視線をまっすぐにとらえた。

「ご親切な計画ですわね」夫人はいった。「とても風変わりですけれど、立派なことですわ。わたし——とても感謝しております。でも——もちろん、わたしたちがこのままここにはいられないということも、おわかりいただけますわね？」

「そうおっしゃるだろうと思っていました。あなたならおそらく〝慈善〟と呼ぶようなものを受け入れることをあなたの誇りが許さないのでしょう」

「でも、これは慈善じゃありませんの？」夫人は冷静に訊ねた。

「ちがいます」卿はいった。「なぜなら、引き替えにわたしがあることをお願いするからです」

「あることって？」

「何もかも、です」支配力をふるうことに慣れた者の声が朗々とひびきわたった。

「二十三のときに」と卿は話しつづけた。「わたしは愛する女性と結婚しました。彼女は一年後に死んでしまったのです。それ以来、ずっと寂しい思いをしてきました。あるご婦人に——わたしの理想のご婦人にめぐりあいたいと熱望していたのです……」

「わたしのことですの？」夫人はやっと聞きとれるほど小さな声で訊ねた。「わたし、こんな年ですのよ——おばあさんですわ」

卿は声をあげて笑った。

「年ですと？　お子さんたちよりずっとお若い。そんなことをいえば、わたしだってじいさんですよ」

たちまち夫人の笑い声がひびきわたった。楽しそうな心地よい笑いだった。

「あなたがおじいさんですって？　あなたはまだ坊やですわ。おめかしが大好きな坊やですわよ」

夫人は両手を差しだし、卿はその手を握りしめた。

ナイチンゲール荘

Philomel Cottage

1

「行ってらっしゃい、あなた」

「行ってくるよ」

　小さな丸太造りの門柱にもたれて、アリクス・マーティンは村のほうへ歩いていく夫の後ろ姿を見守っていた。

　間もなく夫の姿は角を曲がり、見えなくなったが、アリクスはそのままの姿勢で、ぼんやりと夢見るように空《くう》を見つめたまま、心ここにあらずといった様子で、風に吹かれて顔にかかる豊かな栗色の髪をなでていた。

　アリクス・マーティンは美人ではなかったし、厳密にいえば、かわいらしいともいえなかった。だが、その顔、すでに青春を過ぎたその顔は、以前の職場の同僚たちには、これがあのアリクスだとはおそらくわからないだろうと思えるほど、いきいきと輝いていた。ミス・アリクス・キングは有能で、多少無愛想なところはあったが、見るからに頭のよさそうな、実際的な感じのする、事務的でござっぱりとした娘だった。

アリクスは規律にやかましい学校を出ていた。十八から三十三までの十五年間、速記者として働き、自分で自分を（そのうちの七年間は病身の母親も）養ってきたのだった。娘らしいやさしい顔の線がきつくなったのは、その期間の生存競争のせいだった。

だが、ロマンス――というようなもの――もあったのだ。相手は同僚のディック・ウィンディーフォードだった。本質的には非常に女らしい女だったアリクスは、彼が自分に好意を寄せていることを知ってはいたが、そぶりにも見せるようなことはしなかった。はた目には、二人は友人同士で、それ以上の関係ではなかった。乏しい給料の中から弟の学費を捻出《ねんしゅつ》するのにひどく苦労していたディックは、当時、結婚のことを考える余裕などなかったのだ。

ところがしばらくして、この娘はまったく思いもよらないかたちで日々の労働から釈放されることになった。遠縁にあたるいとこがアリクスに遺産を残して死んだのだ――総額数千ポンド、年に利子が二百ポンドはたっぷりつく。アリクスにとって、それは自由と人生と独立とを意味するものだった。もはや彼女とディックは待たなくてもいいのだ。

だが、ディックは予想外の態度に出た。それまでもアリクスに直接愛の告白をしたことは一度もなかったのだが、以前にもまして、そんな気などさらさらないといった態度を示すようになったのだ。彼は彼女を避け、気むずかしくて陰気になった。アリクスはすばやくことの本質を見抜いた。わたしは金持ちになってしまったのだ。気おくれと自尊心とがじゃまをして、ディックは求婚できないのだ。

それでも彼女は相変わらず彼が好きだった。実際、自分のほうから積極的な態度に出たほうがよいのではないかと考えていたくらいだったのだ。そんなとき、思いもよらないことがふたたび彼女の身に訪れた。

友人の家で、ジェラルド・マーティンに会ったのだ。彼は熱烈な恋におち、二人は一週間たらずのうちに婚約した。自分は〝恋をするようなたちの女ではない〟と思っていたアリクスは、みごとに足払いをかけられてしまったのだ。

これがはからずもかつての恋人を刺激したことに彼女は気づいた。ディック・ウィンディーフォードは激怒のあまり満足に口をきくこともできないありさまで彼女のところへやってきた。

「きみにとって、あの男は、見ず知らずも同然の男じゃないか！　きみはあの男のことを、何一つ知っちゃいないんだ！」

「彼を愛してるってことは知ってるわ」

「どうしてわかるんだ――たった一週間で？」

「女の子に恋したってことに気づくのに、十一年もかかる人ばかりじゃないってことよ」憤然としてアリクスは叫んだ。

彼は蒼白になった。

「ぼくは一目見たときからきみが好きだったんだ。きみもそうだと思っていた」

アリクスは正直だった。

「わたしもそう思ってたわ」彼女は認めた。「でも、それは、愛というものがどういうものなのか、わたしが知らなかったからだわ」

またまたディックはわめきだした。懇願し、嘆願し、脅迫――自分の恋人をのっとった男に対する脅迫――までしたのだ。自分では何もかも知りつくしていると思っていた男の胸の奥深くに潜んでいた激情を目のあたりにして、アリクスは仰天してしまった。

いまこうして、このよく晴れた朝、家の門にもたれていると、思いはあのときのことにもどっていく。結婚して一ヵ月、彼女は素朴な意味で幸福だった。とはいえ、彼女にとっては何ものにも替えがたい夫が不在だと、たとえそれが短い時間であっても、過不足のない幸福に一抹の不安がしのび寄るのだ。不安の原因はディック・ウィンディーフォードにあった。

結婚してから三度も彼女は同じ夢を見ていた。場面はそれぞれ違う。だが、内容の大《おお》筋《すじ》は三度とも同じだった。死体となった夫が横たわっており、ディック・ウィンディーフォードがそれを見おろしている。そして夫を死に到らしめたのが彼の手だということを、彼女は鮮明に、明確に知っている、という夢だ。

それは恐ろしい夢ではあったが、さらに恐ろしいことがあった——夢の中では、そうしたことが少しも不自然ではなく、必然的な運命だと思えたために、目覚めたときの恐ろしさがまたひとしおだったのだ。自分は、アリクス・マーティンは、夫の死を喜んでいたのだ。彼女は殺人者のほうへ感謝に満ちた両手を差しのべ、ときには感謝のことばを口にしていた。夢の結末はつねに同じだった。彼女がディック・ウィンディーフォードの両腕にしっかりと抱きしめられるのだ。

2

この夢について、彼女は夫にはひとことも話さなかったが、じつは自分でもそうとは認めたくないほど、この夢は彼女の心をかき乱していたのだった。これは夢のお告げなのだろうか――ディック・ウィンディーフォードに注意しろという？

家の中でかん高い電話のベルが鳴り、アリクスははっとわれに返った。家に入り、受話器を取りあげる。彼女は不意によろめき、片手を壁についた。

「どなたですって？」

「おや、アリクス、なんて声を出すんだ？　きみの声じゃないみたいだよ。ディックだよ」

「まあ！」アリクスがいった。「まあ！　どこに――どこからかけているの？」

「トラヴェラーズ・アームズ亭だよ――そういう名前だろう？　それともきみは自分が住んでいる村の宿屋のことも知らないのかい？　休暇なんだよ――ここでちょっと釣りをやろうと思ってね。今夜、夕食の後で、きみたちお二方のところへおじゃましてもいいかな？」

「だめよ」アリクスはつっけんどんにいった。「来てはだめ」

沈黙。それからディックはふたたび口を開いた。口調が微妙に変化していた。

「失礼いたしました」と彼は堅苦しい言い方をした。「もちろん、きみの迷惑になるようなことをするつもりはないんだ――」

アリクスはあわてて口をはさんだ。彼はきっとずいぶん異常な態度だと思ったにちがいない。たしかにふつうじゃなかったもの。きっとわたし、神経がずたずたになっているんだわ。

「ただ、つまりね――今夜は約束があるのよ」できるかぎり何気ない声を出そうとしながら、彼女は弁明した。「よかったら、明日の夕食はいかが？」

だが、彼女の口調に真心がこもっていないのを明らかに見抜いていたディックは、

「どうもありがとう」と相変わらず堅苦しい口調で答えた。「でも、いつまでここにいるかわからないんだ。相棒が来るか来ないかで決まるんだよ。さよなら、アリクス」彼はいったん口をつぐみ、それから急いでつけ加えた。それまでとは打って変わった調子だった。「しあわせにね、きみ」

アリクスはほっとして受話器を置いた。

〝あのひとはここへ来てはいけないのよ〟彼女は繰り返し繰り返し自分にいいきかせた。

〝あのひとはここへ来てはいけないのよ。ああ、わたしってなんてばかなんでしょう！勝手に考えてこんなに取り乱すなんて。それでもやっぱり、あのひとは来ないほうがいいのよ〟

テーブルの上に置いてあったいなか風のトウシンソウの帽子を取りあげると、彼女はふたたび庭へ出ていき、ちょっと足を止めてポーチの上に刻まれた名前を見上げた。ナイチンゲール荘。

「とっても空想的な名前じゃない？」結婚前に一度、彼女はジェラルドにそういったことがあった。彼は声をあげて笑った。

「かわいいロンドン子ちゃん」彼は愛情をこめていった。「ナイチンゲールの鳴き声を聞いたことなんか一度もないんだろ。ぼくにはそのほうがうれしいよ。ナイチンゲールっていうのは、愛し合っている二人のためにだけに鳴く鳥なんだ。ぼくらは二人で、夏の夕暮に、ぼくたちの家の庭でその声を聞くことになるんだよ」

そして、玄関口に立っているアリクスは、二人でほんとうにその声を聞いたときのことを思い出して、幸福そうに頰を染めた。

ナイチンゲール荘を見つけたのはジェラルドだった。彼はひどく興奮した様子でアリクスのところへやってきた。ぼくたちはまさにうってつけの家を見つけたんだよ――あんな家はめったにない――すごくすてきなんだ――千載一遇《せんざいいちぐう》のチャンスだよ。そして、アリクスもその家を一目見たとたん、夢中になってしまったのだった。住《す》まいとしてはいくらか寂しいというのは事実だった――いちばん近い村からでも三キロはある――だが、家自体は昔風のたたずまいで、がっしりとした快適な浴室や給湯設備もあり、電気も電話もきていた。文句のつけようもない。彼女はたちまちこの家の魅力にとりつかれてしまった。ところが困ったことが起きた。気まぐれにこの家を建てた金持ちの家主が、貸さないといい出したのだ。買うのなら売ってもいいという。

ジェラルド・マーティンにはかなりの収入があったが、資産に手をつけることはできず、彼にはせいぜい千ポンドしか出せなかった。家主の言い値は三千ポンド。だが、この家にどうしても住みたいと思っていたアリクスが救いの手を差しのべた。彼女の資産は無記名債券だったから、たやすく現金化できる。そこで、自分たちの家を購入するのに資産の半分を出す、といったのだ。こうしてナイチンゲール荘は文字どおり二人のものになった。アリクスはこの選択を一瞬たりとも後悔したことはなかった。なるほど使用人たちはいなか暮らしの寂しさをいやがった――実際、いまのところ使用人は一人も置いていない――だが家庭生活というものに飢えていたアリクスは、ちょっとした凝った料理をこしらえたり、家事のあれこれが楽しくてたまらなかった。

目もさめるほどの花が咲き乱れている庭は、村から週に二度やってくる老人が手入れをしていた。

家の角を曲がったアリクスはびっくりしてしまった。当の老庭師がせっせと花壇の手入れをしていたのだ。なぜ驚いたかというと、庭師がやってくるのは日曜日と金曜日で、今日は水曜日だったからだ。

「まあ、ジョージ、ここで何をしているの？」庭師のほうへ近寄っていきながら彼女は訊ねた。

庭師はくすくす笑いながら背中をのばすと、古びた帽子のふちに手をかけた。

「きっとびっくりなさると思ってましたよ、奥さま。だが、ま、こういうわけなんです。金曜日に地主さまのとこでお祝いの宴会がございますんで、一度くらい金曜のかわりに水曜日におうかがいしても、マーティンさまも奥さまもお気を悪くなさったりはせんだろう、と勝手に考えましたんで」

「ちっともかまわないわ」アリクスはいった。「お祝いの宴会ではせいぜい楽しくやってちょうだい」

「そう思っとります」ジョージは無邪気に答えた。「腹いっぱい食べられて、おまけにふところも痛まねえってことがわかってるなんて、なかなかけっこうなことでございますよ。地主さまはいつも、小作人たちを正式のお茶に呼んでくださいますんです。それに、奥さまがお発ちになる前にお目にかかって、花壇をどうなさりたいのかうかがっておいたほうがよかろうと思いましてね。お帰りになるのがいつになるのか、お決まりじゃございませんのでしょう、奥さま？」

「でも、わたし、出かける予定なんかないのよ」

ジョージは目を丸くした。

「でも、明日、ロンドンへお出かけなんじゃありませんか？」

「いいえ。どうしてそんなことを考えたの？」

ジョージは顎先でぐいと後ろをさしてみせた。

「昨日、村でだんなさまにお目にかかりましたんです。だんなさまは、明日ロンドンへおいでになって、いつもどるかわからない、とおっしゃっておいででしたよ」

「そんなことないわ」アリクスは笑いながらいった。「あなたの聞きちがいよ」

そうはいったものの、ジェラルドはいったい何をいったのだろう、と彼女は思った。この老人にこんな奇妙な思い違いをさせるなんて。ロンドンへ行くですって？　ロンドンなんか、二度と行きたくないわ。

「ロンドンなんか大嫌いよ」唐突に、彼女は語気荒くいった。

「さようで！」ジョージは穏やかにいった。「どうやらわしの聞きちがいのようでございますなあ。でも、だんなさまははっきりそういっておられたように思えましたが。だんなさまと奥さまがここにずっといてくださるんなら、わしもうれしゅうございます。

男と女が遊び回るなんてのは、わしは賛成できませんな。それに、ロンドンなんざ、ちっともいいとこだなんて思いませんよ。いままで一ぺんもあんなとこへ行く用事もありませんでしたしね。自動車がやたらと走ってて――ありゃ、近ごろ頭痛の種ですな。ひとたび自動車を買っちまったら最後、どこかでおとなしくしてることができなくなっちまうんですからね。この家の持ち主だったエイムズさんだって――ああいう代物を買いこむまでは、穏やかで気持ちのいい紳士だったんですよ。ところが、あれを買いこんで一カ月もしないうちに、この家を売りに出したんだから。この家にだって、どっさり金をかけたんですよ。どの寝室にも水道をつけたり、電灯やらなんやらいろいろとねえ。〝使った金はもどっちゃきませんよ〟って、わしゃ、だんなにいったんですよ。そしたら、〝だがな、この家は二千ポンドが一ペニー欠けても売らんよ〟っておっしゃいましてな。で、ほんとにその値段で手放しなさったですよ」

「三千ポンドよ」アリクスは微笑みながらいった。

「二千ポンドですよ」ジョージは繰り返した。「だんなのおっしゃってた売値は、当時話題になったもんですよ」

「ほんとに三千ポンドだったのよ」アリクスはいった。

「ご婦人方ってのは、数字のことは全然おわかりじゃないですからな」ジョージは頑《がん》としてゆずらなかった。「エイムズさんが奥さまに面と向かって、大声で三千ポンドだってわめかれたわけじゃないんでございましょう？」

「わたしにいったんじゃないわ。主人にそういったのよ」アリクスはいった。

ジョージはふたたび花壇にかがみこんだ。

「売値は二千でございましたよ」彼は頑固にいい張った。

3

アリクスはことさら庭師といい争うつもりはなかった。そして、庭の奥のほうにある花壇へ行き、腕いっぱいに花をつみはじめた。

香り高い花束を手に家へもどる途中で、アリクスは小さな濃い緑色のものが花壇の葉のあいだからのぞいているのに気づいた。足を止めて拾いあげる。夫のポケット日記だった。

おもしろ半分にページを繰り、ざっと目を通す。結婚したてといってもいい頃から、直情径行型のジェラルドに意外な長所があることに彼女は気づいていた。きちょうめんで規則正しいのだ。食事の時刻を守ることにもひどく口やかましかったし、一日の予定も時刻表のように前もってきっちり立てておく。

日記に目を通していくうちに、五月十四日のところに書かれてあることに気づき、彼女はうれしくなった。〝セント・ピータース寺院にて、二時三十分、アリクスと結婚〟

「あのひとったら」ページをめくりながらアリクスはつぶやいた。その手が不意に止まった。

「六月十八日、水曜日――あら、今日じゃないの」

その欄には、ジェラルドのきちんとした正確な字体で〝午後九時〟と書かれてあった。それだけだ。夜の九時にジェラルドは何をするつもりでいるのかしら？　アリクスは首をかしげた。もしこれがいままでにずいぶんたくさん読んだ小説だったらと思い、彼女は思わず微笑んだ。日記には何かあっといわせるようなことが書いてあるものなのよね。ほかの女の名前がきっと書いてあるんだわ。彼女はなんとなく前のほうのページをめくってみた。日付、約束、仕事の取引に関する秘密事項。だが、女の名前は一つだけしかなかった――彼女の名前だ。

日記をポケットに入れ、花束を抱えて家のほうへ歩いていきながら、それでも彼女は漠然とした不安を感じていた。ディック・ウィンディーフォードがいったあのことばが、ふたたび耳もとでささやかれたようによみがえってきたのだ。〝きみにとって、あの男は、見ず知らずも同然の男じゃないか。きみはあの男のことを、何一つ知っちゃいないんだ〟

ほんとうにそのとおりだ。夫について、わたしは何を知っているだろう？　ジェラルドだってもう四十歳だ。四十にもなった男なら、いままでに何人か女がいたに決まっている……

アリクスはいらいらと首を振った。こんなことを考えていてはいけないのだ。それよりももっと先にどうにかしなければならない火急の用事がある。ディック・ウィンディーフォードから電話があったことを夫に話すべきだろうか。それとも黙っているべきなのだろうか。

もしかすると、ジェラルドはすでに村で彼とばったり顔を会わせてしまったかもしれない。だが、もしそうだったら、帰宅するなりそのことを話すにちがいない。そうなれば、この一件はわたしの手から離れるわ。でも、そうならなかったら——どうしよう？　このことについては何もいいたくないと思っている自分を、アリクスははっきりと意識していた。

もしも話したら、夫はディック・ウィンディーフォードをナイチンゲール荘に招待したらいいというに決まっている。そうなったら、ディックのほうから訪問したいといってきたことや、それを断わるために自分が口実をつくったことを説明しなければならなくなるだろう。そして、どうしてそんなまねをしたんだと訊かれたら、なんといえばいいのだろう？　夢のことを話す？　でも、夫は笑いとばすだけだろう——悪くすると、夫にとってはなんでもないことを、彼女が一人で重要なことだと考えている、と思うかもしれない。

いささかうしろめたくはあったが、結局、アリクスは何もいわないことにした。夫に秘密を持ったのはこれが初めてだった。それを意識して、彼女は落ち着かない気分になった。

4

昼食の少し前にジェラルドが村から帰ってきた。足音を聞いたとたん、彼女は台所に飛びこみ、狼狽をかくすために料理に熱中しているふりをした。

ジェラルドがディック・ウィンディーフォードに会っていないことは一目でわかった。

アリクスはほっとすると同時にどぎまぎしてしまった。こうなった以上、隠し通さないわけにはいかなくなってしまったからだ。

アリクスがポケット日記のことを思い出したのは、かんたんな夕食をすませてから、樫材の梁《はり》が走る居間に二人が腰をおろしたときだった。開け放たれた窓から、紫や白のストックの花の香りをふくんだ、甘い夜気がただよってくる。

「あなた、これでお花に水をやってたでしょう」彼女はそういって、夫の膝の上にポケット日記をぽいと投げた。

「花壇に落ちてたのかい？」

「そうよ、あなたの秘密、みんなわかっちゃったわ」

「秘密なんか何もないさ」ジェフルドは首を振った。

「今夜九時のあいびきの約束って何？」

「ああ！　あれは――」彼は一瞬ぎくりとしたようだった。それから、何か特別におもしろいことがあるとでもいうように微笑した。「特別にすてきな女の子とあいびきするのさ、アリクス。髪は栗色で、目は青、きみにそっくりの女の子なんだ」

「わたしにはなんのことかわからないわ」彼女はわざとまじめくさった言い方をした。

「あなた、ごまかしているのね」

「いや、そんなことはないよ。ほんとうは、今夜、少しネガを現像しようと思っていたんだ。きみに手伝ってもらおうと思ってね」

ジェラルド・マーティンは写真に凝っていた。多少旧式だが、みごとなレンズのついたカメラを一台持っていて、暗室に改造した狭い地下室で、自分で現像する。

「九時きっかりにやらないといけないってわけね」アリクスはからかうようにいった。

ジェラルドはちょっと腹を立てたようだった。

「あのねえ、きみ」いささかつっけんどんな態度で彼はいった。「何をするにも、つねにきちんとした時刻表を作るべきなんだ。そうすれば、仕事はきちんと片づくんだよ」

アリクスは口をつぐみ、椅子に座ってたばこをくゆらしている夫の姿を少しのあいだ見守っていた。椅子の背にもたせかけた黒い髪の頭と、きれいにひげが剃ってある顎のはっきりとした輪郭が、うす暗い背景の中に浮かび上がっている。どうしたわけだろう、不意にいわれのない恐怖にかられ、彼女は思わず叫んでいた。「ああ、ジェラルド、あなたのことがもっとよくわかっていたらよかったのに！」

夫は驚いて彼女の顔を見つめた。

「そんなことをいって、アリクス、ぼくのことならきみは何から何まで知っているんだよ。ノーザンバーランドでの少年時代のことも、南アフリカにいた頃のことも、この十年はカナダにいて成功したってことも、みんな話したじゃないか」

「あら！　みんなお仕事のことじゃないの！」アリクスは軽蔑したようにいった。

突然ジェラルドが笑いだした。

「わかったよ、きみのいってることが――恋愛のことだね。きみたち女性っていうのはみんなおんなじだ。私的なことじゃなければ興味がないんだから」

声がかすれていると思いながら、アリクスは聞きとれないほどの小さな声でつぶやいた。「そうね、でも、きっとあったはずよ――恋愛問題が。つまり――わたしが知っていたら――」

またしても少しのあいだ沈黙がつづいた。ジェラルド・マーティンはどうしたものかといった表情を浮かべて眉をひそめている。ふたたび口を開いたときの彼の口調は、それまでのからかうような調子ではなく、重おもしかった。

「青ひげの寝室のことを訊くなんて――かしこいことだと思うのかね――アリクス？　ぼくにだって女はいたよ。そうさ、否定はしない。否定したところで、きみは信じないだろう。だけど、これだけは神かけて誓える。ぼくにとって大切な女は一人もいなかったんだ」

その口調には、妻の心をやわらげる誠実さがこもっていた。

「満足したかね、アリクス？」彼は微笑を浮かべながら訊ね、いささか興味があるといった様子で彼女の顔をのぞきこんだ。

「今夜にかぎって、どうしてまたこんな不愉快な話を持ち出したんだい？」

アリクスは立ちあがり、そわそわと歩きはじめた。

「ああ、自分でもわからないの。今日は一日中神経がぴりぴりしていたのよ」

「それはおかしい」まるでひとりごとのように、ジェラルドは低くつぶやいた。「とてもおかしい」

「何がおかしいの？」

「ねえ、きみ、そんなにかっかとするものじゃないよ。いつもはきみはしとやかで冷静だから、おかしいといっただけなんだ」

アリクスはむりに微笑んでみせた。

「今日は、まるでしめしあわせてるみたいに、何もかもがわたしをいらいらさせるの」

彼女は打ち明けた。「ジョージじいやまでが、わたしたちがロンドンへ行くだなんて、変なことを考えてるんですもの。あなたがそういってた、って彼はいっていたわ」

「どこであいつに会ったんだ？」ジェラルドが鋭く訊ねた。

「金曜日に来られないからって、今日代わりに来たのよ」

「くそいまいましいじじいめ」ジェラルドが腹立たしげにいった。

アリクスは驚いて夫を見つめた。怒りのあまり顔を痙攣《けいれん》させている。こんなに腹を立てている夫を見たのは初めてだった。彼女がびっくりしているのを見て、ジェラルドはけんめいに自制しようとした。

「まったく、あいつはいやなじじいだ」彼は断言した。

「じいやがあんなふうに思うなんて、一体あなたなんといったの？」

「ぼくが？　ぼくは何もいわないよ。少なくとも——ああ、そうだ、思い出したよ。〝明日の朝、ロンドンへ行くよ〟って、ちょっと冗談をいってやったんだ。それをまともに受けとったんだろう。さもなければ聞きちがいだな。むろんきみはそんなことはないといったんだろう？」

彼はどうしても聞き出すぞといわんばかりに妻の返事を待った。

「もちろんよ。でも、あのじいやは、いったんこうだと思いこんだら——そう、簡単には後へは引かないひとよ」

それから彼女は、この家の売値についてジョージがいい張ったことも話した。

ジェラルドはしばらく黙っていたが、やがておもむろに口を開いた。

「エイムズは、二千ポンドは現金で、残りの千ポンドは抵当でほしいといったんだ。それが間違いの原因じゃないかと思うよ」

「よくあることよ」アリクスは認めた。

それから彼女は時計を見上げ、ちゃめっけを出して指さした。

「暗室へ行かなくちゃ、ジェラルド。予定よりも五分遅れているわよ」

ジェラルド・マーティンの顔にきわめて奇妙な微笑が浮かんだ。

「気が変わったよ」彼は静かにいった。「今夜は現像はやめだ」

女心というものは奇妙なものだ。その水曜日の夜にベッドに入ったとき、アリクスの心は満ち足りて静かになっていた。一時そこなわれた幸福感はふたたびもとどおりになり、いつものような勝利感が彼女の心を満たしていたのだ。

ところが、翌日の夕方、彼女はなんともいいようのない力がこの幸福感をむしばんでいることに気づいた。ディック・ウィンディーフォードは二度と電話をかけてこなかったが、それにもかかわらず、彼女は彼の影響が作用していると思えるものを感じていた。何度も何度も彼のあのことばがよみがえってきた。〝きみにとって、あの男は、見ず知らずも同然の男じゃないか。きみはあの男のことを何一つ知っちゃいないんだ〟それと同時に、〝青ひげの寝室のことを訊くなんて——かしこいことだと思うのかね——アリクス？〟といったときの夫の顔が浮かんでくる。あの顔は彼女の脳裏に鮮明に焼きついていた。彼はどうしてあんなことをいったのだろう？　あのことばには警告——脅迫のひびきがこもっていた。まるで〝ぼくの過去をほじくったりしないほうがいいぞ、アリクス。そんなことをしたら、きみはひどい目にあうかもしれないぞ〟といっているみたいだったのだ。

金曜日の朝には、アリクスは、ジェラルドには女がいた——彼がなんとか隠しておこうとしている青ひげの寝室があったのだ、と思いこんでいた。目覚めこそ遅かったが、彼女の嫉妬はいまや炎と燃えていた。

あの晩九時に彼が会うつもりでいたのは女だったのだろうか？　写真を現像するという話は、とっさの出まかせだったのだろうか？

三日前だったら、夫については何から何まで知っていると明言できたろう。だがいまは、夫がまるで見知らぬ人間のように思える。彼女はジョージじいやに対して夫が見せた理不尽な怒りのことを思い出した。いつものおだやかな態度とはうってかわった激しいものだったのだ。たぶん、ささいなことなのだろう。だが、それは、自分の夫である男について、彼女がじつは何も知らないという事実を示していた。

金曜日には、村に行ってこまごましたものを買ってこなければならない。午後になり、アリクスは、あなたが庭に出ているあいだに村へ行って用事をすませてくるわ、とジェラルドにいった。ところが、ちょっと意外なことだったのだが、彼は猛反対し、きみは家にいなさい、ぼくが行ってくるといい張ったのだ。アリクスは逆らえなかった。だが、夫の無理じいにはびっくり仰天してしまった。わたしが村へ行くのをどうしてあんなにやっきになって止めようとするのだろう？

突然、すべての疑惑を一掃する解釈が頭に浮かんだ。わたしには何もいわなかったが、ジェラルドはじつはディック・ウィンディーフォードにばったり出会ったのではないだろうか？　新婚ほやほやの頃には完全に眠っていたわたしの嫉妬心も、後になって目を覚ましたのだ。ジェラルドも同じなのではないだろうか？　ディック・ウィンディーフォードにわたしを二度と会わせまいとして、やっきになっているのではないだろうか？こう考えればすべての事実が完全に納得がいく。しかも、混乱したアリクスの心をひどく安心させてくれたので、彼女は大喜びでこの解釈を受け入れた。

だが、お茶の時間になり、それが終わると、彼女は落ち着かず、不安な気分になってしまった。ジェラルドが出かけたとき以来、ずっと彼女を攻めたてていたある誘惑と戦っていたからだ。ついに、彼女はどうしても部屋を片づけなければならないのだと自分にいいきかせて良心をなだめ、二階の夫の化粧室へ上がっていった。いかにも家事にいそしんでいるように見せかけるため、はたきを手にして。

「納得できればそれでいいのよ」彼女は何度も自分にいいきかせた。「納得できればいいんだわ」

疑惑を生むようなものはとっくの昔に処分されているはずだ、と自分にいいきかせたが、むだだった。男というものはときとして必要以上に感傷的になる習性があり、のっぴきならない証拠となるものを隠しておくことがある、という思いのほうが強かったのだ。

ついにアリクスは誘惑に負けた。自分の行為に対する恥ずかしさから顔を赤らめながら、息を殺して手紙や書類の束をあさり、引き出しの中をかきまわし、夫の服のポケットまで一つ残らずさぐった。開かない引き出しが二つだけあった。たんすの下のほうの引き出しと、書きもの机の右側の小引き出しに鍵がかかっていたのだ。だが、もはやアリクスには恥じらいは毛ほどもなかった。いまは想像でしかないが、この引き出しのどちらか一方に、自分を悩ましている過去の女に関する証拠が入っているにちがいないと確信したのだ。

ジェラルドが階下のサイドボードの上に、うかつにも鍵の束を置き忘れていったのを思い出した彼女は、それを取ってくると、一つずつ合わせてみた。三番目の鍵が机の引き出しの鍵穴に合った。アリクスは無我夢中で引き開けた。小切手帳、紙幣がぎっしり入っている札入れ、そして奥のほうにテープでひとまとめにしてある手紙の束があった。胸が高鳴る。アリクスはテープをほどいた。たちまち顔をまっ赤にして、彼女は手紙をもとの置き場所にしまい、引き出しをしめて鍵をかけた。結婚前にジェラルド・マーティンに書いた彼女自身の手紙だったからだ。

つぎにたんすの引き出しにとりかかった。自分が捜しているものが見つかるかもしれないという期待よりも、やるべきことは全部やったのだという気分になりたかったからだった。

ジェラルドの鍵束の中には問題の引き出しに合う鍵がなかった。いらいらしながらもアリクスはあきらめず、ほかの部屋へ行っていくつか鍵をとってきた。しめた、客用寝室の化粧だんすの鍵が合った。鍵を開け、引き出しを手前に引く。だが、中に入っていたのは、すっかり汚れて変色した、古い新聞の切り抜きの束だけだった。

アリクスはほっとしてため息をついた。それにしても、こんなにほこりだらけの切り抜きをわざわざとっておくなんて、ジェラルドはどんな記事に興味があったのだろう。それが知りたくて、彼女は切り抜きに目を通した。大半が七年ほど前のアメリカの新聞で、悪名高い詐欺師で重婚者のチャールズ・ルメートルの裁判記事ばかりだった。ルメートルには何人もの妻殺しの嫌疑がかけられていた。彼が借りていた家の床下から白骨が発見され、しかも彼が〝結婚した〟女の大半が行方不明になっていたのだ。

アメリカで最も腕のよい弁護士たちの力を借りて、彼はいともあざやかに自分に対する嫌疑について抗弁した。この事件に最も適切だったのは、おそらくスコットランド流の〝証拠不充分〟という判決だったろう。だが、アメリカにはそうした判決がなかったために、ルメートルは別件容疑については長期刑の宣告を受けたものの、かんじんな告発については無罪になったのだった。

アリクスは、当時、この事件がまきおこした興奮と、三年ほど前にルメートルが脱獄して大さわぎになったことを思い出した。あれ以来、彼はまだ逮捕されていない。この男の性格と、女をまるめこむ並はずれた腕前については、当時、イギリスの新聞もさかんに書き立てていた。法廷で見せた激しやすい性格、熱っぽい抗弁、そして、ときおり不意に起こる肉体的虚脱状態。これは、事実を知らない者は彼の演技力だと思っているが、ほんとうは心臓が弱いためなのだ、といったことも書いてあった。

アリクスが手にしている切り抜きの中に、その男の写真がのっているものがあった。多少の興味をもって、彼女はそれをよくよく眺めた――長い顎ひげをはやした、一見学者風の紳士だ。

この顔には見覚えがあった。誰だったかしら？　突然、彼女は思い出した。ショックだった。これはジェラルドだ。目と眉とが生き写しなのだ。たぶんそのせいで、彼はこの切り抜きをしまっておいたのだろう。彼女の目が写真の横の記事を追う。被告の手帳にはいくつかの日付が記入されていたらしく、それは犯罪が行なわれた日に違いないと強く主張されている。それから、証言に立った一人の女性が、被告の左手首の手のひらのつけ根にほくろがあるという事実から、この男はルメートル本人にまちがいないと断言した、と書かれていた。

アリクスは新聞をとり落とし、立ちあがると、ふらついた。夫の左手首の手のひらのつけ根には、小さな傷がある……

5

部屋がぐるぐると回った。後になってみると、あのように疑いの余地がないものとして、一瞬のうちに確信に飛びついたことが、われながらふしぎだった。ジェラルド・マーティンはチャールズ・ルメートルなのだ！　彼女はそう思った。そして、そう思ったとたんに、まちがいないと確信した。ジグソー・パズルのように、ばらばらの断片が頭の中を駆けめぐり、しかるべきところにきちんと納まった。

　この家を購入するために支払った金《かね》は——わたしの金——わたしの金だけだったのだ。わたしが彼にあずけた無記名債券だったのだ。あの夢まで正夢みたいじゃないの。わたしの潜在意識がつねにジェラルド・マーティンを恐れ、彼から逃れたいと思っていたのだ。そして、ディック・ウィンディーフォードに助けを求めていたのよ。だからこそ、疑いを抱くこともためらうこともなく、これほどたやすく事実を受け入れることができたんだわ。わたしもルメートルの犠牲者になるところだったんだ。それも、おそらく、ごく近いうちに……

　と、あることを思い出して、彼女は思わず悲鳴に似た声をあげた。水曜日、午後九時。いともたやすく持ち上げることができる床石が敷いてある地下室！　かつて一度、彼は犠牲者の一人を地下室に埋めたことがあるのだ。すべては水曜日の夜に行なわれる予定だったのだ。それにしても、事前にきちんと書いておくなんて——狂気のさただ！　いや、そんなことはない。理屈に合っている。ジェラルドはつねに仕事の予定をメモしておく男だ。ほかのことと同様、殺人も彼にとっては仕事なのだ。

　でも、どうしてわたしは助かったのだろう？　こんなことってあるだろうか？　どたんばになって、彼が仏心を起こしたのだろうか？　ちがうわ。答えがひらめいた——ジョージじいいやよ。

夫が理不尽な怒りを爆発させた理由がいまになってわかった。まちがいない。彼は会う人ごとに明日夫婦でロンドンへ行くといって、仕事がやりやすいようにしておいたのだ。ところが思いがけなく仕事にやってきたジョージが、わたしにロンドン行きの話をし、わたしがそれを否定したので、ジョージじいやにあの話をむし返される恐れも多分にあるし、危険が多すぎるということで、あの晩わたしを殺すのを中止したのだ。でも、危機一髪だった！　もしもわたしがあのつまらない話を持ち出していなかったら――アリクスは身震いした。

だが、こうなった以上ぐずぐずしてはいられない。すぐに逃げださなければ――彼が帰ってくる前に。彼女は大急ぎで切り抜きをしまうと、引き出しをしめ、鍵をかけた。

とたんに、彼女は石像のようにその場に棒立ちになってしまった。道路に面した門のとびらが開く、きしんだ音が聞こえたのだ。夫が帰ってきた。

アリクスはしばし呆然とその場に立ちつくした。それから、足音をしのばせて窓に近寄ると、カーテンのかげから外を盗み見た。

やはり夫だ。薄笑いを浮かべて鼻唄をうたっている。夫が手にしているものを見て、おびえきっている彼女の心臓があやうく止まりそうになった。真新しいシャベルだったのだ。

アリクスは本能的に悟った。今夜なのだわ……

だが、まだチャンスはある。鼻唄をうたいながら、ジェラルドは家の裏手へ回っていった。

一瞬もためらうことなく、彼女は階段を駆けおり、家を飛びだした。だが、まさにドアを出ようとした瞬間、さっきとは反対側の家の端から夫が姿をあらわした。

「ただいま」彼はいった。「そんなに急いでどこへ行くんだね？」

アリクスは絶望的な思いで、いつものように冷静な態度をとろうとした。当面のチャンスは逸してしまったが、彼に疑われないように気をつけていれば、またチャンスは訪れるだろう。いまだって、たぶん……

「小道の先まで散歩してこようと思ったの」われながらか細い、うつろな声だと思った。

「そうか」ジェラルドがいった。「じゃあ、ぼくもいっしょに行こう」

「だめよ――お願い、ジェラルド。わたし――いらいらしてて、頭痛がするの――一人で行きたいのよ」

彼は注意深く彼女の顔をのぞきこんだ。アリクスは、一瞬、彼の目に疑惑の色が浮かんだように、思った。

「いったいどうしたんだ、アリクス？　顔色が悪いよ――震えているじゃないか」

「べつになんでもないのよ」彼女は無理になんでもないというふりをし――微笑んだ。

「頭痛がするの、それだけよ。散歩すればよくなるわ」

「それじゃあ、ぼくがついていってはいやだ、なんていっちゃいけないよ」いつものののんきそうな笑い声をあげながら、ジェラルドはいい張った。「きみがなんといおうと、ぼくも行くからね」

　彼女はあえてそれ以上は反対しなかった。自分が知っているということを感づかれでもしたら……

　なんとかして、彼女はふだんの態度を取りもどそうとした。それでもなお、どことなく腑に落ちないといった様子で、夫がときどき横目づかいにこちらを見ているのを感じて不安だった。夫の疑いが完全に消えていない感じがした。

　家に帰ると、彼はアリクスに横になるように、と強引にすすめ、オーデコロンを持ってきて彼女のこめかみにつけた。彼は、ふだんと変わりない献身的な夫だった。だが、アリクスは、手足を罠《わな》にとらえられているような無力感を味わっていた。

　彼は一瞬たりとも彼女を一人にさせようとはしなかった。台所にまでついてきて、彼女がすでに調理しておいたかんたんな冷菜の皿を運ぶのを手伝った。夕食は喉につまりそうだったが、それでも彼女はむりやりに飲みこみ、陽気に自然にふるまう努力さえ払った。いまや彼女は自分が生命がけで戦っているのを知っていた。わたしはこの男と二人きりでここにいる。自分を救ってくれる人間は何キロも離れたところにいて、わたしは完全にこの男の思うままなのだ。彼をだまして、なんとか疑惑を和らげるしか打つ手はない。そうすればわずかのあいだでも目を離すだろう――そのあいだに玄関ホールの電話で助けを求めるのだ。いまやそのチャンスをとらえることだけが彼女の望みだった。

彼が水曜日に計画を中止したときのことを思い出して、一瞬、希望の炎がぱっと燃え上がった。今夜、ディック・ウィンディーフォードが訪ねてくるといったらどうだろう？

そのことばが出かかった――だが、彼女はあわてて口を閉ざした。この男は二度も計画を中止するような人間ではない。彼女を困惑させるほど落ち着き払った彼の態度の裏には、断固たる決意と歓喜とがひそんでいるのだ。そんなことをいったら、犯行をせきたてるだけだろう。彼は即座に彼女を殺害し、落ち着き払ってディック・ウィンディーフォードに電話をかけ、急に外出しなければならないことになったので、と作り話をするだろう。ああ！　今夜ディックがここへ訪ねてきてくれさえしたら！　もし、ディックが……

突然、名案が浮かんだ。心の中を読まれるのを恐れるように、彼女は横目ですばやく夫を見た。計略が形をなし、ふたたび勇気がわいてきた。われながらびっくりするほど、完全に自然にふるまえるようになった。

彼女はコーヒーを淹れ、気持ちのいい夜には二人でよく腰をおろす表のポーチへ運んだ。

「そうそう」ジェラルドが唐突にいった。「例の現像を今晩やろうよ」

戦慄が身体を駆けぬけるのを感じたが、アリクスは何気ない様子で答えた。「あなた一人じゃできないの？　わたし、今夜はちょっと疲れているの」

「長くはかからないよ」彼は一人でにやにやしている。「それに、後で疲れが出るようなことはないと約束できるよ」

このことばに彼はうれしくなったようだった。アリクスは身震いした。計画を実行に移すのはいましかない。さもなければ永久にチャンスはないだろう。

彼女は立ちあがった。

「ちょっと肉屋に電話をかけてくるわね」さりげなくいう。「あなたはここにいてね」

「肉屋へ？　夜のこんな時刻に？」

「もちろんお店はもう閉まっているわよ、おばかさん。でも、家のほうにちゃんといるのよ。明日は土曜日でしょう、仔牛のカツレツ用の肉を早目に届けてもらいたいのよ。ほかの人にとられないうちにね。あの肉屋のおじさんは、わたしのいうことはなんでもきいてくれるの」

急いで家に入り、後ろ手にドアを閉める。「ドアを閉めるなよ」というジェラルドの声が聞こえたので、すかさず何気ない口調で答えた。「蛾が入ってこないようにと思って。わたし、蛾が大嫌いなんですもの。わたしが肉屋のおじさんを口説くとでも思ってるの、おばかさん?」

家に入ったとたん、ひったくるように受話器を取り上げ、トラヴェラーズ・アームズ亭の番号を告げる。すぐに通じた。

「ウィンディーフォードさんはまだそこにご滞在ですか? 呼んでいただけません?」

心臓がどきんと鳴った。ドアが押し開けられ、夫が玄関ホールに入ってきたのだ。

「あっちへ行っててくれない、ジェラルド」彼女はすねたようにいった。「だれにも電話を聞かれたくないのよ」

「電話の相手はほんとうに肉屋なんだろうね?」彼がからかうようにいった。

アリクスは絶望した。計画は失敗したのだ。いまにもディック・ウィンディーフォードが電話に出るだろう。いちかばちか、助けてくれと叫ぶべきなのだろうか?

そのときだった。受話器についている小さなボタンをいらいらと押したり放したりしているうちに、また新しい計画がひらめいたのだ。操作によって、相手にこちらの声が聞こえたり聞こえなかったりするボタンなのだ。

〝むずかしいでしょうね〟彼女は思った。〝落ち着いて、正確なことばをえらんで、それにちょっとでもつっかえたりしないようにしなければならないんだもの。でも、きっとできるわ。やらなければならないのよ〟

まさにその瞬間、電話の向こう側でディック・ウィンディーフォードの声がした。

アリクスは大きく息を吸いこんだ。それからボタンを強く押し、話しはじめた。

「ミセス・マーティンです――ナイチンゲール荘の。来ていただきたいの（ボタンを放す）。明日の朝、カツレツ用の仔牛の上肉を六枚持って（またボタンを押す）。とても大切なことなの（ボタンを放す）。悪いけどお願いね、ヘックスワーディーさん、こんなに遅くお電話してごめんなさい。でもその仔牛の肉はとっても大切で（またボタンを押す）生きるか死ぬかの問題なのよ（ボタンを放す）。ええ、いいわ――明日の朝ね（ボタンを押す）できるだけ早く来てちょうだい」

受話器をかけ、息をはずませながら、彼女は夫のほうへ向き直った。

「きみは肉屋にそういう話し方をするのかい？」ジェラルドがいった。

「これが女のやり方なのよ」彼女は平然として答えた。

胸がどきどきし、どうにかなりそうだった。彼はまったく疑っていない。たとえわけがわからなくても、ディックはきっと来てくれるだろう。

居間に行き、電灯をつけた。ジェラルドがついてきた。

「すっかり気分がよくなったみたいだね？」変だなというように彼女の顔を見守りながら、彼はいった。

「ええ。頭痛がしなくなったの」

アリクスはいつもの椅子に腰をおろし、向かい合わせになっている自分の椅子に深々と腰をすえた夫に微笑んでみせた。助かったのだ。まだ八時二十五分過ぎだ。ディックは九時には充分間に合う時刻に来てくれるだろう。

「きみが淹れてくれたコーヒー、おせじにもおいしいとはいえないね」ジェラルドが文句をいった。「ひどく苦かった」

「新しいのをためしてみたのよ。お気に召さなかったのなら、もうやめるわ、あなた」

アリクスは針仕事の一つを取り上げ、刺繍を始めた。ジェラルドは二、三ページ本を読んだ。それから、ちらりと時計を見上げ、本を放りだした。

「八時半だ。地下室へ行って仕事にかかろう」

アリクスの手から縫い物がすべりおちた。

「あら、まだいいじゃないの。九時になったら始めましょうよ」

「だめだよ、きみ——八時半だ。予定の時刻だよ。きみだってそれだけ早くベッドに入れるじゃないか」

「でも、わたし、九時からにしたいわ」

「ぼくが予定を決めたら、かならずそれを守るということはきみも知っているはずだ。さあ、行こう、アリクス。ぼくはこれ以上一分だって待つつもりはないぞ」

アリクスは彼を見上げ、われ知らず戦慄が全身を駆け抜けるのを感じた。すでに仮面ははがれていた。ジェラルドの両手は痙攣《けいれん》し、目は興奮に輝き、乾いた唇を舌がひっきりなしになめまわしている。もはや自分の興奮ぶりを隠そうともしていない。

アリクスは思った。〝ほんとうにそのとおりだわ——このひとは待てないのよ——異常だわ〟

彼は大股に近寄ってくると肩に手をかけ、力ずくで彼女を立ちあがらせた。

「さあ、来るんだ——さもないとかかえてでも連れていくぞ」

陽気な口調だった。だがその裏にはまぎれもない狂暴性がひそんでおり、彼女はぞっとした。やっとの思いで、その手をふりほどき、壁を背にして身をすくめる。完全に無力だった。逃れる術《すべ》はない——手も足も出ない——彼がじりじりと近づいてくる。

「さあ、アリクス——」

「いや——いやよ」

彼女は悲鳴をあげ、無力だとは知りつつも彼を近づけまいとして両手を突き出した。

「ジェラルド——やめて——お話があるの、告白することが——」

彼は足を止め、

「告白することがあるって？」とおもしろそうにいった。

「ええ、告白することがあるのよ」彼女は口から出まかせにそういったのだったが、相手の興味をなんとか引きとめておこうとして、必死の思いでしゃべりつづけた。

軽蔑の色が彼の顔に浮かんだ。

「昔の恋人のことだろう」彼はせせら笑った。

「いいえ。ちがうわ。いうなれば——そう、犯罪のことね」

とたんに、彼女は自分がねらいをあやまたなかったことを知った。ふたたび彼の注意を喚起し、引きつけたのだ。そうだとわかると、またしても勇気がわいてきた。もう一度この事態を思うままにあやつれるような気がしてきた。

「もう一度お座りになったほうがいいわ」彼女は静かにいった。

そして自分も部屋を横切って自分の椅子のところへ行き、腰をおろした。かがんで縫い物を拾いあげることさえしてのけた。だが、冷静さをよそおってはいたものの、実際はめまぐるしく頭を回転させ、話をでっちあげるのに必死だった。助けが来るまで、なんとしても彼の興味をつなぎとめておく話をでっちあげなければならないのだ。

「わたしが十五年間速記タイピストとして働いていたってこと、前にお話ししたわね」彼女はゆっくりと話しはじめた。「あの話は一から十まで真実というわけじゃないの。仕事をしていなかった時期が二度あったのよ。一回目は二十二のときだったわ。ちょっとした財産を持ってる年上の男性に出会ったの。彼はわたしに恋をして、結婚を申し込んだわ。わたし、承諾して、結婚したの」少し間を置く。「わたし、彼を説きふせて、受け取り人をわたし名義にして、生命保険をかけさせたのよ」

不意に夫の顔に強い興味の色が浮かんだのを見て、自信を新たにした彼女はつづけた。

「戦争中、わたし、病院の薬局で働いていたことがあったの。そこではあらゆる種類のめずらしい薬とか毒薬をあつかっていたのよ」

思い出にふけるように、彼女はそこで口をつぐんだ。いまや彼は非常な興味をかきたてられていた。疑いの余地はない。殺人者というものはいやおうなしに殺人に興味を持つものなのだ。彼女はその点に賭け、成功したのだった。時計を盗み見る。九時二十五分前。

「こういう毒薬があるのよ――白っぽい粉末でね。ほんのひとつまみで死ぬの。あなたも毒薬のことは少しは知っているでしょう?」

いくらかおののきながら彼女は訊ねた。もしも彼が毒薬のことを知っていたら、気をつけなければならない。

「いや」ジェラルドがいった。「毒薬のことはほとんど何も知らない」

彼女はほっと胸をなでおろした。

「ヒオスシンっていう名前はもちろん聞いたことがあるでしょう? 効力はほとんど変わらないんだけれど、これは絶対に使ったことがわからないのよ。どんなお医者さまだって、心臓麻痺という死亡診断書を書くはずだわ。わたし、その薬を少し盗んで、隠しておいたの」

気力を集中させるために、彼女はそこで一息入れた。

「つづけろよ」ジェラルドがいった。

「いやよ。こわいわ。とても話せない。また別のときにしましょう」

「さあ、話せよ」彼は苛立《いらだ》たしそうにいった。「ぼくは聞きたいんだ」

「結婚して一カ月たったわ。わたしは年上の夫にとてもよくつかえたわ。とってもやさしく、献身的にね。夫はご近所の人たちみんなに、わたしがどんなにすばらしい妻かって話していたわ。わたしがどれほど献身的な妻か、誰もが知っていたわ。毎晩、わたしは夫のために自分でコーヒーを淹れていたの。ある晩、わたしたち二人っきりだった。わたし、あの毒薬を夫のカップにひとつまみ入れたの――」

アリクスは口をつぐんだ。そして、注意深く針に糸を通した。それまで一度も芝居を演じたことはなかったが、そのときの彼女は世界的な名女優に決してひけは取らなかった。真に冷酷な毒殺魔になりきっていたのだ。

「とってもおだやかだったわ。わたしは座って、彼を見守っていたの。一度小さくあえいで、外の空気が吸いたいっていったの。わたし、窓を開けた。そうしたら彼が、椅子から立ちあがれないっていったの。じきに死んだわ」

彼女は口を閉じて微笑んだ。九時十五分前。きっともうすぐやってくるだろう。

「いくらだったんだい」ジェラルドが訊ねた。「その保険金は？」

「二千ポンドくらいだったわ。わたし、それで株に手を出して、元も子もなくしてしまったの。事務員に逆もどりよ。でも、長く勤めるつもりはまったくなかったの。しばらくして、また別の男に出会ったわ。会社では、わたし、結婚前の名前を通していたもので、彼はわたしが結婚したことがあるってこと知らなかったのよ。前の夫よりも若くて、ちょっと男前で、すごい金持ちだったの。わたしたち、サセックスで静かに暮らしていたわ。彼は生命保険に入るのはいやだといったけど、もちろんわたしを受取人にして遺言状を書いたの。最初の夫とおんなじで、彼もわたしにコーヒーを淹れてもらうのが好きだったわ」

当時のことを思い出してでもいるように、アリクスは微笑し、何気なくつけ加えた。

「わたし、コーヒーを淹れるのが上手なのよ」

それからまた話しはじめた。

「わたしたちが住んでいた村には何人かお友達がいたの。ある晩、夕食の後で、夫が突然心臓麻痺で死んだものだから、お友達はみんな、わたしをとても気の毒がってくれてね。でも、あの医者はほんとにいやな男だった。わたしを疑っていたとは思わないけれど、夫が急死したことにはほんとにひどく驚いていたの。どうしてなのかよくわからないけど、わたし、またしてもなんとなく事務員の仕事にもどったの。たぶん習性なんでしょうね。二番目の夫は四千ポンドくらい残してくれたかしら。今度は株に手を出したりしないで、債券にしたのよ。それから、あなたと――」

だが、話の腰はそこで折られた。顔を紅潮させ、なかば息をつまらせたジェラルド・マーティンが、震える人さし指を彼女に突きつけていた。

「あのコーヒー――ちくしょう！　あのコーヒーだ！」

彼女はじっと相手を見つめた。

「なんで苦かったのか、わかったぞ。このあま！　また同じ手を使いやがったんだ」

両手が椅子の腕を握りしめ、いまにも飛びかかろうとしている。

「おれに毒を盛ったな」

アリクスは暖炉のところまで後ずさった。いまや恐怖のとりこになった彼女は、否定しようとして口を開きかけた――だが、そこで思案した。彼はいまにも飛びかかってくるだろう。彼女は渾身《こんしん》の力をふりしぼり、無理やり相手の目をひたと見すえた。

「そうよ」彼女はいった。「毒を盛ったわ。もう効いてるわよ。あなたはもう椅子から動けないわ――動けないのよ」

彼を椅子に座らせておけたら――ほんの二、三分でも……

ああ！　あれは何？　足音がする。外の通りだ。門のとびらがきしる音。それから表の通用路を歩いてくる足音。玄関のドアが開く。

「あなたは動けないわ」彼女はもう一度いった。

それから、彼のわきをすりぬけると部屋から飛びだし、ディック・ウィンディーフォードの両腕の中に気を失いながら倒れこんだ。

「どうしたんだ！　アリクス」彼は叫んだ。

それから、同行してきた男のほうを振り返った。警官の制服を着た、背の高いがっしりとした体つきの男だった。

「あの部屋の中で何が起きているのか見てきてください」

彼はアリクスを寝椅子にそっと寝かせ、顔をのぞきこんだ。

「かわいそうに」彼は小さな声でいった。「何をされたんだ？」

彼女のまぶたが痙攣し、唇が彼の名をつぶやいた。ディックははっとわれに返った。

警官が腕に手を置いたのだ。

「あの部屋には異常ありません。ただ、男が一人、椅子に座っているだけです。どうも何かにひどくおびえたようですね、そして――」

「なんです？」

「それが、その――男は――死んでいるんですよ」

二人の男はアリクスの声を聞いてぎょっとした。目を閉じたまま、寝言《ねごと》をいってでもいるように、彼女はつぶやいた。

「それから、じきに」まるで何かの引用句を口にしているように、彼女はいった。「彼はい、い、い、死んだわ――」

車中の娘

The Girl in the Train

「で、これでおしまいってわけか！」出てきたばかりの、煙にうすよごれた堂々たる建物の正面《ファサード》を見上げながら、ジョージ・ローランドは残念そうにいった。

まことに適切に金《かね》の力を示しているといってもいいような建物だ――そして金は、ジョージの伯父であるウィリアム・ローランドの口をかりて、まことに忌憚《きたん》のない本心を聞かせてくれたところだった。十分前までは伯父の秘蔵っ子であり、その財産の相続人であり、未来を嘱望された若手実業家であったジョージは、突然、膨大な数の失業者の群の仲間入りをしてしまったのだ。

「それに、こんな恰好《かっこう》をしていたら、だれも恵んでもくれないだろうなあ」ローランド君は憂うつそうに考えこんだ。「それに、自分で詩を書いて、戸口に立って、二ペンスで（さもなければ〝奥さま、おぼしめしを〟なんていって）売る才能もぼくにはないし」

事実、ジョージが身につけているのは、仕立て屋の芸術品の粋だった。これ以上はむりだというほどの美服で盛装していたのだ。ソロモンと野のユリの話も、ジョージの場合には全然あてはまらなかった。だが、人は衣服だけでは生きてはいかれない——かなりの技術を身につけているのでないかぎり——そして、ローランド君はこの事実を痛いほど思い知らされたのだった。

「何もかも昨夜のくだらない会のせいなんだ」彼は悲しげに思案した。

昨夜のくだらない会というのは、コヴェント・ガーデン舞踏会のことだ。ローランド君が帰宅したのは多少遅い時刻だった——いや、むしろ早かったのかもしれない——実際のところ、帰宅したときのことをいくらかでも覚えているとは断言できなかった。伯父の執事であるロジャーズは信頼できる男だから、この件に関してもっとくわしく説明ができるはずだ。割れそうな頭、濃いお茶を一杯、そして、九時半ではなく十二時五分前に事務所に着いたことが破局の到来を促進したのだった。如才のない親類はこうあるべきだというわけで、二十四年間、何事も大目に見て一切の金を出してくれていた伯父のローランド氏は、突如としてそれまでの方法を撤回し、がらりと態度を変えた。ジョージのトンチンカンな返答が（この若者の頭は、中世の宗教裁判所の拷問道具みたいに、いまだに開いたり閉じたりしていたのだ）、伯父の気分をいっそう害したのだった。ウィリアム・ローランドは、完璧さだけが取り得の男だった。簡単明瞭なほんの数語の短いことばとともに、彼は甥を世間に放りだし、やりかけていたペルーの油田に関する調査に取りかかってしまったのだった。

伯父の事務所でくっついた靴のほこりを払い落とすと、ジョージ・ローランドはロンドンの金融街《シティー》へ踏み出した。ジョージは実際的な男だったから、現状を検討するためには、うまい食事が不可欠だと考えた。そこで昼食をとった。それから、伯父の邸宅へ戻った。執事ロジャーズがドアを開けた。時刻はずれに帰宅したジョージを見ても、よく訓練された彼の顔には驚きの色ひとつ浮かばなかった。

「ただいま、ロジャーズ。ぼくの荷物をまとめてくれないか。出かけるんだ」

「かしこまりました。小旅行にお出かけで？」

「永久にだよ、ロジャーズ。植民地へ行くつもりなんだ」

「ほんとうでございますか？」

「そうだよ。適当な船があればって意味だけど。船のことを何か知らないかい、ロジャーズ？」

「植民地とおっしゃいましても、どちらへおいでになるおつもりで？」

「べつに決まっているわけじゃないんだ。オーストラリアなんかどうだろう。きみはどう思う、ロジャーズ？」

ロジャーズは控えめに咳ばらいをした。

「さようでございますね、かの地では、ほんとうに働きたいと思っている者には働き口がないということを、たしか耳にしたことがございます」

ローランド君は興味と賞讃の入り混じった目で執事を見つめた。

「うまいことをいうじゃないか、ロジャーズ。ぼくもそう思っていたんだ。オーストラリアはやめよう――とりあえず今日のところはね。ＡＢＣ鉄道旅行案内書を持ってきてくれないか？　もうちょっと手近な場所を探すか」

ロジャーズが案内書を持ってきた。ジョージはてきとうにそれを開き、すばやくページをめくった。

「パース――遠すぎるな――パトニー・ブリッジ――近すぎる。ラムスゲイト？　いやだな。レイゲイト、これもごめんだ。おや――こいつは驚いた！　ローランズ・キャッスルっていう場所が実際にあるよ。ローランド家の城《キャッスル》ねえ。聞いたことがあるかい、ロジャーズ？」

「ウォータールーから行くのだったと思いますが」

「きみはまったくたいした男だよ、ロジャーズ。なんでも知っているんだからな。なるほどねえ、ローランズ・キャッスルか！　どんなところなんだろうね」

「たいしたところではないと思いますが」

「ますますけっこうじゃないか。それなら競争率も低いだろう。そういう静かで小さないなかの村には、昔の封建時代の気風が色濃く残っているものなんだ。ローランド家の子孫だということになれば、たちまち尊敬されるはずだよ。一週間とたたないうちに市長に選ばれたとしても、ぼくは驚かないね」

彼は音を立てて案内書を閉じた。

「賽《さい》は投げられた。荷物を小さいスーツケースにつめてくれないか？　それから、猫を貸してくれるように、コックによろしく頼んでほしいんだけど。ディック・ウィッティントンの話を知っているだろう。猫のおかげで莫大な財産をこしらえた伝説的なロンドン市長だよ。市長さまになりに出かけるときは、どうしても猫をつれていかなくちゃね」

「申しわけございませんが、いまのところあの猫はお役には立てません」

「どうして？」

「今朝、仔猫が八匹生まれましたので」

「まさか。あいつ、ピーターって名前だったろう。雄猫の名前じゃないか」

「おっしゃるとおりでございます。わたくしどもも皆びっくりいたしました」

「雄雌をまちがえて、うっかり名前をつけてしまったってやつだな？　まあいいや、猫なしで出かけることにするよ。すぐに荷造りをたのむよ、いいね？」

「かしこまりました」

　ロジャーズは引きさがり、十分後にまたあらわれた。

「タクシーをお呼びいたしましょうか？」

「ああ、たのむよ」

　ロジャーズはしばらくためらっていたが、少し足を進めてから口を開いた。

「さしでがましいようでございますが、もしもわたくしでございましたら、今朝ローランドさまが何をおっしゃろうとも、あまり気にしないと存じます。だんなさまは、昨晩、例の市の晩餐会にご出席になられまして、それに――」

「いいんだよ、もう」ジョージはいった。「ぼくにはちゃんとわかっているんだから」

「それに、痛風気味でもいらっしゃるようで――」

「わかってる、わかってるよ。ぼくらみたいな者のせわをするんだから、ロジャーズ、きみにとっても昨夜はかなり大変だったろうね。でもぼくは、ローランズ・キャッスルで男をあげようと決心したんだよ――わが歴史的家系の発祥《はっしょう》の地でね――こういうことばを使って演説したら、うまくいくんじゃないかな、どうだろう？　電報を打ってくれるか、朝刊に小さい広告を出してくれれば、ぼくはいつだって帰ってくるから。仔牛のフリカッセの準備ができていればの話だけどね。さて――歴史的戦闘前夜のウェリントンのことばにならって――いざ、ウォータールーへ！」

その日の午後、ウォータールー駅はあまりいただけない状態にあった。ローランド君は目的地まで自分を運んでくれる列車をやっとのことで見つけたが、それはごくありふれた、つまり目立たない列車で――ぜひともそれに乗って旅をしたいとだれもが思うような列車ではなかった。ローランド君は前部車輛の一等車に乗りこんだ。晴れたと思うと、またたちこめるはっきりしない状態で、霧がこの首都をおおっていた。プラットホームはガランとしていて、ぜんそく病みのような機関車の音だけが静けさを破っていた。そのときだった。まったく唐突に、あっけにとられるほどの早さで、事件が起きたのだ。

まず娘が一人あらわれた。そして、ドアをこじ開けて飛びこんでくると、「ああ！　かくまって――ああ！　お願いです、かくまってください」と叫んで、うつらうつらしはじめていたローランド君をたたき起こしたのだ。

もともとジョージは行動家だった——理由なんかいらない、当たってくだけろ、という口なのだ。客室では隠れ場所は一つしかない——座席の下だ。娘はそこにもぐりこみ、ジョージは自分のスーツケースを座席の端に無造作に置いて、彼女の姿が見えないようにした。全部で七秒しかかからなかった。間一髪だった。かんかんに腹を立てた男の顔が車窓にあらわれたのだ。

「わしの姪なんだ！　あんた、そこにかくまってるだろうが。姪を出してくれ」

座席の端にゆったりと座って、いささか息を殺しながらも、最終版の夕刊のスポーツ欄を読みふけっていたジョージは、その声でわれに返ったといった様子で、新聞をかたわらに置いた。

「と、おっしゃいますと？」彼は礼儀正しく訊ねた。

「わしの姪だ——あんた、あれをどうしたんだ？」

攻撃はいかなる防御にも勝るという戦略にもとづいて、ジョージはさっと行動に移った。

「一体全体何をほざいているのだ？」伯父の口調をみごとにまねて、彼は叫んだ。

この突然のけんまくに虚をつかれて、相手は一瞬口をつぐんだ。太った男で、かなりの距離を走ってきたらしく、まだ少し息切れしている。ブラシのように短く《アン・ブロス》刈りこまれた髪、ドイツ皇室ホーエンツォレルン家風の口ひげ、はっきりと咽頭音をひびかせる発音。そして、しゃちこばった身のこなしからして、どう見ても軍服のほうが似合う男だ。ジョージもまた生粋のイギリス人が外国人に抱きがちな偏見の持ち主だった——ことにドイツ人くさい外国人には激しかった。

「一体何をほざいているのだ？」彼は腹立たしげに繰り返した。

「あの娘はここに入った」相手がいった。「わしは見たんだ。あんた、あの娘をどうしたんだ？」

新聞を投げ捨てると、ジョージは車窓から身を乗りだした。

「なるほどそうか」彼はわめいた。「恐喝《きょうかつ》だな。だが、相手が悪かったな。今朝デイリー・メイル紙でおまえのことはのこらず読んだんだ。おい、車掌、車掌！」

さっきから、向こうのほうでこの口論に注目していた職員が駆けつけてきた。

「おい、車掌」下層階級の人間がひどくあこがれるあの権力的な態度でローランド君はいった。

「こいつがうるさいのだ。なんなら恐喝罪で警察に突き出してもかまわん。姪をここにかくまっているなどと因縁をつけているのだ。こういう手口を常套手段にする外国人のギャングがいるのだよ。勝手なまねをさせておくわけにはいかん。連れていってくれんか？　必要ならわたしの名刺をあげてもいいが」

車掌は二人を交互にながめ、すぐに心を決めた。外国人を軽蔑し、一等車で旅行する身なりのよい紳士を尊敬し敬服する習慣が身についていたのだ。

彼は狼藉者《ろうぜきもの》の肩に手をかけた。

「さあ、ここから出ていけ」

この危機に際して、英語が出てこなくなってしまったその外国人は、突然、母国語で猛烈にののしりはじめた。

「もういい」車掌がいった。「出ていくんだ、いいな？　姪ごさんとやらもそのうちあらわれるさ」

旗が振られ、汽笛が鳴った。汽車はいやいやながらがくんとひと動きし、構内から出ていった。

連中がプラットホーム上からいなくなるまで、ジョージは監視をつづけた。それから首をひっこめると、スーツケースを網棚の上に放りあげた。

「もうだいじょうぶですよ。出ていらっしゃい」彼は安心させるようにいった。

娘がはい出してきた。

「ああ！」彼女はあえいだ。「なんとお礼を申しあげたらいいか」

「どういたしまして。愉快でしたよ、ほんとうに」ジョージはなんてことはないという口調で答えた。

安心させるように、彼は娘に微笑んでみせた。彼女の目にかすかな当惑の色が浮かんだ。いつも身近にあるものを失くしてしまったような様子だ。そのとき、彼女は向かい側の細長いガラスに自分の姿がうつっているのに気づき、大きくあえいだ。

客車の掃除係が毎日座席の下を掃除しているかどうか大いにあやしい。露骨にそんなことをやっている様子はないが、巣に帰る鳥のように、ごみとかたばこの灰などが一つ残らず座席の下へもぐりこむのかもしれない。彼女の出現はあまりにも唐突だったし、座席の下へもぐりこむまでの時間があまりにも短かったために、ジョージはそれまで彼女がどんな娘なのかろくろく見てはいなかった。だが、座席の下に隠れたのが、きちんとした、身なりのりっぱな若い女性であることはまちがいなかった。ところがいまは、小さな赤い帽子はぺしゃんこにつぶれており、顔はほこりに汚れて、長い筋が何本もついている。

「まあ！」娘がいった。

彼女はバッグを手探りした。ほんものの紳士の如才なさを発揮してジョージは車窓をひたと見つめ、テムズ川南岸に広がるロンドンの市街地に見とれた。

「なんとお礼を申しあげたらいいか」娘がまたいった。

会話を再開するきっかけなのだなと思い、ジョージは視線を移し、ふたたびていねいに彼女のことばを打ち消した。だが、今回の彼の態度には、さらなる思いやりがこもっていた。

びっくりするほど美しい娘だったのだ！　こんなにきれいな娘に会ったのは生まれて初めてだ、とジョージはひそかに思った。彼の態度はますますいんぎん《アンプレスマン》になった。

「ほんとうにあなたのおかげですわ」彼女は熱っぽい口調でいった。

「どういたしまして。おやすいご用ですよ。お役に立ててこんなにうれしいことはありません」ジョージはもぐもぐと答えた。

「おかげさまで」彼女は力をこめてもう一度いった。

世にもまれな美人にじっと見つめられて、ほんとうにあなたのおかげですわ、といわれたら、いい気分にならないほうがどうかしている。ジョージももちろんその気分を味わった。

それから、多少気まずい沈黙が訪れた。もっとくわしい説明を求められていることがだんだんわかってきたのだろう。彼女はちょっと顔を赤らめた。

「無作法とは思いますが」彼女は神経質そうにいった。「ご説明できないんですの」自信のない悲しそうな顔をして、彼女は彼を見上げた。

「説明できないんですって？」

「ええ」

「じつにすばらしい」ローランド君は熱狂的な声を出した。

「なんておっしゃいましたの？」

「じつにすばらしいといったんです。まるで徹夜をさせられてしまう本みたいだ。女主人公は、決まって第一章で〝説明できませんの〟っていうんですよ。もちろん最後には説明しますけど、最初に説明しなかったほんとうの理由というのは、じつは全然ないんです——そんなことをしたら、物語が台なしになるという理由以外はね。実際にミステリーにまきこまれて、ぼくがどれほどうれしく思ってるか、とても口ではいえませんよ——ほんとにこんなことが実際にあるなんて、考えてもみなかったなあ。きわめて重要な秘密書類とか、バルカン急行なんかに関係があるといいんだが。ぼくはバルカン急行が大好きなんですよ」

娘は目を丸くしてけげんそうに彼を見つめた。

「なぜバルカン急行なんておっしゃるんですの？」娘の口調は鋭かった。

「無分別なことをいったんでしたらあやまります」ジョージはあわてていい足した。「あなたの伯父さんは、たぶんそれに乗ってきたんですよ」

「わたしの伯父ですって――」彼女はちょっと口をつぐみ、もう一度いった。「わたしの伯父」

「まったくです」ジョージは同情するようにいった。「ぼくにも伯父がいるんですがね。伯父のことまで責任なんか負えませんよ。自然はいささか先祖返りしてますな――ぼくにいわせるとそうですよ」

不意に娘が笑いだした。ジョージは彼女のことばにかすかななまりがあるのに気づいた。最初はイギリス人だと思っていたのだ。

「あなたって、ほんとに愉快で、ほんとに変わった方ね、ええと――」

「ローランドです。友達のあいだではジョージ」

「わたしはエリザベスと申します――」

彼女は唐突に口をつぐんだ。

「エリザベスという名前、ぼく好きですよ」彼女が一瞬うろたえたのを見て、ジョージは助け舟を出した。「ベッシーとかなんとか、ぞっとするような愛称はないんでしょうね？」

彼女はうなずいた。

「さてと」とジョージ。「お互いに自己紹介をすませたんですから、仕事にかかったほうがいいと思いますね。立ってくだされば、コートの背中をたたいてあげますよ、エリザベス」

彼女はいわれたとおりに立ちあがり、ジョージはいったとおりのことをきちんとしてやった。

「ありがとうございます、ローフンドさん」

「ジョージです。友達のあいだではジョージですよ、お忘れなく。なんとなれば、あなたはほかにはだれもいない気持ちのいいぼくの客車に入りこんできて、座席の下にもぐりこみ、あなたの伯父さんに向かってぼくに嘘までつかせたんですからね。友達になるのはいやだなんていえますか？」

「ありがとう、ジョージ」

「それでいいんです」

「わたし、もうすっかりちゃんとなったかしら？」左の肩越しに背中を見ようとしながらエリザベスが訊いた。

「ええ――ああ！　ちゃんと――すっかりちゃんとしてますよ」心を押さえつけ、いかめしい口調でジョージは答えた。

「あまり突然だったので」エリザベスが弁明した。

「なるほど」

「わたしたち、タクシーに乗っているところを見つかってしまったんです。それから駅で、あの人がすぐ後ろに迫っているのがわかっていたので、ここへ飛びこんだんです。

それはそうと、この汽車はどこ行きですの?」

「ローランズ・キャッスルです」ジョージは断固たる口調でいった。

「ローランズ・キャッスルですって?」

「もちろんすぐに着くわけじゃありませんよ。かなりあちこちで停車したり、のろのろ走ったりしてからです。でも、まちがいなく真夜中にならないうちに着くと思いますね。昔のサウス-ウェスタン鉄道はじつに信用できるものでしたよ——スピードはのろかったけれど、時間には正確だったんです——だから、サウス鉄道もきっと伝統を守っていると思いますね」

「わたし、ローランズ・キャッスルへ行きたいわけじゃないんです」エリザベスは自信がなさそうにいった。

「ひどいなあ、すばらしいところなんですよ」

「いらしたことがおありなんですの？」

「そういうわけじゃないんですがね。でも、ローランズ・キャッスルが気に入らなくても、ほかにもいろいろなところへ行けますよ。ウォーキングとか、ウェイブリッジとか、ウィンブルドンとか。この汽車はそういうところのどこかに必ず停車しますよ」

「わかりましたわ。停まったところで降りれば、たぶん車でロンドンへ引き返せますわね。それがいちばんいいみたいですわ」

そのことばが終わらぬうちに、汽車は速度を落としはじめ、ローランド君は訴えるようなまなざしで彼女を見守った。

「何かぼくでお役に立つことがあれば――」

「いいえ、ほんとうにけっこうですの。もうずいぶんご迷惑をかけてしまって」

彼女は口をつぐんだが、ちょっとすると突然しゃべりはじめた。

「わたし――ご説明できたらいいんですけれど。わたし――」

「お願いですから、そんなことをなさらないでくださいよ！　何もかもぶちこわしになってしまうじゃありませんか。でもね、ほら、何かぼくにできることがあるんじゃありませんか？　秘密書類をウィーンに運ぶとか――何かそういうことが？　秘密書類はつきものですからね。一役買わせてくださいよ」

汽車はすでに停まっていた。エリザベスはすばやくプラットホームに飛びおり、彼のほうに向き直ると窓越しに話しかけた。

「本気でそうおっしゃるの？　ほんとうにわたしたち——わたしのために力を貸してくださいます？」

「あなたのためならなんだってやりますよ、エリザベス」

「たとえ理由を説明できなくても？」

「くだらない、理由がいるなんて！」

「たとえ——危険なことでも？」

「危険が多ければそれだけけっこう」

彼女はちょっとためらい、それから決心したようだった。

「窓から身体を乗りだして。何も見ないようなふりをしてプラットホームを見てちょうだい。汽車の後ろのほうを」ローランド君はいささかむずかしいこの注文に応じようと努力した。「汽車に乗ろうとしている男が見えるでしょう——黒い顎ひげを生やした——明るい色のオーバーコートを着ている男よ。あの男の跡をつけて、行動と行き先をつきとめてください」

「それだけ？」ローランド君は訊いた。「ぼくは何を——」

彼女はさえぎった。

「それから先のことは追っておしらせしますわ。あの男を見張ってください――そして、これを守って」彼女は封印されてある小さな包みを彼の手の中に押しこんだ。「命がけで守ってください。それがすべてを解く鍵なのです」

汽車が動きだした。プラットホームの人ごみを縫って遠ざかっていくエリザベスのすらりとした優雅な姿を、窓からじっと見守っているローランド君の手には、封印のしてある小さな包みが握りしめられていた。

それからの旅は単調で波乱のないものだった。汽車は鈍行で、ぜんぶの駅に停車した。駅に着くたびに、目当ての敵が降りはしないかと、ジョージは窓から首を突きだした。停車時間が長いことがわかっているときがままあって、そんなときにはプラットホームを行ったり来たりして、問題の男がまだ車内にちゃんといることを確かめた。

終着駅はポーツマスで、黒ひげの乗客もそこで降りた。それから、男は小さな二流のホテルに行き、部屋を一つとった。ローランド君も部屋をとった。

二人のとった部屋は、ドアを二つへだてて同じ廊下に面しており、ジョージにはこの配置が満足すべきもののように思えた。尾行についてはまったくの素人だったが、なんとか立派にやりとげて、エリザベスの信頼を勝ちとろうと一所懸命だった。

夕食の席で案内されたテーブルは、目当ての敵のテーブルからあまり離れていなかった。食堂は満席ではなかった。客の大半は商用の旅行者だな、とジョージは判断した。きちんとした身なりのもの静かな人たちはそれぞれに、うまそうに料理を食べている。一人だけ、特別に彼の注意を引いた男がいた。髪は赤毛で口ひげをたくわえ、いかにも競馬狂らしい身なりをした小柄な男だ。男のほうもジョージに関心を持ったらしく、食事が終わりに近づいたとき、一杯やって玉突きをやらないか、とさそってきた。だが、ジョージは、問題の黒ひげの男が帽子をかぶってオーバーコートを着こんでいるのを見たばかりだったので、ていねいに断わった。表通りに飛びだした彼は、尾行のむずかしさをいやというほど味わうはめになった。長い、うんざりするような追跡だったのだ――おまけに、どこといって目的地もないらしい。ポーツマスの街をおよそ六キロ、あっちへ曲がったりこっちへ曲がったりしながら歩きまわったあげく、男はホテルにもどり、ジョージもすぐ後からホテルに入った。かすかな疑惑が湧きあがってきた。あの男、ぼくのことに気がついているのではなかろうか？　ホールに立ってこの点をあれこれ考えていると、表に面したドアが開き、さっきの赤毛の小男が入ってきた。この男も散歩に行っていたのだ。まちがいない。突然、ジョージはフロント係の美しい娘が自分の名前を呼んでいるのに気づいた。

「ローランドさまでいらっしゃいますね？　男の方がお二人お見えでございます。廊下の突き当りの小部屋でお待ちでございます」

いささか不安をおぼえながら、ジョージはいわれた部屋を探した。椅子に座っていた二人の男が立ちあがり、しゃちこばっておじぎをした。

「ローランドさんですね？　わたしどもが何者なのか、もちろんご存じでしょうな」

ジョージは二人の男を交互に凝視した。口をきいた男のほうが年長だった。みごとな英語をしゃべる、銀髪の、尊大な態度の男だ。もう一人は背が高く、いささかにきび面の若者で、金髪でゲルマン系の顔立ちだ。が、ひどいしかめ面をしているので、おせじにも魅力的とはいえない。

ウォータールー駅で偶然に顔を会わせたあの老紳士ではなかったので、ジョージはほっとし、最大限に愛想よくすることにした。

「どうぞおかけになってください。お近づきになれて光栄です。飲みものはいかがですか？」

年長の男が手を上げて、いらないというしぐさをした。

「ありがとう、ローランド卿――どうかおかまいなく。ほんのわずかしか時間がありませんので――ある質問に答えていただく時間しかないのです」

「貴族に叙していただいてまことに光栄です」とジョージ。「一杯飲んでいただけないのは残念ですな。で、その重要なご質問とは？」

「ローランド卿、あなたはさるご婦人とロンドンをお発ちになられた。ここへ到着されたのはあなたお一人でした。ご婦人はどちらにおいでです？」

ジョージは立ちあがった。

「ご質問の意味がわかりませんな」できるかぎり小説の主人公らしくふるまおうと、ジョージは冷やかにいった。「申しわけないがお引き取りいただこう」

「だが、おまえには意味がわかっているはずだ。ちゃんとわかっているはずだぞ」突然、若者のほうが叫び出した。「アレクサをどうした？」

「落ち着いてください」もう一人が低い声でいった。「どうか落ち着いてください」

「はっきり申しあげるが」とジョージ。「ぼくはそんな名前のご婦人は存じませんよ。何かのまちがいでしょう」

年長の男は鋭い目つきで彼を見ると、

「そんなことはありえませんな」とそっけなくいった。「わたしはフロントの宿泊者名簿を見せてもらったのです。あなたはローランズ・キャッスルのローランド氏と記入なさっておられる」

　ジョージは思わず顔を赤らめた。

「あれは――ほんの冗談ですよ」と力なく弁解する。

「あまり上手な逃げ口上ではありませんな。さあ、まわりくどいことはやめましょう。皇女さまはどこにおられます？」

「エリザベスのことだとしたら――」

　怒号とともにまたしても若者が前に進み出た。

「無礼千万なやつめ！　なんて口のきき方だ」

「わたしが申しあげているのは」ともう一人がゆっくりといった。「あなたもよくご承知でしょう、カトニア国のアナスタシア・ソフィア・アレクサンドラ・マリー・ヘレナ・オルガ・エリザベス皇女のことです」

「おお！」ローランド君は窮地に立たされてしまった。

　彼はカトニア国について知っているかぎりのことを思い出そうとした。が、バルカン半島の小王国ということしか記憶になかった。そして、なんとなく、革命が起きたというようなことがあったような気がした。ローランド君はやっとの思いで勇気をふりしぼり、

「明らかに同一人物のようですね」とおもしろそうにいった。「ただし、ぼくは彼女を

エリザベスと呼んでいるんですよ」

「決闘だ」若者がわめいた。

「なんだって？」

「決闘だ」

「決闘なんかごめんだね」ローランド君はきっぱりといった。

「なぜだ？」相手は不愉快きわまりない顔をして詰め寄った。

「けがをするのはいやだからね」

「ふん！　そういうわけか。それなら、せめてきさまの鼻っぱしらをへし折ってやる」

若者はあらあらしく突進した。何がどうなったのか正確にはわからなかったが、突然、若者は空中に半円を描いたかと思うと、どしんという鈍い音とともに床にのびてしまった。若者はふらふらと立ちあがった。ローランド君はおもしろそうに微笑んでいる。

「申しあげたとおり、ぼくはけがをするのはいつだっていやですからね。だからジュージュッを習ったんですよ」

少しのあいだ沈黙がつづいた。二人の外国人は、人なつっこそうな顔をしたこの青年をうさんくさそうに見つめている。明るくて屈託のない態度の裏に、何か危険なものがひそんでいることに突如として気がついたといわんばかりだ。若いドイツ人のほうは、怒りのあまり顔面蒼白になっている。

「後悔することになるぞ」と低い声でいった。

年長の男は威厳を失ってはいなかった。

「おっしゃることはそれだけですかな、ローランド卿？　皇女の居どころはどうしても教えてくださらんのですね？」

「ぼくだって知らないんですよ」

「信じろというほうが無理というものですよ」

「あなた方お二人は、ずいぶん疑り深いのですね」

相手は首を横に振っただけだった。そして、「これで終わりというわけではありませんぞ。追って話をつけます」と低い声でいうと、そろって引き揚げていった。

ジョージは片手で額をなでた。事態は仰天するほどの速さで展開している。自分がヨーロッパの第一級のスキャンダルにまきこまれているのははっきりしていた。

「また一波乱ありそうだぞ」黒ひげの男の様子を探りに行きながら、ジョージはわくわくしてつぶやいた。

例の男がセールスマン用の部屋のかたすみに腰をおろしているのを見て、ジョージは心からほっとし、反対側のかたすみに座りこんだ。三分ほどたつと黒ひげの男は立ちあがり、自分の部屋へ引き揚げていった。もう寝るのだろう。ジョージは跡をつけ、男が部屋に入ってドアを閉めるのを見とどけて、ほっと安堵《あんど》のため息をついた。

「ぼくも寝なくちゃ」彼はつぶやいた。「そうでもしなけりゃもたないよ」

そのとき、ふと恐ろしいことを考えついた。ジョージが尾行していることをあの黒ひげの男が気づいているとしたらどうだろう？　ジョージがごくあたりまえのこととして夜の眠りについているうちに、こっそり逃げだしたりしたら？　二、三分じっくりと考えこんでいるうちに、この難問を解決するための方策がひらめいた。彼は中間色の毛糸で編んである自分のソックスをほどくと、こっそりと自分の部屋をぬけだし、切手を利用して、毛糸の一方の端を正体不明の男が泊まっているドアの向こう側にはりつけ、ドアをまたぐように毛糸を渡すと自分の部屋まで引っぱってきた。それから、毛糸の端に小さな銀の鈴――昨夜の舞踏会の記念品――をぶらさげた。大いに満足しながら、彼はこれらの装置を見渡した。黒ひげ男が部屋を出ようとしたら鈴が鳴って、たちまちジョージに知られてしまうというわけだ。

この問題は片づいた。そこで寝ることにした。例の小さな包みを注意深く枕の下に入れながら、彼は一瞬もの思いにふけった。何を考えていたかを文字にしてみたら、こんなふうになるだろう。

〝アナスタシア・ソフィア・マリー・アレクサンドラ・オルガ・エリザベス、こんちくしょう、一つ落としたぞ。なんだったったっけなあ――〟

事態がどういうことになっているのかよくわからないためにいらいらして、すぐには眠れなかった。いったいぜんたいどうなっているんだ？　逃亡した皇女と、封印してある包みと、黒ひげ男の関係は？　皇女は何から逃れようとしているのだろう？　あの二人の外国人は、ぼくが封印してある包みを持っていることを知っているのだろうか？　これにはいったい何が入っているんだろう？

こうしたことに対する答えがまったくわからないのにいらいらしながら、あれこれと考えているうちに、ローランド君は眠りに落ちてしまった。

かすかな鈴の音で彼は目を覚ました。目が覚めたとたんに行動に移れるたちではなかったので、状況を悟るのにきっかり一分半かかった。それからがばと飛び起きると、スリッパをつっかけ、細心の注意を払ってドアを開けると滑るように廊下へ出た。廊下のずっと先の突きあたりで影が動いている。敵の行き先は一目瞭然だった。できるだけ足音を忍ばせて、ローランド君は跡をつけ、ちょうど黒ひげ男が浴室に消えるところを目撃することができた。男の部屋の真向かいにも浴室があるのだから、これはちょっと変だ。少し開いているドアに身を寄せて、ジョージは隙間から中をのぞいた。男は浴槽のわきにひざまずいて、すぐ後ろの腰羽目板のところで何かしている。男は五分ほどそうしていてから立ちあがったので、ジョージも用心して引き返し、相手にさとられることなく自室のドアのかげに身をひそませると、男が目の前を通り過ぎて自分の部屋へもどるのを見守った。

「ようし」ジョージはつぶやいた。「浴室の謎は朝になってから調べよう」

ベッドに入り、あの大切な包みが無事であることを確認しようとして、枕の下に手を入れてみた。とたんに、彼は血相を変えて寝具をはねとばした。包みがなくなっていたのだ！

翌朝、テーブルについて卵とベーコンを食べているジョージの姿は、痛々しいまでにがっくりしていた。エリザベスの期待にそえなかったのだ。彼女が彼を信頼して保管していてくれといったあの大切な包みをうかつにも奪われてしまったうえに、〝浴室の謎〟もまったく期待はずれだった。そうなのだ、ジョージはひどいへまをしてしまったのだ。

朝食を終えて二階へもどると、ルーム・サービスのメイドが困ったような顔をして廊下に立っていた。

「どうかしたのかい、きみ？」ジョージはやさしく声をかけた。

「こちらのお客さまなんですが、八時半に起こしてほしいとおっしゃっておいででしたのに、お返事がないんですの。それに、ドアには鍵がかかっているんでございます」

「まさか」

なんだか不安を感じて、急いで自室にもどった。ジョージの目に、まったく予想もしていなかった光景が飛びこんできた。とたんに、ジョージが考えていた計画はことごとくふっとんでしまった。夜のうちに盗まれたあの包みが化粧台の上に置いてあったのだ！

ジョージは包みを取り上げ、調べた。そうだ、まちがいない、同じものだ。だが、封印が破られている。ちょっとためらってから開けてみた。だれかがすでに中を見ているとするなら、自分が見てはいけない理由はないはずだ。それに、中身が抜き取られている可能性もある。紙包みを開けると、宝石商が使うような小さなボール箱が一つあらわれた。開けてみる。敷き綿の上に、純金の結婚指輪が一つのっていた。

つまみ上げて調べる。内側に銘はない――どこをどう見てもふつうの結婚指輪だ。うめき声をあげながら、ジョージは両手で頭をかかえこんだ。

「狂気のさただ」彼はつぶやいた。「ほかにいいようはない。まったく、どう見たって狂気のさただよ。なんの意味もないじゃないか」

不意に、彼はさっきのメイドのことばを思い出した。同時に、窓の外に幅の広い張り出しがあることに気づいた。いつもならこんな離れわざをしたりはしないのだが、好奇心と怒りとで頭がかあっとなっていた彼は、なんでもござれという気分になっていた。窓枠《まどわく》に飛びのる。数秒後、彼は黒ひげ男が使っていた部屋を窓の外からのぞきこんでいた。窓は開いており、部屋にはだれもいなかった。少し先に非常口がある。敵がどうやって逃げたかは明々白々だった。

ジョージは窓から部屋の中に飛びこんだ。逃げだした男の所持品があちこちに散らばっている。ジョージの混乱した頭に光明を投げかけてくれるものがあるかもしれない。使い古した旅行カバンを手始めに、あれこれと調査を開始した。

物音がした。捜索の手を止める――きわめてかすかな音だったが、まちがいなくこの部屋の中でしたのだ。大きな洋服だんすへ目を向けたジョージは、わっとばかりに飛びつくと、力まかせに戸を引き開けた。とたんに一人の男が飛びだしてきた。ジョージは組みついた。二人はもつれ合ったまま床の上をころげまわった。ひとすじなわではいかない相手だった。ジョージは秘技をつくしてもほとんど通じないのだ。ついに精も根もつきはてて、二人は身体を離した。そのとき初めて、ジョージは相手の正体を知った。あの赤ひげの小男だったのだ。

「いったいぜんたいおまえは何者なんだ？」ジョージは詰め寄った。

返事をする代わりに、相手は名刺を取り出し、手渡してよこした。ジョージは声を出してそれを読み上げた。

「スコットランド・ヤード、ジャロルド警部」

「そういうことなんですよ。だから、この事件についてご存じのことはあらいざらいお話しくださったほうがよろしいわけです」

「そうですかねえ」ジョージは考え深そうにいった。「なるほど、警部、おっしゃるとおりでしょうね。それならもうちょっと楽しい場所へ席をうつしませんか？」

バーの静かな一角で、ジョージは事情を説明した。ジャロルド警部はあいづちを打ちながら話に聞きいっていた。

「おっしゃるとおり、まったくわけがわかりませんな」ジョージが話し終えたところで彼はいった。「わたし自身にもさっぱり見当がつかないことがたくさんあるのですが、疑問を解いてさしあげられることも一つ二つあります。わたしはマルデンベルク（あなたの黒ひげの友人のことですよ）を尾行してここへ来たんですよ。そうしたら、あなたが登場して、あんなふうに彼を見張っているんで、不審に思ったわけです。あなたが何者なのかわからなかったからです。昨夜、あなたが部屋を出たすきに忍びこんで、あの小さな包みを枕の下からこっそり盗み出したのは、わたしなんですよ。開けてみたら、わたしが捜していたものじゃなかったんで、チャンスをねらってあなたの部屋に返しておいたんです」

「なるほど、それで少しははっきりしてきましたよ」ジョージは思案顔でいった。「どうもぼくは最初からへまばかりやっていたみたいですね」

「そうでもありませんよ。素人にしてはじつに大したものです。今朝、浴室へ行って、腰羽目板の裏に隠してあったものを取ってきたとおっしゃっていましたな?」

「ええ。でも、ただのくだらないラブ・レターなんです」ジョージは憂うつそうにいった。「いまいましいったらありゃしない。ぼくはあんなやつの私生活に鼻を突っこむつもりなんかなかったんですからね」

「それを拝見させていただけませんか?」

ジョージは折りたたまれた手紙をポケットから取りだし、警部に渡した。警部はそれを開いた。

「なるほど、おっしゃるとおりですな。でも、iの字の点と点を結んでいくと、どうもちがった答えが出そうですよ。これは、なるほど。これはポーツマス港の防備計画ですな」

「なんですって？」

「そうなんです。われわれはかなり前からあの男に目をつけていたんですが、あいつはまったく抜け目のないやつでしてね。汚ない仕事は大部分ある女にやらせていたんです」

「女ですって？」ジョージは聞きとれないほどの声でいった。「その女はなんという名前です？」

「ずいぶんいろいろな名前をつかっていましたよ。通称ベティー・ブライトアイズというのです。びっくりするほどきれいな若い女ですよ」

「ベティー――ブライトアイズか。どうもありがとう、警部」

「失礼ですが、ご気分が悪いのですか？」

「ええ。ひどく気分が悪いんです。ほんとういうと、今度の汽車でロンドンへもどったほうがいいんじゃないかと思っているんですよ」

警部は自分の時計を見た。

「そうすると、鈍行になってしまいますよ。急行を待ったほうがよろしいでしょう」

「いや、いいんです」ジョージは憂うつそうにいった。「昨日ぼくが乗ってきた汽車よりも遅いのなんかないいんですから」

ふたたび一等車に腰をすえて、のんびりとその日の新聞に目を通していたジョージは、不意に座り直すと、目の前の紙面を穴のあくほど見つめた。

昨日、ロンドンにて、アクスミンスター侯爵の次男ローランド・ゲイ卿と、カトニア国のアナスタシア皇女とのロマンティックな婚儀がとり行なわれた。極秘裡に行なわれた挙式だった。カトニア動乱以来、皇女はパリ在住の伯父君のところに寄寓しておられ、ローランド卿とは、卿がイギリス大使館の書記官としてカトニアへ赴任なさっておられた頃に知り合われ、それがご縁でご結婚にいたったものである。

「そうか、ぼくは――」

自分の気持ちを表現できるほど強力なことばを見つけることができず、ローランド君はひたすら空《くう》をにらみつけていた。汽車はとある小さな駅に停まり、一人の婦人が乗りこんできて、彼の向かい側の席に腰をおろした。

「おはよう、ジョージ」彼女が愛らしい声でいった。

「これは驚いた！」ジョージは叫んだ。「エリザベスじゃないか！」

彼女はにっこりと微笑みかけた。そんなことがありうるとしたら、彼女は以前にも増して美しかった。

「ねえ、きみ」ジョージは両手で自分の頭をしっかりと押さえながら大声を出した。「頼むから教えてくれないか。きみはアナスタシア皇女なのか、それともベティー・ブライトアイズなのか？」

彼女は目を丸くして彼を見つめた。

「どちらでもありませんわ。わたしはエリザベス・ゲイです。いまなら何もかもお話しできますわ。それに、おわびもしなければ。ローランド（わたしの兄の）はずっと前からアレクサを愛していました——」

「皇女のことですか？」

「ええ、親しい者はそう呼んでいるのです。それで、いまも申しあげましたように、ローランドはずっと前から彼女を愛していました。彼女も兄を愛していたんです。そうしたら、革命が起こって、アレクサはパリで暮らすようになりました。そして二人の結婚話がまとまりかけていたところへ、首相のストルム老がやってきて、アレクサをむりやり連れもどして、ものすごいにきび面のいとこのカール皇子と結婚させるのだと主張して——」

「その男には会ったような気がしますよ」ジョージがいった。

「彼女はカールが大嫌いなんです。おまけに伯父のオスリック老大公がローランドと会うことを禁じたので、彼女はイギリスへ逃げてきたのです。わたしがロンドンまで迎えに行き、スコットランドにいるローランド宛に二人で電報を打ちました。それから、わたしたちが二人でタクシーに乗って結婚登記所へ行こうとした最後のどたん場で、オスリック老大公が乗っていたもう一台のタクシーとばったり出会ってしまったのです。もちろん大公はわたしたちを追ってきました。つかまってしまったら最後、大さわぎになることはまちがいなかったし、なんといっても大公は彼女の後見人なんですもの、わたしたち、どうしたらいいのか途方に暮れてしまいました。そのとき、身代わりになる、という名案が浮かんだのです。この季節は、女の子の顔って、鼻の頭しか見えませんでしょう。わたし、アレクサの赤い帽子と茶色のラップ・コートを着ました。彼女はわたしのグレーのを着たんです。それから、ウォータールー駅へ行くように運転手にいって、駅へついたとたん、わたしが飛びおりて、急いで構内へ駆けこみました。思ったとおりオスリック老は赤い帽子を追いかけてきました。タクシーの中で身をすくめて座っているもう一人の女の子のことなんて、全然頭になかったんですわ。でも、もちろん、顔を見られたらおしまいです。そこで、わたし、あなたの車室に飛びこんで、かくまってくださいって申しましたの」

「そこまではよくわかりました」とジョージ。「問題はそれ以後のことですよ」

「わかっていますわ。おわびしなければならないのはそのことなんです。あまり気を悪くなさらないでくださいね。ほら、あなた、これは現実に起きたミステリーだって、とっても夢中になっていらしたでしょう——小説みたいだって。ですから、わたし、あなたをかついでみたいという誘惑に勝てませんでしたの。プラットホームにいたちょっと悪者風の男をえらんで、尾行してくださるようにお願いしたんです。それから、あの包みを押しつけたんですの」

「結婚指輪が入ってましたよ」

「ええ。アレクサとわたしとで買ったんです。ローランドはお式の直前でなければ、スコットランドから出てこないことになっていましたから。それに、もちろん、わたしがロンドンへもどる頃には、結婚指輪はもう必要なくなっていることもわかっていました し——いざとなれば、カーテン・リングか何かで代用するだろうと思ったんです」

「なるほどね」ジョージはいった。「こういうことは皆似たりよったりなんだな——わかってしまえば単純明解ってわけだ！　ちょっと失礼、エリザベス」

彼は彼女の左の手袋を脱がせ、薬指に指輪がないのを見て、安堵のため息をついた。

「よかった。結局あの指輪はむだにはなりませんよ」

「まあ！」エリザベスが叫んだ。「でも、わたし、あなたのこと何も存じませんわ」

「ぼくがどんなに親切な男か、ご存じじゃありませんか。ところで、いまちょっと思いついたんですけれど、あなたは当然、ゲイ侯爵令嬢エリザベスというわけですね」

「おお！　ジョージったら、あなた紳士きどりの俗物なんですの？」

「じつをいうとそうなんですよ、もちろんね。いままで見た中で最高の夢は、半クラウンお貸ししたおかげで、週末いっぱいジョージ陛下にお目通りしていた、というのなんですから。そんなことはともかく、ぼくは伯父のことを考えていたんですよ——ぼくを追い出した張本人です。彼はびっくりするほどの俗物でしてね。ぼくがあなたと結婚して、貴族が身内になるってことを知ったら、伯父はその場でぼくを共同経営者にするでしょう」

「まあ！　ジョージ、伯父さまはとてもお金持ちなんですの？」

「エリザベス、あなたは拝金主義者なんですか？」

「とっても。お金を使うのが大好きなんですもの。でも、わたし、父のことを考えていましたの。名門の血が流れている美しい娘を五人も持っていますのよ。お金持ちのおむこさんを一人、とっても欲しがっていましてよ」

「ふうむ」ジョージはいった。「これは、天国で決定され、地上で結ばれる、といったたぐいの結婚になるでしょうな。ローランズ・キャッスルで暮らしますか？　あなたが妻なら、まちがいなくみんなはぼくを市長にしますよ。おお！　エリザベス、おそらく車内の規則を破ることになるんだろうが、何がなんでもきみにキスしないわけにはいきませんよ！」

六ペンスのうた

Sing a Song of Sixpence

1

王室勅選弁護士のサー・エドソード・パリサーはクイーン・アンズ・クローズ九番地に住んでいた。クイーン・アンズ・クローズは袋小路《キュ・ド・サク》だ。ウェストミンスター地区のどまんなかにあるというのに、その一角は二十世紀の騒音から隔絶され、旧時代の平和な雰囲気をどうにか保っていた。サー・エドワード・パリサーは大いにそれが気に入っていた。

現役の頃、サー・エドワードは最も敏腕な刑事弁護士の一人だったが、法廷で活躍する第一線を引退したいまは、犯罪関係の書物のすぐれた収集家として、悠々自適の生活を送っていた。同時に、彼には『大犯罪者たちの回想』という著書もあった。

その夜、サー・エドワードは書斎の暖炉の前に座り、上等のブラック・コーヒーをすすりながら、十九世紀イタリアの精神病学者ロムブローゾの著書を一人うなずきつつ読みふけっていた。きわめて独創的ではあったが、完全に時代おくれの理論だった。

ほとんど音もなくドアが開き、よく仕込まれた召使いがぶ厚いパイル地のじゅうたんの上を近づいてくると、低い声でうやうやしくいった。

「若いご婦人がお目通りを願っておられますが」

「若いご婦人？」

サー・エドワードはびっくりした。めったにあることではなかったからだ。それから、もしかしたら姪のエセルかもしれないと思った——だが、召使いのアーマーはそれならそうだというだろう。

彼は慎重に訊ねた。

「そのご婦人は名乗らなかったのかね？」

「はい。ですが、かならずお会いくださるはずだとおっしゃいました」

「お通ししてくれ」サー・エドワード・パリサーはいった。なんだかおもしろそうだと思ったのだ。

仕立てのよい黒い上着とスカート、それに小さな黒い帽子といういでたちの、背の高い、黒髪の、三十歳くらいの婦人が、片手を差しだしながらサー・エドワードに近づいてきた。いかにもなつかしそうな表情を浮かべている。アーマーはそっとドアを閉めると引きさがった。

「サー・エドワード――おわかりでございましょう？　わたし、マグダレン・ヴォーンです」

「これはこれは、もちろんわかりますとも」彼は差しだされた手をやさしく握った。

いまや彼は完全に彼女のことを思い出していた。シルリック号でアメリカから帰国するときのことだ！　このかわいらしい子供を――当時、彼女はまだほんの子供だったのだから――思慮深い年長者としてかわいがったことを思い出したのだ。彼女はほれぼれするほど若々しく――熱心であふれんばかりの――あこがれと英雄崇拝の気持ちを持っていた――それが六十歳になんなんとしていた男の心を魅了したのだ。当時の思い出に、彼女の手を握っている彼の手にいっそうのあたたかさがこもった。

「ほんとうにこんなにうれしいことはありませんよ。おかけになりませんか」うちとけた平静な口調で話しながら、彼は肘掛け椅子をまわしてやったが、そのあいだもずっと、なんの用事があってやってきたのだろうと考えつづけていた。あいさつがとどこおりなく終わったところで、話がとぎれた。

彼女は椅子の肘の上にのせた手を握ったり開いたりしている。それから、唇をちょっとなめた。不意に——まったくだしぬけに——彼女が口を開いた。

「サー・エドワード——助けていただきたいんですの」

彼はびっくりし、機械的につぶやいた。

「はあ?」

彼女はますます息をはずませながらつづけた。

「あのとき、万一困ったことが起きたら——わたしのために力になれることがあったら——なんでもしてあげよう、って、おっしゃってくださいましたわ」

いかにも、彼はそういったのだった。だれもが——とくに別れぎわには——口にするような科白《せりふ》だ。彼はそのときの自分の声音も——彼女の手の甲にキスしたときのことも思い出すことができた。

〝もしもわたしに何かできることがあれば——いいですか、覚えておいてください、ほんとうに……〟

いかにもだれもがいいそうなことだ……。だが、そうした口約束を守る必要に迫られることはきわめてまれにしか起こらない! しかも、何年たったら?——九年か十年もたったら、そんなことはまず絶対に起こらないだろう。彼はすばやく彼女を見た——相変わらずとても美しい。だが、かつて彼を魅了した——みずみずしいういういしさは失われていた。いまのほうが深みのある顔なのだろう。おそらく——彼よりも年の若い男ならそう思うかもしれない——だが、サー・エドワードは、あの大西洋航路の終わりに自分の心に満ちあふれていた情熱と感動をもはや感じることができなかった。

法律家らしい用心深い顔つきをしながら、多少きびきびとした口調で彼はいった。

「もちろんですとも、お嬢さん、わたしにできることでしたら喜んでなんなりとお力になりますよ——とはいっても、近頃ではどれほどお役に立てるかわかりませんがね」

彼が逃げをうつつもりでいたとしても、相手はまったく気づいていなかった。彼女は一途《いちず》に思いつめるタイプだったので、この瞬間にも、自分のことだけしか頭になかったのだ。サー・エドワードは当然喜んで自分を助けてくれるものと思いこんでいた。

「わたしたち、恐ろしい問題にまきこまれておりますの、サー・エドワード」

「わたしたち、とおっしゃると？　ご結婚なさったのですか？」

「いいえ——兄とわたし、という意味ですの。ああ！　それからウィリアムとエミリーもです。この一件にはね。でも、ご説明しなければなりませんわね。わたしにはミス・クラブトリーという叔母がおります——いえ、おりましたの。新聞でお読みになったんじゃありませんかしら？　恐ろしいことでしたわ。叔母は殺されましたの——計画的に」

「ああ！」サー・エドワードの顔がさっと興味にかがやいた。「ひと月ほど前でしたね？」

女はうなずいた。

「まだそれほどたってはおりませんわ——三週間前です」

「そうでしたな、覚えていますよ。自宅で頭をなぐられたんでしたな。犯人はつかまらなかった」

マグダレン・ヴォーンはまたうなずいた。

「犯人はつかまりませんでした——今後もつかまるとは思えませんの。つまり——つかまえるような人間が一人もいないんです」

「なんですって？」

「そうなんです——恐ろしいことですの。新聞にはそのことはまったく書かれていません。でも、警察はその点に目をつけているんです。警察は、あの晩、あの家にはだれも来なかったということを知っているんですの」

「ということは——？」

「つまり、犯人はわたしたち四人のうちのだれかだ、ということなんです。そうでなければなりませんの。四人のうちのだれなのかということは警察も知りません——わたしたちにもわからないんですの……ほんとにわからないんです。ですから、わたしたち、毎日毎日お互いに疑心暗鬼にかられて暮らしています。ああ！　犯人が外部の人間であってくれたらいいんですが――でも、どうしたらいいのかわからなくて……」

サー・エドワードは相手を見つめた。興味がわいてきたのだ。

「ご家族が容疑者だとおっしゃるんですな？」

「ええ、そうなんです。もちろん警察ははっきりそうとは申しません。とてもていねいで親切でした。でも、家宅捜査をして、わたしたち全員にいろいろ質問しました。メイドのマーサには何度もしつこく……。でも、だれが犯人なのかわからないものですから、いまのところは手を出しかねているんです。わたし、もう恐ろしくて――どうしようもないほど恐ろしくて……」

「まあまあお嬢さん、落ち着いてください。あなたの思いすごしに決まっていますよ」

「いいえ、四人のうちの一人――まちがいありませんわ」

「あなたのおっしゃる四人とは、だれのことなんです？」

マグダレンはきちんと座り直し、いくらか冷静に話しはじめた。

「まず、わたしと兄のマシューです。リリー叔母はわたしたちの大叔母にあたりますの。わたしの祖母の妹なんです。わたしが十四歳のときからずっといっしょに暮らしてきました（わたしと兄とは双子なんですのよ）。それから、ウィリアム・クラブトリーです。

彼は叔母の甥――つまり叔母の弟の息子で、妻のエミリーといっしょに叔母の家に同居しています」

「叔母さんが扶養しておられたのですか？」

「多少は。彼もいくらかお金を持っているんですけれど、身体が丈夫ではないので、家の中で暮らさなければならないんです。もの静かで、空想にふけるタイプの人間ですの。彼がやったなんて、絶対に考えられません――ああ！――考えるだけでも恐ろしいわ！」

「まだ事情が皆目のみこめませんね。どういうことなのか、かいつまんでご説明いただけませんか――もしおさしつかえなければ」

「あら！　もちろんですわ――聞いていただきたいんですもの。何もかも、いまでもはっきりと覚えていますから――ぞっとするほどはっきりと。わたしたち、お茶にしましたの。それからめいめい自分の仕事をやりに食堂を出ました。わたしはちょっと縫い物をしにいきました。マシューは記事をタイプしに――新聞の仕事をちょっとやっているんですの。ウィリアムは切手の整理をしにいきました。エミリーはお茶にはおりてきませんでした。頭痛薬を飲んで寝ていたんです。そんなわけで、わたしたち四人とも、自分たちのことで忙しかったんですの。七時半にメイドのマーサが夕食の準備をするために食堂へ行くと、リリー叔母が――死んでいたんです。頭が――ああ！　恐ろしい――ぐしゃぐしゃにつぶれて」

「凶器は見つかったんでしたね？」

「ええ。ドアの横のテーブルの上にいつも置いてあった重い文鎮《ぶんちん》でした。警察は指紋の検出を行なったのですが、一つも見つかりませんでした。きれいに拭《ぬぐ》ってあったのです」

「で、あなたは最初どう思われましたか？」

「もちろん強盗だと思いましたわ。こそ泥が物色したみたいに、書きもの机の引き出しが二つ三つ開いていたからです。わたしたちは当然強盗だと思いましたわ！　それから警察がやってきて――少なくとも死後一時間はたっている、といったんです。それから、だれか訪ねてきた者はいなかったかとマーサに訊きました。マーサはだれも来なかったといいました。しかも、窓には全部内側から鍵がかかっていましたし、こじあけようとした形跡もありませんでした。そこで警察はわたしたちにいろいろと質問したんです……」

彼女は口をつぐんだ。大きくあえいでいる。おびえきった哀願するような目が、救いを求めるようにサー・エドワードの目をのぞきこんでいる。

「たとえば、叔母さんが亡くなることでだれが利益を受けるのですか？」

「それは簡単ですわ。わたしたちみんな同じだけ利益を受けるのです。叔母は遺産をわたしたち四人に平等に分配するようにしていましたから」

「で、遺産はどのくらいでした？」

「相続税を払っても八千ポンドぐらいになると弁護士がいっておりました」

サー・エドワードはちょっと驚いたように目を丸くした。

「かなりの額ですな。叔母さんの財産の総額を、あなた方はご存じだったんでしょうな？」

マグダレンは首を振った。

「いいえ――ほんとうにびっくりしましたの。リリー叔母はお金にはとても細かいひとで、使用人はたった一人しか置きませんでしたし、いつも倹約、倹約とうるさく申しておりましたわ」

サー・エドワードは考え深そうにうなずいた。椅子に座っているマグダレンが少し身を乗りだした。

「助けていただけますでしょう？」

話そのものに興味を持ちはじめていた矢先だったので、サー・エドワードは彼女のことばを聞いて不愉快なショックを感じた。

「お嬢さん――具体的にどうしてさしあげたらよいのでしょうか？　法律上の助言が必要なら、いい人をご紹介してさしあげるが――」

　彼女はさえぎった。

「まあ！　わたしが望んでいるのはそういうことではありませんの！　個人的に――お友達として、助けていただきたいんです」

「まことに恐縮です、しかし――」

「うちへ来ていただきたいんですの。あなたにいろいろ質問していただきたいんです。ご自分の目でごらんになって、判断していただきたいんですの」

「ですが、お嬢さん」

「お忘れにならないで、お約束じゃありませんの。どこでも――いつでも――助けがほしいときは、とおっしゃいましたわ……」

　哀願しているような、しかも自信ありげな彼女の目が、卿の目をじっと見つめている。彼は気恥ずかしくもあり、ふしぎに心を動かされてもいた。十年前のなんということもない口約束を聖なる誓いのように信じて疑わない、かくも一徹な信念。自分が口にしたのと同じことばを――決まり文句《クリシエ》同然のことばではないか！――口にする者は少なくない。だが、約束を守れと迫られる者はまずいないだろう。

　彼は多少弱々しげにいった。「わたしよりももっとあなたの力になれる人が、ほかにもたくさんいるはずだと思うが」

「友人はたくさんおります——もちろんですわ」（彼女のむじゃきな態度を彼はおもしろいと思った）「でも、あなたみたいに頭のきれる人は一人もいませんの。あなたは尋問になれていらっしゃいますわ。それに、たくさんご経験がおありなんですもの、きっとおわかりになるはずですわ」

「わかるって、何がです？」

「わたしたちが有罪なのか無罪なのかってことが」

　彼は内心苦笑した。十中八、九、自分は真相を見破ったと思い、腹の内でずいぶん得意になったことも過去には何度もあった！　もっとも多くの場合、彼の私的な意見は陪審員たちのそれとは一致しなかったのだが。

　マグダレンは神経質そうに額にかかっていた帽子を後ろへ押しやり、部屋を見回した。

「ここはほんとうに静かですのね。たまには騒々しい音を聞きたいとはお思いになりません？」

　袋小路《キュ・ド・サク》！　彼女が何気なく口にしたことばが、彼の急所を突いた。袋小路か。なるほど。だが、つねに出口はあるものだ――入ってきた入口――世間へもどる出口……。激しく、そして若々しい何かが彼の胸の内でさわいだ。疑うことを知らぬ彼女の信頼が彼の性質の最もよい部分に作用し――彼女が持ちこんできた問題に含まれている何かが――犯罪学者としての彼を刺激したのだ。彼は話に登場した面々に会ってみたいと思った。自分で判断をくだしてみたくなった。「ほんとうにわたしがお役に立つと考えておられるなら……。だが、いいですか、保証はできませんよ」

有頂天になって喜ぶかと思いきや、女はいとも冷静にそれを受け止めた。

「引き受けてくださると思っておりましたわ。わたし、いつもあなたのことをほんとうのお友達だと思っていたんです。これからいっしょにおいでねがえますか？」

「いや、明日お訪ねしたほうがいいでしょう。ミス・クラブトリーの弁護士の名前と住所を教えていただけませんかな？　二、三訊ねたいことがあるのです」

彼女はそれを書きとめ、手渡した。それから立ちあがり、ちょっと恥ずかしそうにいった。

「わたし――ほんとうに、心から感謝しております。では、これで」

「ところで、あなたのご住所け？」

「あら、わたしとしたことが。チェルシーのパラタイン・ウォーク十八番地です」

2

翌日の午後三時、サー・エドワード・パリサーは落ち着いた規則正しい足どりでパラタイン・ウォーク十八番地におもむいた。それまでに、彼はいくつかの事実を発見していた。その日の朝、スコットランド・ヤードをたずねて、古い友人である副警視総監に会い、さらに死亡したミス・クラブトリーの弁護士にも会ったのだ。その結果、状況がかなりはっきりしてきた。ミス・クラブトリーの金銭の取り扱い方はいささか風変わりだった。小切手を絶対に使わなかったのだ。そして、金が必要なときは、五ポンド紙幣でこれだけの金額を用意してほしいといつも弁護士に手紙で依頼してくるのだった。依頼金額はほとんどいつも同額だった。一年に四回、三百ポンドずつで、毎回四輪馬車に乗って彼女自身が受け取りに来た。それが金を運ぶ唯一安全な方法だと思っていたのだ。それ以外、彼女は一歩も外出しなかった。

スコットランド・ヤードでは財政的なことに関してはかなり調査がすすんでいた。ミス・クラブトリーの金の受け取り時期が間近に迫っていたのだ。おそらく前回の三百ポンドは使い果たしていたか――あるいは使い果たす寸前だったのだろう。だが、ここがまさに判然としない点だった。家計の支出を調査したところ、三カ月単位のミス・クラブトリーの出費総額が三百ポンドをはるかに下まわるものだったということが、たちどころに判明したのだ。一方、彼女は、習慣的に、金に困っている友人や親戚に五ポンド紙幣で送金することにしていた。彼女が死んだとき、家には金がたくさんあったのか、あるいはいくらもなかったのか、そこが争点だった。とにかく、金はまったく出てこなかったのだ。

パラタイン・ウォークへ向かう道すがら、サー・エドワードが繰り返し考えていたのはまさにこの点だった。

ドアを開けたのは（地下室のない家だった）油断のない目つきをした小柄な老女だった。彼は小さな玄関ホールの左手の広びろとした二間つづきの部屋に通され、マグダレンが入ってきた。前日よりもはっきりと心労の色を浮かべている。

「質問してほしいというおはなしだったので、うかがいましたよ」サー・エドワードは微笑しながら握手した。「まず最初に、最後に叔母さんの姿を見たのはだれだったのか、そして、それは正確には何時だったのかが知りたいですね」

「お茶の後――五時でしたわ。最後に叔母といっしょにいたのはマーサです。あの日の午後、マーサは家計の支払いをすませて、リリー叔母のところへお釣りや計算書を持っていったんですの」

「マーサは信用できますね？」

「ええ、絶対に。彼女は叔母に仕えて――まあ！　三十年にもなりますわ。正直を絵にかいたようなひとですわ」

サー・エドワードはうなずいた。

「もう一つ質問があります。あなたの従姉のクラブトリー夫人はどうして頭痛薬を飲んだのですか？」

「頭が痛かったからですわ」

「それはそうでしょうが、頭痛がするような何か特別なことでもあったのですか？」

「ええ、まあ多少は。昼食のときにちょっとさわぎがありましたの。エミリーはとても感じやすくて、すぐに興奮してしまうんです。彼女と叔母とはときどき口論していましたの」

「で、昼食のときにそれをやったというわけですね？」

「ええ。リリー叔母は、つまらないことでも口やかましいひとでした。なんでもないことがきっかけになって――二人で激しくやりあって――その場のいきおいでエミリーは心にもないことを口にしました――ここから出ていって二度と帰ってこないとか――食事も満足に食べさせてもらえないとか――ああ！　ありとあらゆるばかげたことを口にしたんです。リリー叔母も、夫婦そろってさっさと荷物をまとめて出ていってくれたほうがせいせいする、なんていったんです。でも、みんな口先だけのことなんですのよ、ほんとうに」

「クラブトリー夫婦は荷物をまとめて出てはいかれないからですか？」

「それだけではありませんわ。ウィリアムはリリー叔母が好きだったんです。心からね」

「そのほかにも口げんかがあったのではありませんか？」

マグダレンの顔に赤味がさした。

「わたしのことですの？　わたしがモデルになりたいということで、ひとさわぎあったこと？」

「叔母さんは同意なさらなかったのでしょう？」

「ええ」

「どうしてモデルになりたいと思ったんです、マグダレンさん？　そういう生活がとても魅力的だと思ったのですか？」

「いいえ、でも、どんなことだってここでの暮らしよりずっとましですもの」

「なるほど。しかし、これからはかなりの収入があることになりますね？」

「まあ！　おっしゃるとおりですわ。いまではすっかり事情が変わりましたもの」

彼女はきわめてすなおにその事実を認めた。

彼は微笑んだが、この問題についてはさらに追及せず、その代わりにこう訊ねた。

「で、あなたのお兄さんは？　彼も口げんかをしたのですか？」

「マシューですか？　いいえ」

「ということだと、彼には叔母さんを殺す動機はなかったということですね？」

一瞬、彼女の顔に浮かんだ狼狽《ろうばい》の色を彼は見逃さなかった。

「忘れていましたが」と彼は何気なくいった。「お兄さんはかなり借金をしていましたね？」

「ええ。かわいそうなマシュー」

「でも、いまでは万事うまくいくというわけですな」

「ええ――」彼女はため息をついた。「ひと安心です」

それでも依然として彼女の胸の内が読めない。彼は急いで話題を変えた。

「従兄夫妻とお兄さんはご在宅ですかな？」

「ええ。あなたがお見えになるって話しておきましたの。みんな、ぜひ力になっていただきたいと申しておりますわ。ああ、サー・エドワード――わたし、なんとなく、あなたが何もかも――わたしたち全員が無関係で――結局、部外者の犯行だったということがはっきりするような気がしますの」

「わたしには奇跡は起こせませんよ。真相を突きとめることはできるかもしれないが、あなたが望んでおられるような真相を作り出すことはできないのです」

「そうでしょうかしら？　あなたならなんでも――どんなことでもおできになるような気がしますわ」

彼女は部屋を出ていった。彼は考えこんだ。混乱していた。〝どういうつもりでああいうことをいったのだろう？　どういうふうに弁護したらいいか教えてほしいということなのだろうか？　それにしてもだれのために？〟

五十歳くらいの男が部屋に入ってきたために、瞑想が中断された。丈夫そうな体格の持ち主だが、やや猫背だ。だらしのない身なりをし、髪にはろくに櫛《くし》も入っていない。善良そうだがぼんやりとした顔つきをしている。

「サー・エドワード・パリサーですか？　やあ、はじめまして。マグダレンにここへ行くようにいわれましてね。お力になってくださるそうで、まことにありがたいと思っとります。そうはいっても、何も発見できないと思いますよ。つまり、犯人はつかまらないってことです」

「ということは、あなたは犯人は泥棒だと思っておられるわけですな――外部の人間の犯行だと？」

「そうに決まっています。家族の中に犯人がいるはずはありません。この頃の泥棒というのは、なかなか賢いですからな。猫みたいによじ登ってきて、好きなように出入りするんですから」

「悲劇が起きたとき、あなたはどこにおいででした、クラブトリーさん？」

「切手のことで大忙しだったんです――二階のわたしの小さな居間にいました」

「物音は何も聞こえませんでしたか？」

「ええ――でも、わたしは、熱中しているとほかのことがまったく耳に入らなくなってしまいますんでね。お恥ずかしい話なんですが、ほんとうなんですよ」

「その居間というのは、この部屋の上にあるのですか？」

「いいえ、裏手にあたります」

またドアが開き、金髪の小柄な女性が入ってきた。神経質そうに両手を痙攣《けいれん》させ、興奮した顔をしている。腹を立てているらしい。

「ウィリアム、どうして待っていてくださらなかったの？　わたくし〝待っていて〟といったでしょうに」

「すまん、忘れてしまったんだよ。こちらはサー・エドワード・パリサー——家内です」

「はじめまして、奥さん。二、三お訊きしたいことがあっておじゃましております。皆さんが事件解決を首を長くして待っていらっしゃるのは承知しています」

「あたりまえですわ。でも、申しあげることは何もございませんの——そうでしょう、ウィリアム？　わたくし、眠っておりましたの——自分のベッドで——マーサの悲鳴で初めて目が覚めたんです」

相変わらず両手が痙攣している。

「奥さんのお部屋はどこなのですか？」

「この部屋のちょうど上ですわ。でも、わたくし、何も聞いていません——聞こえるわけがありまして？　わたくし、眠っていたんですのよ」

それ以上彼女からは何も聞きだせなかった。何も知らない——何も聞いていない——眠っていたのだ。おびえている女の頑固さで彼女はそれを繰り返した。だが、サー・エドワードはよく承知していた。いかにもありそうなことだ——おそらく彼女のいうとおりなのだろう。

最後に失礼しましたと詫びてから――マーサに二、三質問したい、と彼はいった。ウィリアム・クラブトリーが自ら彼を台所へ案内すると申し出た。ホールでサー・エドワードは、長身の黒髪の青年と出くわした。彼は玄関へ行くところだった。

「マシュー・ヴォーンさんですな？」

「ええ――でも、ごらんのとおり、時間がないのです。約束があるので」

「マシュー！」階段から妹の声がした。「マシューったら！　約束したじゃないの！」

「わかっているよ。でもだめなんだ。友達に会うんでね。それに、どっちみち、あのいまいましいことについてなんべん話したって、どうにもならないじゃないか。警察だけでもうたくさんだよ。このさわぎにはまったくもううんざりだ」

玄関のドアが音を立てて閉まり、マシュー・ヴォーンは出ていってしまった。

サー・エドワードは台所へ案内された。マーサはアイロンをかけていた。アイロンを持ったまま、彼女は仕事の手を止めた。サー・エドワードは後ろ手にドアを閉めた。

「ミス・ヴォーンに力をかしてほしいと頼まれてね。二、三質問したいんだが、いいかね？」

彼女は彼を見た。それから首を振った。

「どなたも犯人ではございません。あなたが考えておいでのことはわかりますが、それはまちがいでございます。ご婦人方も紳士方も、ほんとうにご立派な方ばかりでございますわ」

「わたしもそれは疑ってはおらんよ。だが、立派だということは、いわゆる証拠というものにはならんのだ」

「そうでございましょうね。法律というのはおかしなものでございます。でも、証拠はございますんですよ――あなたさまがおっしゃいますような。わたしに気づかれずにおやりになれる方がいらっしゃるわけがないんでございます」

「だが、確かに――」

「嘘ではございません。ほら、あれをお聞きくださいまし――」

〝あれ〟というのは、頭上できいきいときしんでいる音だった。

「階段でございます。上がり降りなさるたびに、ものすごくきしむんでございます。どんなにそっとお歩きになりましてもきしみます。クラブトリーの奥さまはベッドに入っておられましたし、クラブトリーさまはご趣味の切手を整理しておられました。マグダレンさまは二階へもどられてミシンをかけておいででした。ですから、このお三人のうちのどなたかが階段を降りていらしたとすれば、わたしにはまちがいなくわかったはずでございます。そして、どなたも降りていらっしゃらなかったのでございますよ！」

マーサは弁護士の心に訴えかけるような確信にみちた口調で話した。〝立派な証人だ。彼女の証言は重要視されるだろう〟と彼は思った。

「もしかしたら、気づかなかった、ということもありうるんじゃないかね」

「いいえ、そんなことはございません。はっきり注意していなくても、ちゃんと気づいたはずでございます。ドアが閉まれば、どなたかが出ておいでになったのがわかりますでしょう。それと同じでございます」

サー・エドワードは話題を変えた。

「三人のことは説明がついたわけだ。だがもう一人、四人目がいる。マシュー・ヴォーン氏も二階にいたのかね？」

「いいえ、あの方は階下《した》の小部屋でタイプを打っていらっしゃいました。この隣の部屋でございます。ここにおりますと、よく聞こえるんでございます。タイプの音は一時も休むことなく聞こえておりました。ほんとに一時も、でございましたんです。誓ってもよろしゅうございますよ。あの音は耳ざわりでございますし」

サー・エドワードはちょっと口をつぐんだ。

「発見者はきみだったね？」

「はい、さようでございます。おぐしに血がついておりまして、倒れておいでてした。マシューさまのタイプの音のせいで、だれにも物音が聞こえなかったんでございます」

「だれも家に入ってきた者はいない、という点はまちがいないんだね？」

「わたしに気づかれずに入れるわけがございませんでしょう？　ベルはここで鳴るようになっておりますんです。それに、出入り口はたった一つしかございません」

彼はメイドの顔をまっすぐ見つめた。

「きみはミス・クラブトリーを慕っていたのかね？」

彼女はさっと頬を染めた――心からの――疑う余地のない思慕を抱いていたのだ。

「はい、申しあげるまでもございません。クラブトリーさまのおかげで――さようでございますね、いまはこうしてなんとかやっていけるのでございますから、お話ししてもかまわないと思います。わたしは若い頃にめんどうなことにまきこまれまして、そのときクラブトリーさまが力になってくださったんです――それが片づいた後で、メイドとして引き取ってくださいましてね。わたしが身代わりに死にたかったと思っております――できますものなら、ほんとうに」

そのことばには嘘がないとサー・エドワードは思った。マーサは誠実な女だ。

「きみの知るかぎりでは、だれも来なかったんだね――？」

「はい、そんなはずはございませんです」

「わたしはきみの知るかぎりでは、といったのだよ。だが、ミス・クラブトリーがだれかが来るのを待っていたとしたら――その人物を迎え入れるために彼女自身がドアを開けたとしたら――」

「まあ！」マーサは不意をくらったようだった。

「そういうこともありうると思うが？」サー・エドワードは詰め寄った。

「ありえます――はい――でも、めったにあることではありません。つまり……」

マーサがうろたえているのははっきりしていた。否定できないくせに否定しようとしている。なぜだ？　真相がどこかべつのところにあるのを知っているからだろうか？　この家にいる四人の人間――その中に犯人がいるのだろうか？　マーサはその人間をかばおうとしているのか？　階段はきしんだのだろうか？　だれかがそっと降りてきて、マーサはそれがだれなのか知っているのだろうか？

マーサ自身は正直者だ――それについてはサー・エドワードも確信していた。

相手の顔を見守りながら、彼は核心を突いた。

「ミス・クラブトリーはそうしたのではないかと思うのだがね？　あの部屋の窓は表通りに面している。だれを待っていたにしろ、ミス・クラブトリーは窓越しにその人物がやってくるのを見て、ホールに出ていき、彼を――あるいは彼女を――出迎えたのかもしれない。その人物をだれかに見られたくないと思っていた可能性もある」

マーサは困惑したような顔をしていたが、ついにいかにも気がのらないといった様子で口を開いた。

「はあ、おっしゃるとおりかもしれませんです。そんなことは夢にも思いませんでした。男の方を待っていらした――はあ、充分にありうることでございます」

この説を認めたほうが得だということに気づいたような言い方だった。

「きみはミス・クラブトリーに会った最後の人間だね？」

「さようでございます。お茶の片づけをしましてから、領収書とおあずかりしていたお金のお釣りを持ってまいったんでございます」

「きみにお金を渡すとき、ミス・クラブトリーは五ポンド紙幣をよこしたかね？」

「五ポンド紙幣を一枚です」マーサはびっくりしたようにいった。『請求書が五ポンド以上になったことは一度もございません。わたしがいつもとても気をつけておりますので」

「ミス・クラブトリーはどこにお金をしまっていたのかね？」

「よくは存じません。いつも持ち歩いていらしたようでございますよ――黒いビロードのバッグにお入れになって。でも、もちろん、ご自分の寝室にある、鍵のかかる引き出しのどれかにしまっていらしたのかもしれません。いろいろなものを鍵のかかるところにしまいこんでおくのがお好きな方でございましたから。鍵をよくお失くしになりましたが」

サー・エドワードはうなずいた。

「どのくらいお金を持っていたかはわからんだろうね——五ポンド紙幣で、ということなんだが？」

「はい、正確なところはわかりません」

「で、だれかが来るのを待っていると思われるようなことは何もいわなかったのだね？」

「はい」

「絶対に確かだね？　正確にはなんといったのかね？」

「さようでございますね」マーサは考えこんだ。「肉屋なんてものはならず者のぺてん師だ、とおっしゃいました。それから、お茶を四分の一ポンド買いすぎている、ともおっしゃいました。それに、クラブトリーの奥さまがマーガリンをお嫌いなことについて、ばかにもほどがある、とも。それから、わたしがお持ちしたお釣りの中にあった六ペンス銀貨が気に入らないとおっしゃって——カシの葉の模様がついている新しい銀貨でございますよ——これはひどい代物《しろもの》だとおっしゃいまして、お気を鎮めるのに往生いたしました。それから——ああ、そうでございました、魚屋がまちがった鱈《たら》をとどけてきたけれど、そのことを魚屋にいってやったか、とおっしゃいましたので、そういいましたと申しあげました——それから、さようでございますね、これでぜんぶだと思いますです」

どれほどこまごまとした説明よりも、マーサの話は死亡した婦人の面影を生き生きと描きだした。サー・エドワードは何気なく訊ねた。

「いささか気むずかしい女主人というところだね？」

「ちょっと口うるさいところもおありでしたが、お気の毒な方で、めったに外出もなさいませんで、家の中にこもりきりでいらっしゃいましたから、何か気散じをなさらずにはいられなかったんでございましょう。気むずかしい方でしたが、心根はやさしい方だったんでございますよ——もの乞いが来ましても、何もやらずに追い返すようなまねは決してなさいませんでしたし。口うるさい方だったかもしれませんが、情の深い方でございました」

「ミス・クラブトリーの死を悲しんでくれる者が一人はいたということがわかって、わたしはうれしいよ、マーサ」

老メイドははっと息をのんだ。

「とおっしゃいますと——まあ、でも、みなさんクラブトリーさまをとても好いておいでだったんでございますよ——ほんとうでございます——心の中では。ときには言い争いもなさいましたけれど、深い意味などなかったんでございます」

サー・エドワードは上を見た。頭上できしむ音がしたのだ。

「マグダレンさまが降りていらっしゃるのです」

「どうしてわかるんだね？」彼はすかさず訊ねた。

老女は赤面した。「足取りでわかるんでございます」

サー・エドワードは急いで台所を出た。マーサのいったとおりだった。マグダレンが階段の一番下の段に足をかけていたところだったのだ。彼女は期待をこめて彼を見た。

「まだあまり進展してはおらんのですよ」彼女の視線に応えてサー・エドワードはそういい、「叔母さんが亡くなられた日に、どんな手紙を受け取っておられたか、もしかしてご存じではありませんかな？」

「手紙はみんなひとまとめにしてありますわ。もちろん警察が目を通しましたが」

彼女は先に立って二間つづきの広い客間へ行き、引き出しの鍵を開けると、古風な銀の留め金のついた黒いビロードの大きなバッグを取りだした。

「これは叔母のバッグですの。亡くなった日のままです。すべてそのままにして、わたしがここへしまっておいたんです」

サー・エドワードは礼をいうと、バッグの中身をテーブルの上にあけた。偏屈な老婦人のハンドバッグの典型的な見本だ、と彼は思った。

銀貨が数枚、ショウガ入りビスケット二枚、ジョアンナ・サウスコット寄金に関する新聞の切り抜きが三枚、失業者をうたったくだらない詩が印刷してある紙きれ、『オールド・ムーア暦』、樟脳《しょうのう》の大きなかたまり一個、眼鏡が二つほど、そして、手紙が三通。一通は〝いとこのルーシー〟なる人物からのクモの巣のような書体の手紙であり、ほかの二通は、時計の修理の請求書と、慈善事業の寄付の要請状だった。

サー・エドワードは一つ一つ細心の注意を払って調べてから、すべてをもとどおりにしまいこむと、ため息をつきながらマグダレンにバッグを返した。

「ありがとう、ミス・マグダレン。残念ながらたいして役に立つものはありませんな」

彼は立ちあがり、窓の外を見た。玄関の階段がよく見渡せる。それからマグダレンと握手した。

「お帰りですの？」

「ええ」

「でも、あの――うまくいきますでしょうか？」

「法律にたずさわっているものは、そのような軽率な判断はくだしたりしません」サー・エドワードはもったいぶってそういうと、家を出た。

彼は考えこみながら通りを歩いていった。謎は手の内にある――だが、それを解くことができないのだ。何かが必要だった――何かちょっとしたことでいい。方向を指し示してくれるものさえあればいいのだ。

だれかの片手が肩に置かれ、彼は仰天した。マシュー・ヴォーンだった。少し息を切らしている。

「あなたを追いかけてきたんですよ、サー・エドワード。おわびしたくて。先ほどはあんなに無礼なまねをして申しわけありませんでした。ついつい身勝手なことをしてしまいまして。今度のことについては、お手をわずらわせまして、ほんとうに恐縮です。なんでもお訊きになってください。ぼくでお役に立てることがあれば――」

突然、サー・エドワードは身体をこわばらせた。その目は――マシューの顔にではなく――通りの向こう側をひたと見つめている。いささかとまどい気味に、マシューは繰り返した。

「ぼくでお役に立てることがあれば――」

「もう役に立ってくれましたよ、きみ」サー・エドワードはいった。「この特別な場所でわたしを立ち止まらせ、あるものにわたしの注意を向けさせてくれたのですからな。こんなことがなければ、見逃していたところだ」

彼は通りの向こう側にある小さなレストランを指さした。

「二十四羽の黒ツグミ？」マシューが当惑したような声を出した。

「さよう」

「レストランにしてはおかしな名前ですね――でも、きっと料理はうまいですよ」

「わざわざ食べにいってみる気はありませんな」サー・エドワードはいった。「わたしの幼年時代は、きみの幼年時代よりもはるかに昔のことだが、童謡のことはたぶんわたしのほうがきみよりもよく覚えているでしょうな。わたしの記憶が正しければ、たしかこんなのがありましたよ。

〝六ペンスのうたをうたおうよ、ポケットにはライ麦がいっぱい。二十四羽の黒ツグミはパイに焼いて――〟

とかいうのがね。後はこの際関係ない」

彼はくるりと踵《きびす》を返した。

「どちらへいらっしゃるんです?」とマシュー・ヴォーン。

「お宅へ引き返すんですよ、きみ」

二人は黙って家まで歩いた。何がなんだかわけがわからないというように、マシュー・ヴォーンはときどきちらりと相手の顔をのぞき見ていた。家に入るとサー・エドワードはまっすぐ例の引き出しのところへ行き、ビロードのバッグを取りだすと、開けた。彼に見つめられて、マシューはしぶしぶ部屋を出ていった。

サー・エドワードは銀貨をテーブルの上にならべ、うなずいた。記憶どおりだった。立ちあがり、片手の中に何かを滑りこませながら、彼はベルを押した。

マーサがあらわれた。

「わたしの記憶が正しければ、きみは亡くなったご主人と新しい六ペンス銀貨のことでちょっと口論をした、といっていたね、マーサ」

「はい」

「おお! だとするとおかしなことになるんだよ、マーサ。この釣り銭の中には、新しい六ペンス銀貨が一枚もないんだ。六ペンス銀貨は二枚あるんだが、どちらも古い銀貨なんだよ」

彼女はわけがわからないといった顔をして彼を見つめている。

「どういうことかわかるだろう？　あの晩、だれかがこの家にやってきた――そのだれかに、きみのご主人は六ペンスやったんだ……。思うに、ご主人はこれをもらって、代わりに六ペンスやったんだろう……」

彼はすばやく片手を突き出し、失業のことをうたったへたくそな詩が印刷されている紙を見せた。

「ゲームは終わりだ、マーサ――いいかね、わたしにはわかっているんだ。知っていることはみんな話したほうがいいよ」

彼女はくずれるように椅子に座りこんだ――あとからあとから涙が頬をつたう。

「ほんとうです――ほんとうなんでございます――ベルはちゃんと鳴らなかったんでございます――鳴ったのかどうか、はっきりしなかったんでございます。少ししてから、行ってみたほうがいいと思いまして、ドアのところまで行ったとき、ちょうど男が奥さまを殴り倒すのが見えました。奥さまの目の前にあったテーブルの上に、五ポンド紙幣の束がのっていて――それを見たんで、男はついあんなまねをしてしまったのでございましょう――それに、奥さまがご自分で玄関をお開けになったので、ほかにはだれもいないのだと思ったんだと思います。わたしは声も出ませんでした。身体がしびれてしまって。そしたら、男がわたしのほうを見たのでございます――わたしの息子でございました……

ああ、昔から悪い子でございましたんです。わたしはできるかぎりお金を与えておりました。二度も牢屋に入りまして。きっとわたしに会いに来たんでございましょう。そうしたら、わたしが玄関に出なかったので、クラブトリーさまがご自分でドアをお開けになったのです。それであの子はまごついて、あの失業者の詩が印刷してある紙を一枚出したんです。奥さまは情の深い方でしたから、中へ入るようおっしゃって、六ペンス銀貨をお出しになりました。そのあいだ中ずっと、わたしがお釣りをお持ちしたときのままに札束はあのテーブルの上に置いてあったのでございます。それで、ベンの心の中に悪魔がしのびこみ、後ろに回って、奥さまを殴り倒したのでございます」

「それから?」サー・エドワードがうながした。

「ああ、わたしに何ができますでしょう? 血を分けた自分の息子なのでございますよ。あれの父親は悪い男で、ベンはその血を受けついだんでございます——でも、自分の息子であることには変わりございません。急いで追い帰して、台所へもどり、いつもの時刻にお夕食の準備に食堂へまいりました。わたしを邪悪な女だとお思いになられますか? いろいろとおたずねがありましたときには、嘘はつかないように努力したのでございます」

サー・エドワードは立ちあがった。

「かわいそうに」彼は心からそういった。「まことに気の毒だと思う。だが、法を曲げるわけにはいかんのだよ」

「あれは国外へ逃亡いたしました。どこにおりますのか存じませんのです」

「だとすると、絞首刑はまぬがれるかもしれん。だが、当てにしてはいけないよ。ミス・マグダレンを呼んでくれないかね？」

「まあ、サー・エドワード。なんてすてきなんでしょう――ほんとうにおみごとですわ」彼が要点を説明し終わったとき、マグダレンがいった。「あなたはわたしたちみんなを救ってくださったんですわ。なんとお礼を申しあげたらいいか」

微笑しながら彼女を見おろし、サー・エドワードはやさしくその手をたたいた。彼はまさに大物だった。シルリック号に乗っていた小さなマグダレンは、まことに愛らしかった。花開く十七歳という年頃――まことにすばらしい！　そしていま、もちろんそれはすっかり失われてしまっている。

「また友人を必要となさるときには――」と彼はいった。

「まっすぐあなたのところへうかがいますわ」

「いやいや」サー・エドワードはあわをくって大声を出した。「それはかりはお断わりですよ。わたしよりもっと若い男性のところへおいでになるように」

感謝に満ちた人びとにそつなく別れのあいさつをし、彼はタクシーを呼びとめた。そして、安堵《あんど》のため息とともに深ぶかと座席に腰をうずめた。

十七歳のさわやかな魅力でさえ、行く先はおぼつかないものらしい。

事実、それは犯罪学に関するまことにみごとな蔵書の魅力とは比べものにならなかったのだ。

タクシーは道を折れ、クイーン・アンズ・クローズへ入った。

彼の袋小路《キュ・ド・サク》へ。

エドワード・ロビンソンは男なのだ

The Manhood of Edward Robinson

〝たくましい両腕にすばやく抱き上げた彼女を、ビルはその胸に抱きしめた。深いため息とともに、彼女は唇を許した。彼が夢に見たこともないほど、すばらしいキスだった――〟

1

ため息とともにエドワード・ロビンソン君は『恋は王様』を下に置き、地下鉄の窓の外をながめた。電車はスタンフォード・ブルックを通過していく。エドワード・ロビンソンはビルのことを考えた。ビルは百パーセント実在する、女流小説家たちのお気に入りの、男の中の男なのだ。彼の筋肉、苦みばしった顔立ち、激しい情熱。エドワードはうらやましかった。ふたたび本を取りあげ、誇り高きイタリアの女侯爵ビアンカ（唇を許した女だ）のくだりを読んだ。彼女はうっとりするほどの美貌の持ち主で、色気たっぷり、彼女の前に出ると屈強な男どもが九柱戯（ボウリングの原型）のピンのようになすすべもなく、ころりと恋におちいってしまうほどだ。

「もちろん、こんなのはみんな作り話さ」エドワードはつぶやいた。「みんな作り話なんだ。だけどなあ、ぼくは――」

彼はものほしそうな目つきをした。どこかにロマンスと冒険の世界みたいなものはないだろうか？　夢中になってしまうほどの美女はいないものだろうか？　炎のように身を焼きつくす恋なんてものはないだろうか？

「これが現実生活なんだ」エドワードはいった。「ぼくもほかの連中とおんなじようにやっていかなければならないんだ」

全体から見たら自分は運のいいほうだと思うべきなんだ、と彼は思った。すばらしい職業に就《つ》いているし――彼は景気のいい会社の事務員をしていた。健康だし、養わなければならないものもいないし、おまけにモードと婚約しているのだ。

だが、モードのことを考えただけで彼の顔がくもった。自分で認めるつもりは毛頭なかったが、彼はモードがこわかったのだ。彼はモードを愛していた――そう――二人が初めて出会ったときに、四シリング十一ペンスの安もののブラウスの衿元《えりもと》からのぞいていた彼女の白いうなじに見とれていたときのあの心のときめきを、彼はいまでも覚えていた。映画館で彼女の後ろの席に座っていたのだ。そして、いっしょにいた友人が彼女と知り合いだったので、紹介してくれたのだった。モードはとても上等な女だ。まちがいない。きれいだし、利口だし、とても上品だし、おまけに何をするにしてもそつがない。こういう娘はまことにすばらしい妻になる、とだれもがいう。

女侯爵ビアンカはすばらしい女房になるだろうか、とエドワードは思った。なんとなく疑わしい気がした。赤い唇、なよなよとした身体。肉感的なビアンカがたくましいビルのためにかいがいしくボタンつけをしている場面などとても想像できない。いや、ビアンカは小説の中の女なんだ。そして、これが現実生活というものなんだ。ぼくとモードはとても幸せにやっていくことになるだろう。彼女は常識をたっぷり持ちあわせているし……

とはいうものの、彼は彼女があれほどでなくてもいいとも思うのだった――そう、しっかりしすぎているのだ。〝口やかましすぎる〟きらいがある。

もちろん、それは分別と常識のせいだ。モードはとても分別のある女だった。そして、エドワードのほうもまことに分別のある男だといえる。だが、ときには――。たとえば、彼は今度のクリスマスに結婚したいと思っていた。モードはもう少し――たぶん、一年か二年待つほうがずっと賢明だと思う、といったのだ。給料は多くはなかったが、彼は高価な指輪を贈りたかった——彼女は気絶しそうなほど仰天し、もっと安いものにむりやり取りかえさせたのだった。彼女はあらゆる長所をそなえていた。だが、ときどき、エドワードは、彼女にもっと欠点があって、もっと長所が少ないといいのに、と思うことがあった。彼女の長所が彼をやけっぱちの行動に駆りたてるのだ。

たとえば——

うしろめたさで彼は赤面した。彼女に打ち明けなければ——それも近いうちに。秘密を持っているという罪の意識のせいで、すでに挙動がぎこちなくなっているのだ。明日は、クリスマス・イヴ、クリスマス、そして贈り物の日《ボクシング・デイ》とつづく三連休の第一日目だ。家に来て家族といっしょに過ごさないか、と彼女がさそってくれたのに、彼は、まちがいなく彼女に疑惑を抱かれてしまうような、いかにも不自然なばかげた態度で、彼女の申し出を断わってしまったのだった——休日は田舎にいる友人と過ごす約束をしたのだというでたらめの話を、ながながとしたのである。

田舎の友達なんて一人もいやしない。あるのは秘密を持っているという罪の意識だけだ。

三カ月前、数百人の青年とともに、エドワード・ロビンソンはある週刊誌の懸賞に応募したのだった。十二人の女の子の名前を、人気のある順に並べるという懸賞だった。

エドワードにはすばらしい名案があった。自分の好みに従ったらうまくいかないことははっきりしている——似たような懸賞に何度か応募してさとったのだ。彼はまず自分の好みに合わせて十二人の名前を並べた。それから、リストの一番と十二番というふうに交互に入れ替えて書きなおした。

結果が発表され、エドワードは十二人のうちの八人を当てて一等賞の五百ポンドを獲得した。運がよかったとひとことといってしまえばすむこの結果を、エドワードはあくまでも自分があみ出した〝方式〟が端的な成果をあらわしたのだとみなしてゆずらず、手のつけようのないほど有頂天になった。

つぎは、この五百ポンドをどうするかだ。モードがなんというかは充分承知していた。投資なさいよ。将来のための貯金の種銭になるわ。そして、もちろんモードのいうとおりだ。それはわかっている。だが、懸賞で賞金を獲得する気分というのは、ほかのことで金を手にするのとはまったく違う。

遺産として残された金だったら、もちろんエドワードは慎重に、利子が元金に繰り入れられる公債か、短期愛国公債に投資したろう。だが、ちょっとペンを動かしただけで、信じられない幸運によってもたらされた金というものは、子供がもらった六ペンスと同じようなものだ——〝おまえのものだよ——好きなように使いなさい〟というわけ。

そして、毎日事務所へ行く道の途中にある豪華な店の中に、信じられない夢があったのだ。車体前部が長く、ピカピカの、二人乗りの自動車だ。はっきりと見えるように、値札が乗せてあった――四百六十五ポンド。

「もしもぼくが金持ちだったら」と、エドワードは毎日毎日話しかけていたのだった。

「もしもぼくが金持ちだったら、おまえを買うんだがなあ」

そしていま、彼は――たとえ金持ちではないにせよ――少なくとも夢を実現させるだけの金を持っていた。あの車が、あのピカピカのうっとりするような魅力のかたまりが、金を支払う気になりさえすれば自分のものになるのだ。

彼は金のことをモードに話すつもりでいたのだった。いったん話してしまえば、誘惑に負けるおそれはなくなるはずだった。肝をつぶすほど仰天して反対するモードの顔を見たら、自分の無茶な計画をあくまでもつらぬき通す勇気などふっとんでしまうだろう。だが思いがけないことに、この一件にけりをつけたのはモードのほうだった。彼女を映画に連れていき――彼は最上席をとった。彼女はやさしく、だが断固とした態度で、言語道断のおろかな行為であるといったのだ――大切なお金の浪費だわ――二シリング四ペンスの席でもよく見えるのに、三シリング六ペンスも払うなんて。

エドワードはむっとしておし黙ったまま、彼女の非難を聞いていた。モードは効果ありと思い、満足した。エドワードはこういう浪費をつづけていてはいけないのだ。彼女はエドワードを愛していた。だが、彼が弱い人間であることも承知していた――いつでもそばにいて、進むべき道を教えてあげるのがわたしの仕事なのだわ。彼女はすっかり満足して、彼が虫けらのように小さくなっているのをながめていた。

エドワードはまさしく虫けらだった。一寸の虫にも五分の魂がある。彼女のことばにすっかり打ちひしがれてはいたが、まさにこの瞬間、彼はあの車を買う決心をしたのだった。

「ちくしょう」エドワードは心の中でつぶやいた。「一生に一ぺんくらい、やりたいようにするんだ。モードなんかくそくらえだ！」

そして翌朝になるとすぐに、彼は厚板ガラスの宮殿に入っていき、ピカピカのエナメルときらめく金属に囲まれた壮麗な商品の中から、われながらびっくりするほど無頓着にあの車を買ったのである。車を買うなんて、いとも簡単なことではないか！

車が自分のものになってから、今日で四日目。うわべは平然と、だが内心は恍惚感にどっぷりとひたりながら、彼は車を乗り回していた。モードにはまだ一言も漏らしていない。この四日間、昼休みに、彼は愛車の扱い方を教わっていた。彼は飲みこみの早い生徒だった。

明日はクリスマス・イヴだ。彼は愛車をかって郊外へ行くつもりでいた。すでにモードには嘘をついているわけだが、もしも必要なら、また嘘をつくつもりだった。身心ともに新しい所有物のとりこになっていたのだ。彼にとってこれはロマンスであり、冒険であり、望みながらもかつて一度も手に入れたことのなかったあらゆるものに相当するものだった。明日はこの恋人といっしょに出かけるのだ。ロンドンの鼓動と焦燥とをはるかあとにして、刺すように冷たい大気の中を突っ走り——澄みきった広大な空間へ……

そのとき本人は気づいていはいなかったが、エドワードはまるで詩人のようだった。明日——

彼は手にしている本を見おろした——『恋は王様』。彼は声をあげて笑うと、その本をポケットに押しこんだ。車、女侯爵ビアンカの赤い唇、ビルの驚くべき勇ましさ。すべてが一つに混じり合っているような感じだ。明日——

ふだんはあてはずれのあばずれ女のような天気は、エドワードに思いやりのあるところを見せてくれた。夢にまで見たその日に、きらめく霜と、淡青色の空と、サクラソウ色の太陽を贈ってくれたのだ。

というわけで、すごい冒険でも向こう見ずな悪事でもなんでもござれという気分で、エドワードはロンドンを脱出したのだが、ハイド・パーク・コーナーで車の調子がおかしくなり、とうとうパトニー・ブリッジでみじめなことにエンコしてしまった。ギヤはうまく作動せず、ブレーキはひっきりなしにきいきい音を立てる。ほかの車の運転手たちが容赦なく汚ないことばをエドワードにあびせかける。だが、新米にしてはうまく処理して、しばらくするとドライバーの胸をときめかせる快適な広びろとした道路に出た。今日は車の往来も少ない。エドワードは走りに走った。きらめく胴体を持つこの生き物を思うままにあやつることに酔いしれ、天にも昇る心地で、冷たい銀世界を突っ走った。

夢のような一日だった。昔風な店に車をとめて昼食をとり、後でもう一度お茶のために立ち寄った。それからしぶしぶ帰路についた——ふたたびロンドンへ、モードのもとへ、免れることのできない言いわけ、そしてお互いに責め合ういさかいをしに戻っていくのだ……

ため息をつきながら、彼はこうした思いを頭からふり払った。明日は明日の風が吹くさ。いまはまだ今日なんだ。それに、これ以上魅力的なことがあるだろうか？　眼前にのびる道路をヘッドライトで照らしだしながら、暗闇の中を突っ走る。おお、最高だ！

夕食をとるためにどこかに立ち寄る時間はないな、と彼は思った。暗闇の中をドライブするのはそう簡単なことではなかった。ロンドンに戻るには、思っていたより時間がかかりそうだった。ハインドヘッドを通過し、デヴィルの窪地の端にさしかかったのはちょうど八時だった。月が照っており、二日前に降った雪が消えずにまだ残っている。

車をとめ、彼は目をこらした。ロンドンへ着くのが真夜中になったとしたら、どうだというんだ？　永久に戻らなくてもいいんじゃないか？　いまあるすべてを、すぐにも振り切って行く気にはどうしてもなれなかったのだ。

車から降りると、彼は崖っぷちに近づいていった。すぐ近くに一本の小道があり、誘惑するように曲がりくねりながら下のほうへ伸びている。エドワードは魔力に屈してしまった。それから三十分間、彼は憑《つ》かれたように雪におおわれた世界をあてもなく歩き回った。かつて想像すらしたことのない世界だった。この世界は彼のもの、ほかのだれのものでもない彼自身のものであり、上の道路で忠実に待っている光り輝く恋人が贈ってくれたものだった。

ふたたび小道を登り、車に乗りこんでスタートした。この上なく散文的な人間でもたまには発見するあの純粋な美のおかげで、依然として頭が少しくらくらしていた。

しばらくすると、ため息とともにわれに返った。そして、車のポケットに手を突っこんだ。今朝、予備のマフラーを入れておいたのだ。

だが、マフラーはなかった。何も入っていなかったのだ。いや、完全に何も入っていないというわけではなかった——何かごつごつとした固いもの——小石のようなものがある。

奥のほうまで手を突っこんだとたんにエドワードは、呆然として目をみはってしまった。彼の手が握っているものは——指のあいだからぶらさがって月の光にさんぜんときらめいているのは、ダイヤモンドのネックレスだったのだ。

エドワードは穴のあくほどそれを見つめた。だが、疑いの余地はない。数千ポンドもするような（どの石も大きいのだ）ダイヤモンドのネックレスが、車のサイドポケットの中に無造作に入っていたのだ。

だが、一体だれが入れたのだろう？　ロンドンを出発したときはたしかになかった。雪の中を歩き回っているあいだにだれかがやってきて、わざとここに入れたに違いない。だが、一体なぜ？　どうしてぼくの車を選んだんだろう？　ネックレスの持ち主がまちがえたのだろうか？　あるいは——ひょっとして——このネックレスは盗品なのだろうか？

こうしたさまざまな考えがぐるぐると頭の中を駆けめぐっていたときだった。不意にエドワードはぎくりとした。全身が凍りついたようになった。これはぼくの車じゃないぞ。

たしかに非常によく似ている。真紅に――女侯爵ビアンカの唇のように――輝く色合いや、ピカピカの長い車体前部はそっくりだ。だが、エドワードには自分の車ではないことがわかった。小さな違いがいろいろあるのだ。ピカピカの新車なのにあちこちに傷があり、かすかではあるがかなり乗りまわしたことがはっきりわかる形跡があるのだ。だとすると……

ぐずぐずしてはいられない。エドワードはあわてて方向転換しようとした。これは苦手だった。ギヤをバックに入れるといつも頭が混乱してしまい、ハンドル操作をまちがえてしまうし、それればかりか、しょっちゅうアクセルとブレーキをまちがえて、悲惨な結果を招いてしまうのだ。とはいえ、とうとううまくいった。エンジンの音を立てながら、車はふたたび丘をまっすぐ登りはじめた。

ちょっと向こうにもう一台車がとまっていたのをエドワードは思い出した。さっきはとくに注意していなかったのだけれど、散歩から戻るときは窪地へ降りたときとは違う道筋を通り、てっきり自分の車だと思った車のすぐ後ろに出てしまったのだ。まちがいない。この車はあのもう一台の車なのだ。

十分ほどでさっき車をとめたところに戻った。だが、道端には車なんて一台も停まっていない。この車の持ち主がだれであれ、その人物はエドワードの車に乗っていったのにちがいない――おそらくその男も、似たような車だったのでまちがえたのだ。

エドワードは上着のポケットからダイヤモンドのネックレスを取りだし、手から手へと滑らせた。途方に暮れていた。

これからどうすればいいのだろう？　最寄りの警察署へ行こうか？　事情を説明し、ネックレスをあずけ、自分の車のナンバーを教えればいいのだ。

それはそうと、ぼくの車のナンバーは？　エドワードは考えに考えた。だがどうしても思い出せない。ひやりとした気の滅入るような感じがおそってきた。警察は自分のことをとんでもないまぬけだと思うだろう。ナンバーには8が混っていた。思い出せるのはそれだけだった。もちろん、現実にはそんなことはどうでもいい――少なくとも……。彼は気味悪そうにダイヤモンドのネックレスを見つめた。もしかしたら警察は――いや、そんなはずはない――でも、もしかして――この車とダイヤモンドを盗んだと思われたら？　だって、正気の人間が鍵もかかっていない車のポケットに高価なダイヤモンドのネックレスをぽいと入れておくだろうか、と考えるのがふつうじゃないか？

エドワードは車を降り、後ろへ回ってみた。ナンバーはXR10061。たしかに自分の車のナンバーではない、ということ以外、何もわからなかった。それから、車のポケットを一つ残らず順番に調べていく作業にとりかかった。ダイヤモンドが出てきたポケットの中に目当てのものが見つかった——鉛筆書きの文字が書きつけてある小さな紙切れだ。ヘッドライトの光にかざして、エドワードはたやすく文面を読み取った。

〈グリーンのソルターズ・レインの角で、十時に〉

グリーンという名前には覚えがあった。今朝その名前が書いてある道標を見たのだ。すぐに心が決まった。このグリーンという村へ行き、ソルターズ・レインを見つけ出し、このメモを書いた人物に会って、事情を説明しよう。田舎の警察署でまぬけ面《づら》をさらすよりずっといい。

彼は幸せといってもいいような気分になって出発した。つまるところ、これも冒険じゃないか。ありふれたできごととはわけが違う。ダイヤモンドのネックレスのおかげで、胸おどる謎が生まれたんだ。

グリーン村を見つけるのにちょっと手間どり、ソルターズ・レインを見つけるのにはもっと手間どったが、二軒の家で道を訊いて、彼はやっと目当ての道を捜しあてた。

ソルターズ・レインが二股に分かれているところだ、といわれた場所を探して、左側を油断なく見守りながら、狭い道路を運転しはじめたときには、すでに指定の時刻を二、三分まわっていた。

角を曲がったとたん、車はまったくだしぬけにその地点に出た。車を停めるか停めないうちに、暗闇の中から一つの人影があらわれた。

「やっと来たわね！」若い女の声が叫んだ。「ずいぶんかかったじゃないの、ジェラルド！」

そういいながら、彼女はヘッドライトのまぶしい光の中にまっすぐ歩いてきた。エドワードは息をのんだ。見たこともないほどの、輝くばかりの美女だったのだ。

ごく若い娘だった。夜の闇のように黒い髪、すばらしい赤い唇。厚手のコートがひるがえり、イブニング・ドレスで正装しているのが見えた——炎のような色合いの、身体にぴったり合ったドレスだ。申し分のない身体のラインが浮き立っている。首の回りにはすばらしい真珠が一列に並んでいた。

突然、彼女ははっと息をのみ、叫んだ。

「あら、ジェラルドじゃないわ」

「ええ」エドワードはあわてていった。「説明しなくちゃならないんだ」彼はポケットからダイヤモンドのネックレスを取りだし、彼女に差しだした。「ぼくはエドワードというもので——」

それ以上はいえなかった。娘が手をたたきながらしゃべりはじめたからだ。

「そうよ、エドワードだわ！　うれしいわ。でもね、おばかさんのジミーが、車でジェラルドを迎えに行かせるから、って電話でいったのよ。あなたが来てくれたなんて、ほんとに思いがけないこと。とっても会いたかったのよ。最後に会ったときわたしは六つだったんだもの。ネックレスはちゃんと受け取ってくれたのね。あなたのポケットにしまっておいてちょうだい。村のおまわりさんがやってきて、見つけるかもしれないわよ。ブルブル、ここで待っていたら、寒くて凍りつきそうになっちゃったわ！　さあ、乗せて」

エドワードが夢見心地でドアを開けると、娘は軽々と隣の座席に飛びこんできた。毛皮が彼の頬をさっとかすめ、雨の後のスミレのようなほのかな香りが鼻孔をくすぐる。

彼にはどうするつもりもなかった。はっきりした考えすらなかったのだ。意識して決意することもなく、彼は一瞬のうちに冒険に身をゆだねていた。彼女はぼくをエドワードと呼んだ――エドワード違いだとしてもどうだというんだ？　じきにばれてしまうだろう。それまではなりゆきにまかせてやれ。彼はクラッチを入れ、車は走りだした。

しばらくすると、娘は声をあげて笑いだした。ほかのことと同様、笑い声まですばらしかった。

「車のこと、あんまりご存じじゃないみたいね。すぐにわかってよ。あっちじゃ車なんてきっと使わないのね」

〝あっち〟というのはどこのことだ？　とエドワードは思った。それから、大声で答えた。「あんまりね」

「わたしが運転したほうがよさそうね。大通りに出るまでこういう小道を抜けていくのは、あなたにはちょっとむりみたい」

彼は喜んでハンドルをゆずった。じきに、エンジンの音をひびかせながら、車は夜の闇の中をやみくもに突っ走りだした。エドワードは内心ぞっとした。彼女が振り返って彼を見た。

「わたし、とばすのが好きなの。あなたは？　ねえ――あなたとジェラルドはちっとも似ていないのね。だれが見ても兄弟だなんて思わないでしょうね。わたしが想像していたのとも全然違うわ」

「たぶん、ぼくがひどくありふれた男だからだよ。ちがうかな？」とエドワード。

「ありふれてなんかいないわ――そんなんじゃないわ。なんていったらいいのかわからないけど。かわいそうなジミーはどんなぐあい？　すごく退屈しているんじゃない？」

「ああ、ジミーはとても元気だよ」とエドワード。

「口でいうのは簡単だけど――でも、ついてないわね、足首をくじくなんて。彼、あなたに逐一話した？」

「ひとことも。ぼくはほんとになんにも知らないんだ。教えてもらいたいね」

「あのね、夢みたいにうまくいったのよ。ジミーは女装して、玄関から入ったの。わたしは一、二分してから窓ぎわに忍び寄ってね。アグネス・ラリラのメイドが、アグネスのドレスとか、宝石類とか、いろんなものをならべていたわ。そのときよ、階下ですごい悲鳴があがって、爆竹が鳴ったの。みんな、火事だって叫びだしたわ。メイドも大あわてで飛びだしていったの。わたし、中へ忍びこんでネックレスをつかむと、目にもとまらぬ速さで部屋を出て下へ降り、窪地をぬけるあの裏道を通って脱出したってわけ。通りすがりにあの車のポケットにネックレスと会う場所を書いたメモを入れておいたの。それから、ホテルでルイーズと合流したの。もちろん雪靴は脱いではきかえてたわよ。わたしのアリバイは完璧よ。ルイーズったら、わたしが外出してたなんて夢にも思っていないわ」

「で、ジミーはどうしたんだい？」

「さあ、わたしよりあなたのほうがよく知っているんでしょ」

「あいつ、ぼくには何も話してくれないんだ」エドワードはさりげなくいった。

「騒ぎの最中に、スカートが脚にからまって、くじいちゃったのよ。みんなにあの車のところまでかついでいってもらわなくちゃならなかったの。ラリラのおかかえ運転手が家まで送っていったのよ。おかかえ運転手が偶然あのポケットに手を入れたらどうなったか、考えてもみてよ！」

エドワードはいっしょになって笑った。だが、内心は笑うどころのさわぎではなかった。どうやら事情がわかってきたのだ。ラリラという名前にはなんとなく聞き覚えがあった――富を意味する名前だ。この娘と、ジミーとかいう名前の男がぐるになってネックレスを盗み出す計画を立て、成功したらしい。足首をくじいてしまったのと、ラリラのおかかえ運転手がそばにいたせいで、ジミーは彼女に電話をかける前にあの車のポケットの中を調べることができなかったのだ――おそらく、調べてみるつもりもなかったのだろう。だが、もう一人、〝ジェラルド〟とかいう男が、チャンスがありしだいポケットの中を調べることはほぼ確実といっていい。すると、エドワードのマフラーが出てくるというわけだ！

「いい調子だわ」娘がいった。

電車がかたわらを通過した。ロンドンの郊外なのだ。車の流れをぬうようにして、彼女は突っ走っていった。エドワードの心臓は喉元までせり上がっていた。彼女の運転の腕前はじつにみごとだ。だが、乱暴すぎる！

さらに十五分ばかりして、車はとある町のいやに改まった感じのする一角にそびえ立っている建物の前にとまった。

「ここでちょっと着替えましょう」娘がいった。「リトソンの店へ行く前にね」

「リトソンの店だって？」エドワードはおそるおそる、あの有名なナイト・クラブのことか、と訊いてみた。

「そうよ、ジェラルドがそういわなかった？」

「聞いていないよ」エドワードは苦虫をかみつぶしたような顔をした。「ぼくの服はどうするんだ？」

彼女は眉をひそめた。

「あの人たち、何もいわなかったの？　なんとか間に合わせなくちゃ。最後までやり通さなくちゃならないんですもの」

威厳のある執事がドアを開け、わきに寄って二人を中へ通した。

「ジェラルド・シャンプニーズさまからお電話がございました、お嬢さま。ぜひお話ししたいとおっしゃっておられましたが、ご伝言はございませんでした」

〝そりゃぜひともお話ししたかったろうさ〟エドワードは内心思った。〝とにかく、これでぼくの姓名がわかったぞ。エドワード・シャンプニーズだ。だけど、彼女は一体だれなんだろう？　お嬢さま、と呼ばれているぞ。なんのためにネックレスを盗もうとしたんだろう？　ブリッジの借金かな？〟

彼がときどき読む新聞小説《フイユトン》だと、美しい貴族のヒロインはつねにブリッジに負けて、めちゃくちゃな行動にかりたてられるのだ。

エドワードは威厳たっぷりのその執事に案内され、人当たりのよいものごしをした従僕の手にひきわたされた。それから十五分後、ぴったり身体に合ったサヴィル・ロウ仕立ての夜会服を優雅にまとった彼は、玄関ホールでふたたび彼女といっしょになった。

まったくもう！　なんて夜だ！

二人は例の車に乗って、かの有名なるリトソンの店へ向かった。エドワードも例外ではなく、リトソンの店に関するスキャンダラスな記事を読んだことがあった。ひとかどの人物なら、遅かれ早かれリトソンの店に姿を見せるのだ。エドワードが唯一恐れていたのは、本物のエドワード・シャンプニーズを知っている者があらわれるのではないかという点だった。本物のエドワードは何年も前からイングランドにはいないことははっきりしているのだ、と思うことで気分を落ち着かせた。

壁際の小さなテーブルで、二人はカクテルを飲んだ。カクテル！　単純なエドワードにとって、カクテルとは享楽的な生活を象徴するものだった。すばらしい刺繍がほどこされたショールをまとった彼女は、無造作に口をつけている。不意に肩からショールをすべり落とすと、彼女が立ちあがった。

「踊りましょうよ」

さて、エドワードが完璧にこなせる唯一のものはダンスだった。彼とモードがダンス・フロアに出ると、ほかの連中は踊るのをやめ、じっと立ちつくしてほれぼれとながめた。

「もう少しで忘れるところだったわ」突然、娘がいった。「あのネックレスは？」

そういうと片手を差しだした。エドワードはすっかりとまどってしまい、ポケットからネックレスを引っぱり出すと、彼女に手渡した。エドワードが仰天して見守るうちに、彼女はすましてそれを首にかけ、それから、艶然と彼に微笑みかけた。

「さあ」彼女はやさしくいった。「踊りましょうよ」

二人は踊った。リトソンの店の客全部の中でも、これほど完璧なカップルは見つけられないだろう。

しばらくして二人がようやくテーブルに戻ろうとすると、遊び人気取りの老紳士がエドワードの連れに声をかけてきた。

「これはこれは！　ノーリーン嬢、相変わらずダンスですか！　けっこう、けっこう。今夜はフォリオット大尉もお見えですかな？」

「ジミーは落馬しまして——足首をくじいてしまいましたの」

「まさか？　またどうしてそんなことになったのですかな？」

「くわしいことはまだ存じませんのよ」

彼女は笑って通り過ぎた。

エドワードは後を追った。頭がぐらぐらしていた。わかったのだ。ノーリーン・エリオット嬢、おそらくイギリスではだれよりもうわさの種になっている女性、かの有名なノーリーン嬢なのだ。その美しさによって、またその大胆不敵な行動によって名高い——〝輝ける若者たち〟という名前で知られているかのグループのリーダーなのだ。最近、ヴィクトリア勲章所持者で近衛騎兵隊のジェイムズ・フォリオット大尉との婚約発表があった。

だが、あのネックレスは？　彼にはまだあのネックレスのことが納得いかなかった。正体がばれる危険を冒しても、なんとしても真相を知らなければならない。

ふたたび腰をおろしたとき、彼はその話題に触れた。

「どうしてあんなことをしたんだい、ノーリーン、教えてくれないか？」

彼女は夢を見ているような微笑を浮かべた。その目は遠くを見つめている。ダンスの魔力がまだ抜け切っていないらしい。

「あなたには理解しにくいことだと思うわ。同じことばかりやっていると、うんざりしてくるのよ――いつもいつも同じだとね。宝さがしもしばらくはおもしろかったけれど、人間て、どんなことにでも慣れっこになってしまうのね。〝泥棒〟はわたしのアイディアなのよ。入会金が五十ポンドで、くじ引きをするの。今回で三度目よ。ジミーとわたしはアグネス・ラリラを引き当てたの。規則を知ってる？　三日以内に盗んできて、少なくとも一時間は公開の場で戦利品を身につけていなくちゃいけないの。さもないと賭け金没収、その上に罰金を百ポンドとられるのよ。ジミーが足首をくじいちゃったのはついてなかったけど、賭け金はちゃんと返ってくるわ」

「なるほどねえ」エドワードは深いため息をついた。「なるほどね」

ノーリーンは不意に立ちあがると、ショールをまとった。

「どこかへドライブしましょうよ。波止場でもいいわ。どこかぞっとするような、どきどきするようなところへ。ちょっと待って――」彼女は手をのばしてダイヤモンドのネックレスをはずした。「さっきみたいにあなたが持っていてくれたほうがいいわ。そのネックレスのために殺されたくないもの」

二人はそろってリトソンの店を出た。狭くて暗い路地にとめてある車のところへ向かおうと二人が角を曲がったとき、別の車が縁石のところに急停車し、一人の若者が飛びだしてきた。

「助かった、ノーリーン、やっと会えたよ」その男は叫んだ。「大変なことになったんだ。ジミーのまぬけ野郎が車をまちがえやがったんだ。あのダイヤモンドがどこにあるのか、全然わからないんだ。とんでもないことになったよ」

ノーリーン嬢は目を丸くして相手を見つめた。

「一体何をいっているのよ？　ダイヤモンドはここにあるわよ――エドワードが持ってるわ」

「エドワードだって？」

「そうよ」彼女は軽やかに自分の横にいる人物を身ぶりで示した。

〝とんでもないことになったのはぼくのほうだ〟とエドワードは思った。〝これが兄貴のジェラルドだな、まずまちがいないぞ〟

青年はじっと彼の顔を見た。

「一体何をいっているんだ」彼はゆっくりといった。「エドワードはスコットランドにいるんだぜ」

「まあ！」彼女は叫び、エドワードの顔をまじまじと見つめた。「まあ！」

彼女は顔を紅潮させ、それから蒼白になった。

「じゃあ、あなた」彼女は押し殺したような声でいった。「ほんものの泥棒なの？」

一瞬のうちにエドワードは事態を悟っていた。彼女の目には畏《おそ》れの色が浮かんでいる――これはもしかして――賞賛なのではなかろうか？　説明すべきだろうか？　そんなつまらないまねをするんじゃない！　とことん芝居をつづけるべきだ。

彼は大げさにおじぎをした。

「お礼を申しあげます、ノーリーン嬢」彼はいかにも大物の追いはぎらしい態度でそういった。

「まことに楽しい夜でした」

もう一人の男がたったいま降りてきた車をすばやく一瞥する。きらめくボンネット、真紅の自動車。ぼくの車だ！

「では、ごきげんよう」

ひとっとびで車に乗りこみ、クラッチを踏みこむ。車は走りだした。ジェラルドはすくんでしまい、その場に棒立ちだったが、娘は敏捷《びんしょう》だった。走り去ろうとする車のステップにすばやく足をかけ、しがみついたのだ。

車は急に方向転換し、めくらめっぽうに角を曲がり、停車した。車に飛びついたためにまだ息を切らしているノーリーンが、エドワードの腕に手をかけた。

「返してくださらなくちゃ――ねえ、返してくださらなくちゃいけないわ。アグネス・ラリラに返さなければならないんですもの。男らしく、ね――わたしたち、楽しい夜を過ごしたわ――ダンスをして――わたしたち――共犯よ。返してくださらない？　わたしに？」

美しさで相手を恍惚とさせる女性。なるほどそういう女性は存在する……

エドワードにしたって、ネックレスを厄介払いするのにやぶさかではなかった。いまこそうるわしい行為《ボウ・ジェスト》を果たす天与のチャンスだ。

「ぼくらは――共犯でしたね」彼はいった。

「ああ！」彼女の目に雲のようなものがかかった――それから、きらりと光った。

それから、彼女はいきなり顔を近づけた。一瞬、彼は彼女の身体をささえ、二人の唇が重なった……

それから、彼女は飛びおりた。深紅の車は一気にスタートした。

ロマンス！

冒険！

2

クリスマス当日の十二時、お決まりの〝メリー・クリスマス〟のあいさつをしながら、エドワード・ロビンソンはクラパムにあるとある家の小さな居間にずかずかと入っていった。

ヒイラギの小枝のぐあいをなおしていたモードが冷やかにあいさつを返した。

「例のお友達と田舎で楽しくやってきたの？」彼女が訊ねた。

「ねえ、きみ」エドワードはいった。「あれは嘘だったんだ。ぼくは懸賞で——五百ポンド獲得したんだ。それで車を買ったんだよ。きみが反対するのはわかっていたから黙っていたんだ。これがまず一番目の話だ。ぼくは車を買ってしまったし、それについてはこれ以上とやかくいうことはない。二番目の話はこうだ——ぼくは何年ものろのろしているつもりはないんだ。ぼくの前途は申し分なく有望なんだから、ぼくは来月きみと結婚するつもりだ。わかったかい？」

「まあ！」モードは聞きとれないほどの声を出した。

こんな——こんなことってあるかしら——エドワードがこんなに主人風をふかせるような口のきき方をするなんて。

「どうだい?」とエドワード。「イエスかい、ノーかい?」

彼女はうっとりと彼を見つめた。その目には畏れと賞賛の色が浮かんでいる。彼女のそんな顔を見て、エドワードはうっとりとしてしまった。自分を憤慨させるあの辛抱強い母親然とした態度があとかたもなく消え失せていたのだ。

昨夜、ノーリーン嬢もこんな日つきで自分を見つめていた。だが、ノーリーン嬢はすでに、女侯爵ビアンカと肩をならべて、はるかなるロマンスの世界へと立ち去ってしまったのだ。これは現実だ。自分の恋人なのだ。

「イエスかい、ノーかい?」彼はもう一度訊ね、一歩踏み出した。

「い――い、いいわ」モードは口ごもった。「でも、ああ、エドワード、一体どうしたの? 今日はまるで別人みたいよ」

「そうだよ」エドワードはいった。「二十四時間のうちに、虫けらが一人前の男に変身したのさ――そして、これは絶対に骨折りがいがある変身なんだ」

あのスーパーマン・ビルならかくやと思われる態度で、彼は彼女を両腕に抱き上げた。

「ぼくを愛しているかい、モード? ねえ、いってくれ、愛しているかい?」

「まあ、エドワードったら!」モードはあえいだ。「あなた、すてきよ……」

事故

Accident

「……だからね、いいかい――それは同じ女だよ――疑いの余地はない！」

ヘイドック船長は友人の真剣な興奮した顔を見てため息をついた。エヴァンズがあまりにも自信満々で歓喜に酔いしれているのが気に入らなかったのだ。長いこと海の上で暮らしているうちに、自分にあまり関係のないことには首を突っこまないでいるのがいちばんだということを、この老船長は学んでいた。だが、犯罪捜査部の警部だった友人のエヴァンズは、老船長とは違う人生哲学の持ち主だった。〝聞き込んだ情報にもとづいて行動する――〟というのが若い頃の彼のモットーだったが、それを一歩前進させて、自分で情報を収集することにまで手をのばしていたのだ。エヴァンズ警部は非常に頭の切れる敏腕な警官で、仕事ぶりにふさわしい昇進をした。引退して、長年の夢であったいるのだ。

田舎の家に落ち着いたいまでも、彼の職業的本能は相変わらず生き生きと動きまわって

「一度見た顔はまず忘れないんだ」彼は悦に入って繰り返した。「アントニー夫人――そうだ、あれはアントニー夫人だ。まちがいない。きみがメロウディーン夫人だといったとき――わたしにはすぐわかったよ」

ヘイドック船長は落ち着かなげにもじもじした。このエヴァンズをのぞくと、船長にとってメロウディーン家の人びとは最も親しい隣人だったから、メロウディーン夫人はあの有名な裁判事件のヒロインだったという説に当惑してしまったのだった。

「ずいぶん昔のことじゃないか」彼はいくらか力なくいった。

「九年前だ」現役時代と変わらずエヴァンズは正確に答えた。「九年と三カ月だよ。あの事件を覚えているかい？」

「ぼんやりとはね」

「夫のアントニーが砒素の常用者だってことが明らかになったんだ」とエヴァンズがいった。「そこで彼女は釈放されたのさ」

「釈放されてはいけない理由でもあったのかね？」

「いいや、理由なぞありゃしないよ。陪審員は無罪評決する以外なかったんだ。あれは

いよ」

「じゃあ、何も問題はないじゃないか」とヘイドック。「よけいな心配をすることはな

完璧に正しい判断だよ」

「だれが心配しているんだ？」

「きみがさ。そう思ったんだ」

「全然心配なんざしていないさ」

「すべては終わって、結着がついたんだ」船長は話をしめくくった。「たとえメロウディーン夫人が、過去に一度、殺人容疑で裁判にかけられて無罪放免になったというとても不幸な経験をしたからといって――」

「無罪放免になることは、ふつうは不幸なことだとはみなされないぜ」エヴァンズが口をはさんだ。

「わしのいっていることはわかっているはずだ」ヘイドック船長はいらいらといった。「あの気の毒な婦人がつらい経験をしたことがあるからといって、いまさらそれをほじくり返すことはないだろう？」

エヴァンズは答えなかった。

「いいかい、エヴァンズ。あの婦人は無実だったんだ――たったいま、きみはそういっ

たじゃないか」

「わたしは無実だったとはいわなかったよ。無罪放免になった、といったんだ」

「同じことじゃないか」

「そうとはかぎらんよ」

椅子の腕木にパイプをこつこつと打ちつけて灰を出していたヘイドック船長は、その手を止め、きわめて油断のない様子で上体を起こした。

「ほう――ほう――ほう。そういう風向きだったのか。きみは彼女が無実ではないと思っているんだね？」

「そうはいわん。ただ――どうもよくわからんのだ。アントニーは砒素を常用していた。細君が飲ませていたんだ。ある日、まちがえて飲みすぎてしまった。まちがえたのは彼なのか、細君なのか？　だれにもわからなかった。そして、当然、陪審員たちは疑わしい点は彼女に有利なように解釈した。それはまことにもって正しいことだし、わたしだってあらさがしをしているつもりはない。だが、やはり――わたしは真相を知りたいんだ」

ヘイドック船長は、ふたたびパイプに注意を戻した。

「それにしてもだ」と彼はのんびりといった。「わしらには関係のないことだよ」

「わたしにはそうとはいいきれん……」

「だが、たしかに——」

「いいか、ちょっと聞いてくれ、メロウディーンの亭主は——今夜、実験室でいろいろなテストをやっていたな——そうだろう？——」

「ああ。砒素を検出するマーシュ・テストの話をしていたな。あなたはよくご存じのはずですな、といっていたじゃないか——これはきみの専門だっていって——くすくす笑っていたね。ほんの少しでもそういう記憶があったら、あんなことをいうわけはないよ——」

エヴァンズが口をはさんだ。

「もし知っていたらあんなことをいうはずがない、という意味だろう。あの二人が結婚してから——たしか六年だったな？　賭けてもいいが、あの男は自分の女房がかつて悪名をとどろかしたアントニー夫人だなんて夢にも思っていないんだ」

「それに、彼はわしの口からそれを聞くことがないってこともたしかだ」ヘイドック船長は断固としていい張った。

エヴァンズは船長のことばを気にもかけずにつづけた。

「話の腰を折らんでくれよ。マーシュ・テストのあとで、メロウディーンはある物質を試験管に入れて加熱し、その金属性の残留物を水に溶かし、それから硝酸銀を加えて沈澱させた。あれは塩素酸塩を作る実験だったんだ。簡単な実験なんだよ。だが、わたしはたまたま、あのテーブルの上に広げてあった本の文章を読んだんだ。〝H_2SO_4は塩素酸銀を分解し、その際ClO_2ガスが発生する。加熱すると激しい爆発を起こす。したがって、混合物は低温に保ち、使用の際はごく少量を用いなければならない〟とね」

ヘイドックはしげしげと友人の顔を見た。

「で、それがどうだっていうんだい？」

「つまりこういうことなんだ。警官というわたしの職業じゃ実験もやるんだ――殺人犯人のテストをね。事実を集めて――比較考察し――偏見とか、総体的に見て確実ではない証言なんかを取り除いた残りのものを分析するんだ。だが、方法はもう一つある――かなり正確だが、いささか――危険な方法なんだ！　殺人犯というものは、一回の犯行で満足することはめったにないんだ。時間を与えておよがせておくと、第二の犯罪を行なうものなんだ。たとえば、ある男を逮捕する――そいつは妻殺しの犯人か、あるいはそうではないか？――おそらく、その一件だけだったら、そいつが絶対にクロだとはいいきれない。そこで、過去を調べてみる――仮にそいつには過去に何人か妻がいて――それがみんな――多少なりともおかしな死に方をしているということがわかったら――

そうしたら真相がわかるのさ！　わたしは法律的なことをいっているんじゃないんだ、わかるだろう？　精神的な面での必然性のことをいっているんだ。いったん真相がはっきりしたら、あとは証拠を求めて前進すればいいんだ」

「そんなものかね？」

「つまりこういうことなんだよ。調べることのできる過去があればまったく文句はないのさ。だが、彼なり彼女の殺人犯を初犯で逮捕したらどうだ？　テストしたってなんにも出てきやしないよ。しかし、犯人が釈放されて——変名を使ってまた日常生活を始めたとしたらどうだ？　殺人犯はふたたび犯行を重ねるか、否か？」

「恐ろしい話だ！」

「これでもきみは、われわれには無関係だというのかい？」

「ああ、いうよ。メロウディーン夫人は完全に無実だ、と考えてはいけない理由はないんだからね」

元警部はしばらく口をつぐんでいた。それからおもむろに口を開いた。

「彼女の過去を調べたが何も出てこなかった、とわたしはいったね。だが、それは必ずしも正しくはないんだよ。彼女には義父がいたんだ。十八歳の娘時代に、彼女はある青年が好きになってね——ところが、義父が親の権力をふるって、二人の仲を裂いたんだな。ある日、彼女は義父と散歩に出かけた。崖っぷちの、それもかなり危険なところへ行ったわけだ。そうしたら事故が起きた――義父が崖っぷちに近寄りすぎたのさ――足元が崩れて、転落死したんだ」

「きみはまさか――」

「事故だったんだよ。事故！　アンソニーが砒素を飲みすぎたのも事故だったんだ。もう一人男がいたことが明るみに出なかったら、彼女は裁判にかけられることもなかったろうね――ついでだが、その男は彼女と別れたがね。たとえ陪審員は満足しても、その男は満足していないみたいだったよ。いいかい、ヘイドック、あの女があらわれるところではまた事故が起きる恐れがある――とわたしは思っているんだよ！」

老船長は肩をすくめた。

「あの事件からすでに九年もたったんだよ。きみのいうその〝事故〟なるものが、いままた繰り返される理由があるのかい？」

「いまとはいっていないよ。いつかそのうち、といったんだ。必然的な動機が生まれたら、ということさ」

ヘイドック船長はまた肩をすくめた。

「だとしても、そういうことになったとき、きみがどう対処するつもりでいるのか、わしにはわからんね」

「わたしにだってわからんよ」エヴァンズは無念そうにいった。「わしは首を突っこんだりしないよ」ヘイドック船長はいった。「他人のことにくちばしを突っこんだらろくなことにはならんからな」

だが、この忠告も元警部には通用しなかった。彼は忍耐強く、しかも決意をひるがえしたりはしない男だったのだ。友人の家を出ると、どうしたら捜査がうまくいくかをあれこれ考えながら、彼はぶらぶらと村のほうへ歩いていった。

切手を買うために郵便局に入ったとたん、心配の種であるジョージ・メロウディーンそのひとと鉢合わせしてしまった。夢を見ているような顔をしているこの小柄な元大学教授の化学者は、おだやかで親しみやすいものごしの男で、世の中のことにはつねにまったく無関心だった。化学者は相手がだれなのかわかると親しげにあいさつし、ぶつかった拍子に落としてしまった手紙を拾おうと腰をかがめた。エヴァンズもさっと腰をかがめ、機敏な動作で相手よりも先に手紙を拾い集めると、詫《わ》びをいいながら手渡してやった。

そうするあいだにも、彼の目は抜け目なく手紙を一瞥《いちべつ》していた。すると不意に、新たなる疑惑が湧きあがってきた。いちばん上の手紙に書かれている住所だ。ある有名な保険会社の名前が印刷されてあったのだ。

彼はたちどころに腹を決めた。人のよいジョージは、どういうわけで自分が元警部といっしょに村を散歩することになったのかまるで気づいていなかったし、まして生命保険の話になったわけなど知るよしもなかったのだろう。

エヴァンズはいともたやすく目的を達した。メロウディーンのほうから、妻を受け取り人にした生命保険に入ったところなのだといい、この会社はどうだろう、とエヴァンズの意見を求めてきたのだ。

「わたしはいささか浅はかな投資をしてしまいましてね」元教授は説明した。「おかげで収入が減ってしまったのです。万一わたしの身に何か起きたら、残された家内がとても困ることになるのですよ。この保険があれば大丈夫でしょう」

「奥さんは反対なさいませんでしたか？」エヴァンズは何気なく訊ねた。「そういう奥さんもいますからね。縁起でもないとか——そういうふうに思って」

「いいえ、マーガレットはとても現実的なのです」メロウディーンは微笑みながらいった。「迷信などまったく信じてはいないのですよ。実際、保険に加入することを考えついたのも彼女のほうだったのです。わたしがあまり心配しているものですから、見ているのがつらいといいましてね」

念願の情報を手に入れたエヴァンズは、それから間もなく元教授と別れた。彼の唇はきっと真一文字に結ばれていた。アントニーは死ぬ二、三週間前に、妻を受け取り人にした生命保険に入っていたのだ。

直感を信頼する癖がある彼は、思っていたとおりだと確信した。だが、どう行動するかは別問題だ。彼としては殺人現場で犯人を逮捕するのではなく、犯行を未然に防ぎたかった。これは大変な違いだ。そして、非常にむずかしい問題だった。

一日中、彼はひたすら考えていた。午後には、地方名士の家の庭で保守党の団体であるサクラソウ連盟の祭りがあったので出かけていき、銅貨すくいをしたり、豚の体重を当てる競技をしたり、ココナッツの投げ合いをしたりした。その間もずっと、心ここにあらずといった表情は変わらなかった。半クラウン支払って、ザラの水晶うらないまでやったのだ。運勢を見てもらいながら、現役時代にこういううらない師を取り締まったことを思い出し、彼は思わず苦笑してしまった。

彼はザラのうたうような、ものうげな声をなんとなく聞き流していた――が、あることばの最後のところではっとした。

「……そして、あなたはごく近いうちに――文字どおりごくごく近いうちに――生死にかかわる事件にまきこまれるでしょう……ある人間の生死にかかわる事件です」

「え——なんだって？」彼はせきこむように訊ねた。

「決断です——あなたは決断を迫られる。よくよく注意しなければなりません——非常に注意しなければ……もし間違えると——ほんのわずかでも間違えると——」

「どうなるんだね？」

うらない師は身震いした。元警部のエヴァンズはこうしたことは一切うらない師の作り話なのだということを承知していた。だが、ひどく気になった。

「気をつけなさい——絶対に間違えてはいけません。もし間違えるとどうなるか、わたしにははっきり見えているのです——死です……」

奇妙だ。じつに奇妙だ。死。単なる偶然にせよ、彼女がそんなことを口にするとは！

「わたしがへまをすると、死ぬことになるんだな？　そうなんだね？」

「そう」

「そういうことなら」エヴァンズは立ちあがって半クラウン硬貨を渡しながらいった。

「絶対に間違ってはいけないというわけだ、そうだね？」

いかにも気楽そうな口調だったが、うらない師のテントから出てきた彼の口元は、真一文字に結ばれていた。口でいうのは簡単だ——だが、確実にそれを行動に移すのはそれほど容易なことではない。ほんのちょっとした間違いもあってはならないのだ。一つの生命が、一人の人間の貴重な生命がそれにかかっているのだ。

しかも、力になってくれる人間は皆無なのだ。向こうのほうに友人のヘイドックがいるのが見えた。老船長は力になってはくれまい。〝さわらぬ神にたたりなし〟というのがヘイドックの信条《モットー》なのだ。だが、いまはそんなことはいっていられない。

ヘイドックは女性と話をしていた。やがて彼女は彼と別れ、エヴァンズのほうへ歩いてきた。だれなのかわかった。メロウディーン夫人だったのだ。とっさに、元警部はさりげなく彼女の行く手に立ちふさがった。

メロウディーン夫人はなかなかの美人だった。広いすっきりとした額、きわめて美しい茶色の目、おだやかな表情。イタリア人のマドンナのような顔つきなのだが、髪を中心で分けて両耳の上で輪にして止めているので、ますますその感じが強調されている。声は低く、いくらかものうげだ。

夫人はエヴァンズに微笑みかけた。愛想のいい微笑だった。

「あなただと思いましたよ、アントニー夫人——いや、メロウディーン夫人」彼は屈託のない調子でそういった。

故意にまちがってみせたのだ。そして、何くわぬ顔をして相手を観察した。彼女は一瞬目をみはり、はっと息をのんだ。だが、その目に狼狽《ろうばい》の色はなく、どうどうと落ち着き払って彼を見返した。

「わたくし、夫を探しておりましたの」彼女は静かにいった。「どこかでお見かけになりませんでしたかしら？」

「さっきはあっちのほうにおいでででしたよ」

静かに、楽しそうにおしゃべりをしながら、二人は並んで彼が行ったほうへ歩いていった。元警部の胸に賞賛の念が湧きあがった。なんという女性だろう！ なんという自制心。なんとみごとな落ち着きぶり。たいした女だ――そしてじつに危険な女だ。彼は確信した――危険きわまりない女だ。

依然として不安は消えなかったが、先手を打ったことには満足だった。とにかく、おまえの正体は知っているのだぞ、ということを相手に伝えたのだ。こうなった以上、彼女としても警戒せざるをえないだろう。急いで何かを企てることもあるまい。だが、メロウディーンのことが残っている。なんとか警告してやることができれば……

銅貨すくいの賞品の陶製の人形をぼんやりとながめていた小柄な元教授は、家に帰りましょうと妻がいうと、大喜びで同意した。メロウディーン夫人は元警部のほうを向き、こういった。

「よろしかったらわたくしどもの家でお茶でもいかがですか、エヴァンズさん？」

その口調にはかすかに挑戦的なひびきがこもっていなかったろうか？　彼にはそう思えた。

「ありがとう、メロウディーン大人。ぜひそうさせていただきますよ」

ごくありふれた楽しい話をしながら、三人は連れ立って歩いていった。太陽は輝き、おだやかなそよ風が吹いており、何もかもが気持ちよく、ふだんと変わりなかった。

しゃれた昔風の家に着いたとき、メイドもお祭りに出かけていて留守なんですの、とメロウディーン夫人がいった。彼女は自分の部屋へ行って帽子をぬいでくると、お茶のしたくにかかった。小さな銀製のアルコールランプにやかんをかけ、湯をわかす。暖炉のそばの棚から、小さな茶碗を三つと受け皿をおろした。

「とても珍しい中国のお茶がございますのよ」彼女がいった。「わたくしたち、これをいただきますときは、いつも中国風にしますの――カップじゃなくて、お茶碗でいただくんですの」

不意に口をつぐむと彼女は茶碗の一つをまじまじとのぞきこみ、いらいらしたような声をあげながら、べつの茶碗と取り替えた。

「ジョージったら――ほんとにひどい方ね。またこのお茶碗をお使いになったでしょう」

「ごめんよ」元教授はすまなそうにいった。「ちょうどいい大きさなんだよ。わたしが注文したものがまだ来ないんだ」

「そのうちに、わたくしたち、みんなあなたに毒殺されてしまいますわ」妻は半ば笑いながらいった。「メアリーは実験室の中にこれがあるのを見つけると、ここへ戻しておくんですのよ。でも、気になるほど汚れていなければ、わざわざ洗ったりはしませんもの。そうだわ、あなた、このあいだはこのお茶碗のどれかを青酸カリ用に使っていらしたわね。ほんとうよ、ジョージ、とっても危険ですわ」

メロウディーンはちょっと腹を立てたようだった。

「実験室から何かを持ち出すのは、メアリーの仕事じゃない。あそこのものには手を触れるなといっておいたはずだぞ」

「でも、わたくしたち、実験室でお茶を飲んで、お茶碗を置きっ放しにしていることがよくあるんですもの。実験に使っていらっしゃるお茶碗なのかどうか、あの娘《こ》にはわからないんですのよ。むちゃをおっしゃらないで、あなた」

元教授はぶつぶつとひとりごとをいいながら実験室へ行ってしまった。メロウディーン夫人は微笑しながら、中国産の例のお茶の葉に湯をそそぎ、小さな銀製のアルコールランプの火を吹き消した。

　エヴァンズは首をひねった。だが、かすかな一筋の光が脳裏にひらめいた。なんらかの理由があって、メロウディーン夫人は手のうちを明かしているのだ。これがいずれ〝事故〟になるというわけか？　自分の無実を表明する事前工作として、こういうことを口にしているのだろうか？　ある日〝事故〟が起きたとき、いやおうなしに自分に有利な証言をさせるためなのか？　もしもそうだとすれば、ばかな女だ。なぜなら、事故が起きる前に――

　突然、彼は息をのんだ。彼女がすでに三つの茶碗にお茶を注いでいたのだ。そして、一つを彼の前に、もう一つを自分の前に、そして残りの一つを暖炉のそばの彼女の夫がいつも座る椅子の横に置いてあるテーブルの上にのせた。そして、この三番目の茶碗をテーブルの上に置いたとき、口元にいささか異様な笑みを浮かべたのだ。首尾よくことがはこんだ、という微笑だ。

　彼にはピンときた！

　まったくたいした女だ――危険な女だ。待つこともなく――下準備もせずに、今日の午後――今日という日の午後――わたしを目撃者にして。その大胆な手口に彼は驚嘆してしまった。

　あざやかだ――しゃくにさわるくらいあざやかなお手並みだ。自分はおそらく何も立証できないだろう。自分があやしんでいないことを彼女は計算に入れていたのだ——〝こうもすぐに〟手を打つとはよもや思ってはいるまいという単純な理由で。考えることも行動を起こすことも電光石火、なんという女だ。

彼は大きく息をすいこみ、身を乗りだした。

「メロウディーン夫人、わたしは気まぐれな人間でしてね。ひとつその気まぐれをお許し願えませんかな？」

彼女はいぶかしそうな顔をしたが、疑ってはいないようだった。

彼は立ちあがると、彼女の前に置いてある茶碗を取り上げ、小さなテーブルのところへ行ってその茶碗を置き、彼女が置いたほうの茶碗を手にした。そして戻ってくると、それを彼女の前に置いた。

「あなたがこれをお飲みになるところを拝見したいですな」

二人の視線がぶつかった。落ち着き払った、深遠な目だ。ゆっくりとその顔から血の気がひいていく。

彼女は手を伸ばし、茶碗を取り上げた。彼はかたずをのんで見つめた。いままでずっと思い違いをしていたとしたらどうだ？

彼女は茶碗を口元まで持っていった——が、最後の瞬間にぶるっと身体を震わせ、かがみこむと、シダが植わっている植木鉢にお茶をあけた。それからきちんと座り直し、挑戦的な目で彼を見つめた。

彼は長い安堵のため息をつくと、ふたたび腰をおろした。

「で？」彼女がいった。

声が変わっていた。かすかに嘲笑的で——挑戦的な声だった。

彼は冷静に、おだやかに答えた。

「あなたはとてもかしこい方だ、メロウディーン夫人。意味はおわかりだと思います。あってはならないことです——繰り返すことは。わたしが何をいっているのかおわかりですね？」

「わかっておりますわ」

感情のない、抑揚のない声だった。彼は満足してうなずいた。彼女は利口だ。絞首刑にはなりたくないと思っているのだ。

「あなたも御主人も、長生きされますように」意味ありげにそういうと、彼は茶碗を口元へ運んだ。

それから、顔色が変わった。ものすごい形相になった……立ちあがろうとした——叫び声をあげようとした……身体が硬直し——顔が紫色になった。手足を広げたまま、椅子の背に仰向けに倒れこんだ——手足が痙攣《けいれん》している。

メロウディーン夫人は身体を乗りだして彼を見守っていた。口元にかすかな微笑が浮かんだ。彼女は相手に話しかけた——とても静かに、そしてやさしく……

「あなたは間違いを犯しましたわ、エヴァンズさん。あなた、わたくしがジョージを殺したいと思っている、と考えていらしたわ……ほんとにおばかさん——ほんとになんておばかさん」

彼女は一分ほどそこに座ったまま、自分の行く手に立ちふさがり、愛する男と自分とを引き裂こうとした三番目の男の死体を見つめていた。

微笑がひろがった。ふだんにも増してマドンナに似てきた。それから、金切り声をあげて夫を呼んだ。

「ジョージ、ジョージ！……おお、早く来てちょうだい！　とんでもない事故が起きたのよ……お気の毒に、エヴァンズさんが……」

ジェインの求職

Jane in Search of a Job

1

　ジェイン・クリーヴランドはデイリー・リーダー紙をがさがさとめくり、ため息をついた。身体の芯からもれてきたような、深い深いため息だった。大理石張りのテーブル、その上に置いてある目玉焼きののったトースト、小さなティー・ポット。彼女はうんざりしたように眺めた。腹が空いていないというわけではない。それどころかひどく空腹だった。いますぐにでもおいしく焼いたビーフステーキを一ポンド半、ポテト・チップスとできればフレンチ・ビーンズもそえて、片はしから平らげたかった。そういうものすべてを、お茶などよりずっとすばらしいワインといっしょに呑み下すのだ。

　だが、ふところ具合が苦しい若い女は選り好みなどいっていられない。目玉焼きを一皿とお茶を一杯注文できたジェインは、それでもまだましなほうなのだ。明日もこういうことができるかどうか、見込みは少ないのだ。つまり、もしも――

彼女はデイリー・リーダー紙の広告欄をもう一度見直した。はっきりいって、ジェインは目下失業中で、状況は逼迫《ひっぱく》しはじめていたのだ。このおんぼろの下宿屋をとりしきっている上品ぶった婦人は、すでにこの若い女性を変な目で見るようになっていた。

「それでも」と彼女はひとりごとをいい、憤然と顎を上げた。癖なのだ。「それでも、わたしは頭がいいんだし、容姿だっていいし、教育もあるのよ。これ以上何を望むっていうの？」

デイリー・リーダー紙の求人欄に出ているのは、経験豊かな速記タイピスト、多少投資のできる商社の支配人、養鶏の女性共同経営者（この場合も多少の投資が必要だった）、それにコックやメイド、小間使いが多数――とくに小間使いの求人が多い。

「小間使いだってかまわないんだけど」ジェインはひとりごとをいった。「でも、経験がないから、だれも雇ってくれないでしょうね。たぶん、やる気がある娘ということで、どこかで仕事は見つけられるでしょうけれど――やる気のある娘にこれはというほどのお給料を払ってくれる人なんかいやしないんだから」

またため息をついて、目の前に新聞を投げだすと、彼女は健康な若い娘らしい食欲を見せて、猛然と目玉焼きを食べはじめた。

最後の一口をすばやく呑みこんでからふたたび新聞を取りあげ、お茶を飲みながら私事広告欄を調べた。私事広告欄はいつも最後の頼みの綱なのだ。

二千ポンド持っていたら、事はまことに簡単だったろう。すばらしい投資先が少なく見ても七つもあるのだ――どれも年利回りは元利ともで三千ポンドは下らないとうたっている。ジェインの唇が少しゆがんだ。

「二千ポンド持っていたとしても」彼女はつぶやいた。「それを手放す決心はなかなかつかないでしょうよ」

欄のいちばん下にすばやく目を走らせ、長年の経験にものをいわせて上へ読み上げていく。

びっくりするほど高価に古着を買い取るという婦人の広告があった。〝婦人服買い受け。ご報参上〟。なんでも――だがおもに歯を――買います、という男もいる。外国へ移住することになったので、捨て値で毛皮類を処分したいという貴婦人もいる。貧困な牧師、身を粉《こ》にして働くという未亡人、傷痍《しょうい》軍人もいる。要求している金額は五十ポンドから二千ポンドまでさまざま。突然、ジェインの視線が動かなくなった。紅茶茶碗を置き、その広告を読みなおす。

「きっと罠《わな》があるのよ」彼女はつぶやいた。「こういう手の広告には決まって罠があるもの。よく気をつけなくちゃ。でも――」

ジェイン・クリーヴランドの興味をこれほどまでに引きつけた広告というのは、つぎのようなものだった。

二十五歳から三十歳までの若い女性。目はダーク・ブルー、金髪、まつげと眉は黒、鼻筋が通り、すらりとした体型、身長一七〇センチ、物まねがたくみで、フランス語が堪能な方。五時から六時のあいだにエンダースレイ通り七番地においで下さい。朗報があります。

「こういう広告があやしいのよ、さもなければ女の子たちが身を誤るわけないもの」ジェインはつぶやいた。「ほんと、よく気をつけなくちゃ。でも、それにしても、この手のものにしちゃ、条件が多すぎるわ。もしかして……よく調べてみましょう」

彼女は調べはじめた。

「二十五歳から三十歳――わたしは二十六だわ。目はダーク・ブルー、これもいいわ。金髪――まつげと眉は黒――みんなオーケイね。鼻筋は通っているかしら？　そうね――ともかく通ってはいるわね。鉤鼻でもないし、天井を向いているわけでもないもの。

それから、わたしはほっそりしてる——いまも変わっていないもの。身長は一六八センチ——でも、ハイヒールをはけばいいのよ。物まねは得意——とっても上手《うま》いというわけじゃないけど、声帯模写はできるもの。フランス語は得意、フランス女みたいよ。何もかも完璧じゃないの。わたしが登場したら、広告を出した人たちは大喜びで卒倒しちゃうはずだわ。ジェイン・クリーヴランド、出かけていって、この仕事を勝ちとるのよ」

ジェインは決然とした手つきでその広告を破りとり、ハンドバッグにしまいこんだ。それから人が変わったような元気のいい声で、お勘定して、といった。

五時十分前、ジェインはエンダースレイ通り付近を偵察していた。エンダースレイ通りは、オックスフォード・サーカスの近くの、二つの大通りのあいだにある小さな通りだった。地味ではあるが、品のよい通りだ。

七番地の家は付近の家並みに溶けこんでいた。事務所風の造りだった。だが、その家を見上げたとたん、青い目で金髪の、鼻筋の通ったほっそりした二十五歳から三十歳の娘は自分一人ではなかったのだということに、ジェインは初めて気がついた。確かにロンドンにはそういう娘たちがあふれている。そして少なく見てもそのうちの四十人から五十人が、エンダースレイ通り七番地の表に群がっていたのだ。

「競争だわ」ジェインはいった。

「早いとこ列に加わったほうがいいみたいね」

彼女が列の後ろについたとき、さらに三人の女の子が通りの角からあらわれた。その後からも続々とやってくる。自分の前後にいる娘たちの品定めをしながら、ジェインは一人で悦に入っていた。何かしら難点を見つけてやろうとがんばったのだ――あのまつげは黒じゃなくて金色だわ、あの目は青というより灰色じゃないの、あの金髪は本物じゃないわ、染めてるわね、ずいぶんいろんなかっこうの鼻があるもんねえ、よっぽど大目に見なかったら、ほっそりしてるなんてとてもいえないじゃないの。ジェインはわくわくした。

〝どれをとってもきっとわたしが一番よ〟彼女は心の中でつぶやいた。〝だけど、何をするのかしら？　美人コーラスだといいけど〟

列はのろのろと、だが着実に前進していった。しばらくすると二番目の組の娘たちが家の中から出てきた。傲然《ごうぜん》と頭を上げているものもいれば、作り笑いを浮かべているものもいる。

〝不合格ってわけね〟ジェインはほくそ笑んだ。〝わたしの番になるまでに締め切りになりませんように〟

相変わらず列は前進していく。娘たちは心配そうに小さな鏡をのぞきこんだり、鼻の頭におしろいをたたきこんだりしている。口紅は思うぞんぶんこてこてに塗りたくられていた。

「もっと恰好のいい帽子があればよかったのに」ジェインは悲しそうにつぶやいた。

とうとう彼女の番になった。ドアを通って中へ入ると、片側にカスバートスン商会という表札がかかっているガラスのドアがあった。応募者は一人ずつその中へ入っていくのだ。ジェインの番が来た。大きく息を吸いこんでから、彼女は中へ入っていった。

そこは受付の部屋だった。事務員たちの仕事場用に作られた部屋であることは一目でわかる。突きあたりにもう一つガラスのドアがあり、ジェインはそこへ行くようにいわれた。その部屋は受付の部屋よりも狭く、大きなデスクが一つあり、その後に多少異国風の濃い口ひげをたくわえた、目つきの鋭い中年の男が座っていた。男は頭のてっぺんからつま先までジェインをさっと眺め、それから左手のドアを指さし、

「その部屋でお待ちください」ときびきびといった。

ジェインはいわれたとおりにした。その部屋には先客がいた。娘が五人、座っていたのだ。揃いも揃ってやたらと背筋をぴんと伸ばし、お互いににらみ合っている。自分が候補者の一人になったことはジェインにもはっきりわかった。胸が躍《おど》った。とはいえ、広告に書いてあった範囲では、この五人の娘たちも自分と同程度の適格者であることは

認めないわけにはいかなかった。

時間がたっていく。つぎからつぎへと娘たちが奥の部屋に通されているのだ。大半は廊下に面したべつのドアからおひきとりということになるのだが、ときおりジェインたちが待っている部屋に新人が入ってきて、選抜人員はどんどん増えていき、六時半には娘の数は十四人になっていた。

奥の部屋でぼそぼそと話している声がし、軍人のような口ひげをたくわえているためにジェインがひそかに〝大佐〟というあだなを進呈したあの異国風な紳士が戸口にあらわれた。

「よろしければお一人ずつ面接したいと思います」と彼は告げた。「おいでになった順番にどうぞ」

もちろんジェインは六番目だった。二十分後、彼女は呼ばれて中に入った。両手を後ろに回して立っていた〝大佐〟は、つぎからつぎへと質問をし、フランス語がどれくらいできるか調べ、身長を測定した。

「マドモアゼル」彼はフランス語でいった。「おそらくあなたに決定するでしょう。わたしからはなんとも申しあげられないが。だが、可能性はあります」

「どういうお仕事なんですの?」ジェインは率直に訊いてみた。

男は肩をすくめた。

「まだ申しあげられません。あなたに決定したら――そうしたらお教えします」

「なんだかとても謎めいたお仕事みたいですわね」ジェインは抗議した。「どういうお仕事なのか全然わからないのにお引き受けするなんて、わたしにはとてもできませんわ。舞台に関係のあるお仕事なんですの？」

「舞台ですと？　とんでもない、違いますよ」

「まあ！」ジェインはちょっとびっくりした。

男は鋭い目で彼女を見つめている。

「知性はおありですか？　思慮分別は？」

「知性も思慮分別も大いに持ちあわせておりますわ」ジェインは平然といってのけた。

「報酬はどういうことになっているんですの？」

「二千ポンドにはなるでしょう――二週間仕事をしていただいて」

「まあ！」ジェインは小さく叫んだ。

あまりの気前のよさにびっくり仰天して、彼女はしばらく呆然としてしまった。

大佐はふたたび話を始めた。

「もう一人候補者を選んであるのです。その娘さんもあなたと同じくらい適任なのですよ。まだお目にかかっていない方たちの中にも適任者はいるかもしれません。これからのことについてお話ししておきましょう。ハリッジ・ホテルはご存じですな？」

ジェインは息をのんだ。イギリスに住んでいてハリッジ・ホテルを知らぬ者がいるだろうか？　メイフェアの裏通りにひっそりと建っている有名なホテルで、当然、有名人や高貴な人びとの宿泊所になっている。ジェインはつい今朝も、オストローヴァのポーリン皇女が到着された記事を読んだばかりだった。ロシア難民救済のための大がかりなバザーを開催するためにおいでになったのだ。そして、もちろん投宿先はハリッジ。

「存じておりますわ」ジェインは大佐の質問に答えた。

「たいへんけっこう。ハリッジ・ホテルへ行って、ストレプティッチ伯爵に面会を申し出てください。ホテルの者にいってあなたの名刺を伯爵に届けるよう――名刺はお持ちですな？」

大佐はジェインが取りだした名刺を受け取ると、隅に小さくPと書きこみ、返してよこした。

「それをお出しになれば、伯爵はあなたにお会いになるでしょう。わたしの紹介だということがわかるはずですから。最終決定を下すのは伯爵と――もう一人の方です。あなたが適任者だと思われたら、伯爵が事情をご説明になられるでしょう。で、その申し出をお受けになるかお断わりになるか、それはあなたのご自由です。それでよろしいですかな？」

「よろしいですわ」ジェインはいった。

「これまでのところは」通りに出たとき彼女はつぶやいた。「罠はなさそうね。でも、きっとあるにちがいないわ。何もしないでお金がもらえるなんて、そんなばかな話があるもんですか。きっと犯罪だわ！　ほかには考えられないもの」

胸がどきどきした。ほどほどのことなら犯罪だってかまわない。最近ではいろいろな女強盗の記事が新聞紙上をにぎわしている。何もかもうまくいかなかったら自分も一発やってやろうか、と本気で考えていたくらいだったのだ。

かすかに身震いしながら、彼女はハリッジの立派な玄関を入った。いつにも増して新しい帽子があったらと思った。

だが、彼女は勇敢に受付に歩みより、名刺を取りだすと、いささかの気遅れも見せずにストレプティッチ伯爵に面会を求めた。クローク係の男が多少好奇の目で見たような気がした。だが、彼は名刺を受け取り、ジェインには聞きとれない低い声で何ごとかいいつけながら、ボーイにそれを渡した。ボーイはすぐに戻ってきて、ご案内いたしますとジェインにいった。二人はエレベーターで階上へ上がり、廊下づたいに大きな観音開きのドアの前に行った。ボーイがそのドアをノックした。つぎに気がついたとき、ジェインは広々とした部屋の中で美しいひげをたくわえた長身のやせた男の前に立っていた。青白い手に彼女の名刺を持っている。

「ジェイン・クリーヴランドさんですね」彼はゆっくりと読み上げた。「わたしはストレプティッチ伯爵です」

不意に彼の唇が上下に分かれ、微笑とおぼしき形になった。整然と並んだ白い二列の歯がのぞいている。だが、全然楽しそうではない。

「わたくしどもが出した広告に応募なさって」伯爵はつづけた。「クラーニン大佐がこちらへ来るようにいったのですな？」

〝やっぱり大佐だったんだわ〟とジェインは自分の洞察力にうれしくなったが、うなずくだけにとどめた。

「二、三お訊きしてもよろしいでしょうな？」

彼女の返事を待とうともせず、伯爵はクラーニン大佐が訊いたこととまるで同じような質問をジェインに浴びせかけた。彼女の答えに満足したように、彼は一、二度うなずいた。

「それではマドモアゼル、ゆっくりとドアのところまで歩いていって、また戻ってきてください」

〝たぶんモデルにするつもりなんだわ〟いわれたとおりにしながらジェインは思った。〝でも、モデルに二千ポンドも支払うはずはないし。いまのところはよけいなことを訊かないほうがいいみたいね〟

ストレプティッチ伯爵は眉を寄せていた。白い指でこつこつとテーブルをたたいている。それから突然立ちあがり、隣室に通じるドアを開けると、そこにいるだれかに向かって話しかけた。

彼が椅子に戻ると、背の低い中年の女があらわれ、後ろ手にドアを閉めた。でっぷりと太った驚くほど醜い女だが、それにもかかわらず重要人物らしい雰囲気をただよわせている。

「ねえ、アンナ・ミカエロヴナ」と伯爵がいった。「この人はどうです？」

その婦人は、まるで見せもののロウ人形でも見るように、ためつすがめつジェインを観察した。あいさつなどまるでするつもりがないのだ。

「まあまあですね」しばらくしてから女がいった。「厳密にいうと、実際の感じは全然似ていませんけれど。でも、体型とか肌の色は大変けっこう。ほかの人たちよりずっといいです。あなたはどうお思いになって、フョードル・アレクサンドロヴィッチ？」

「わたしも同感です、アンナ・ミカエロヴナ」

「彼女、フランス語はできるんですか?」

「みごとですよ」

ジェインはますます自分が人形になったような気分になった。この一風変わった人たちは二人とも、彼女が人間であることを忘れているらしい。

「でも、この人、慎重かしら?」ジェインに向かって大仰に眉をひそめてみせながら、婦人がいった。

「こちらはポポレンスキー公爵夫人です」ストレプティッチ伯爵がジェインにフランス語でいった。「あなたが慎重にやれるかどうかとお訊ねです」

ジェインは公爵夫人にお答え申しあげた。

「どのようなお仕事なのかご説明をいただくまでは、お約束はいたしかねます」

「まったくこの人のいうとおりだわね」夫人がいった。「この人、頭がいいと思いますよ、フョードル・アレクサンドロヴィッチ——ほかの人たちよりも。ねえあなた、勇気もある?」

「わかりませんわ」ジェインにはなんのことやらさっぱりわけがわからなかった。「痛い思いをするのはとくに好きではありませんけれど、がまんはできます」

「あら！　わたくしはそういうことをいっているんじゃないのよ。危険なことはかまわないわね？」

「まあ！　危険ですって！　それならかまいません。わたし、危険なことが好きなんですの」

「で、あなたは貧乏なんでしょう？　たくさんお金を稼ぎたいってわけね？」

「やらせてみてください」ジェインは多少熱っぽくいった。

ストレプティッチ伯爵とポポレンスキー公爵夫人は目くばせし合い、それから、同時にうなずいた。

「わたしから事情を説明しましょうか、アンナ・ミカエロヴナ」伯爵がいった。

公爵夫人はかぶりを振った。

「皇女さまがご自分で説明なさりたいとおっしゃっておいでです」

「そんな必要は——それに感心しませんな」

「でも、そういうご命令なんですよ。あなたのほうのご用がすみしだい、わたくしがその娘を連れていくことになっているんです」

ストレプティッチは肩をすくめた。明らかに気に入らないといった様子だ。同時に、皇女の命令にそむく気がないことも明らかだった。彼はジェインのほうを向いた。

「ポポレンスキー公爵夫人が、あなたをポーリン皇女殿下のところへお連れします。驚いたりなさらぬように」

ジェインはちっとも驚いてなどいなかった。生身《なまみ》の皇女にお目通りがかなうのだと思うと、うれしくてたまらなかった。ジェインには社会主義者的な気《け》はまったくない。このときばかりは帽子のことを気にするのさえ忘れてしまっていた。

先に立って進んでいくポポレンスキー公爵夫人は、けんめいにある種の威厳を保とうとして、かえって逆効果なのをものともせず、あぶなっかしい足どりで歩いていく。二人は控えの間のような部屋を通り抜け、公爵夫人は奥のドアをノックした。中から返事があり、公爵夫人はドアを開けると中に入った。ジェインもすぐ後につづいた。

「お目通りいたします、皇女さま」公爵夫人がもったいぶった声でいった。「ミス・ジェイン・クリーヴランドでございます」

部屋の奥の大きな肘掛け椅子に座っていた若い女性がすばやく立ちあがり、小走りにやってきた。そして、一、二分、ジェインの顔をまじまじと見つめ、やがておもしろそうに声をあげて笑いだした。

「すばらしいわ、アンナ」皇女は叫んだ。「こんなにうまくいくなんて、思ってもみなかったわ。さあ、並んでみましょうよ」

ジェインの腕をとると、皇女は部屋の向こう側に引っ張っていき、壁にかけてある等身大の鏡の前でポーズをとった。

「ね？」皇女はうれしそうにいった。「そっくりでしょ！」

ポーリン皇女を一目見た瞬間に、ジェインには事態がわかりかけていたのだ。皇女のほうがジェインより一、二歳年上だろう。同じ色合いの金髪、体型も同じようにほっそりしている。背はたぶん皇女のほうが少し高いだろう。こうして並んで立ってみると、二人はまさに瓜二つだった。細部にいたるまで、外見はまるで同じといっていい。

皇女はぱちぱちと手をたたいた。すこぶる陽気な娘らしい。

「最高だわ」皇女は断言した。「わたくしに代わって、フョードル・アレクサンドロヴィッチをほめてあげてね、アンナ。ほんとによくやってくれたわ」

「ですが、皇女さま」公爵夫人が低い声でいった。「この娘さんは、自分の役割をまだ知らないのでございます」

「ほんとうだわ」皇女はいくらか落ち着きをとりもどした。「忘れていたわ。それじゃあわたくしが教えてあげましょう。二人だけにしてね、アンナ・ミカエロヴナ」

「ですが、皇女さま――」

「二人だけにして、といっているのよ」

皇女は腹立たしげに足を踏みならした。かなり不満そうな様子だったが、アンナ・ミカエロヴナは部屋から出ていった。皇女は腰をおろし、ジェインにもそうするよう身ぶりで示した。

「ああいうおばあちゃんって、うるさいのね」ポーリン皇女がいった。「でも、ああいう人たちもいないと困るのよ。アンナ・ミカエロヴナはまだいいほうだわ。さて、ミス――ええと、そうそう、ジェイン・クリーヴランドさんだったわね。いいお名前だわ。あなたもいい方ね。やさしくて。わたくし、やさしい人かどうか一目でわかるの」

「とても聡明でいらっしゃるからですわ」ジェインは初めて口をきいた。

「わたくしは聡明よ」ポーリン皇女は平然といった。「さあ、説明しましょう。あまり説明することもないんだけれど。オストローヴァの歴史はご存じね。わたくしの家族はほんとうにみんな殺されてしまったの――共産主義者たちに暗殺されてしまったのよ。たぶん、わたしが王家の血筋をひく最後の人間でしょう。でもわたくしは女ですから、王位を継承することはできないの。それならそっとしておいてくれるとお思いでしょう。ところが違うのね、どこへ出かけてもわたくしの暗殺計画が企てられるの。おかしいでしょう？　ウォッカびたりのあの連中は、共存なんてことは夢にも考えないのよ」

「わかりました」自分の仕事の内容をうすうす察したジェインがいった。

「たいていいつも、わたくしは人前には出ないことにしているの——用心のためにね。でも、ときどき公的な儀式に出席しなければならないことがあるの。たとえば、こういうふうにイギリスに来たときなどはね。出席しなければならない半公式の行事がいくつもあるの。帰国の途中でパリへ寄るんだけれど、あそこでもそうなのよ。ハンガリーにわたくしの領地があるんだけれど、あそこのスポーツはすばらしいわ」

「ほんとうですの？」

「とってもみごとよ。わたくし、スポーツが大好きなの。それに——あら、こんなことをあなたにお話しするつもりじゃなかったのに。あなたがとてもやさしいお顔をしているものだから——そこで計画が企てられているの——ごくごく内密にね。つまり、これから二週間のうちにわたくしが暗殺されたりしないようにしなければならないの。とても重要なことなのよ」

「でもきっと警察が——」ジェインがいいかけた。

「警察ですって？　ええ、警察もよくやってくれていると思うわ。それに、わたくしたちのほうにも——スパイがいますからね。企《くわだ》てが実行に移されるのを事前に知ることはできるのよ。でも、そうはいかないこともあるの」

皇女は肩をすくめた。

「わかってまいりましたわ」ジェインはゆっくりといった。「身代わりになれとおっしゃるのですね？」

「特定の場合だけでいいの」皇女の口調に力がこもった。「わたくしのすぐそばにいてくだされぱいいの。おわかりね？　あなたにお願いするのはこの二週間のうちに二度かもしれないし、三度か四度になるかもしれないわ。何かの公式行事ばかりだと思うの。もちろん、内輪の会では身代わりは立てられないものね」

「それはそうですわ」ジェインも同意した。

「あなたならきっとうまくいくわ。広告を出すことを思いつくなんて、フォードル・アレクサンドロヴィッチはほんとうに頭がいいわ。そうじゃなくって？」

「もしも」とジェインはいった。「わたしが暗殺されましたら？」

皇女は肩をすくめた。

「もちろんその危険性はあるわ。でも、わたくしたちがひそかに入手した情報によると、わたくしを人質にしたいらしいの。その場で殺すのではなくて。でも、正直にいうわ――爆弾を投げつけられる可能性はつねにあるのよ」

「わかりました」ジェインはいった。

彼女はポーリン皇女の快活な態度をまねようと努力した。お金のことが訊きたくてたまらなかったが、どういうふうに切り出すのがいちばんよいのかまるでわからなかった。

だが、ポーリンのほうからその問題を解決してくれた。

「もちろんお礼は充分にします」皇女はこともなげにいった。「フォードル・アレクサンドロヴィッチが提案した金額がいくらだったか、いまは正確には思い出せないけれど、フランかクローネでお支払いするという話だったわ」

「クラーニン大佐は二千ポンドとかおっしゃっていました」とジェイン。

「そうだったわ」ポーリンの顔がぱっと輝いた。「思い出したわ。それでいい？　それとも三千ポンド？」

「そうでございますね、よろしければ三千ポンドいただきとうございます」

「はっきりしていらっしゃるのね、わかったわ」皇女はやさしくいった。「わたくしもそうなりたいわ。でも、わたくし、お金のことは全然だめなの。欲しいものは手に入る、それだけのことよ」

単純明快、だが賞賛にあたいする考え方のようにジェインには思われた。

「それにもちろん、あなたのおっしゃるように、危険もあるわ」ポーリンは思案顔で話をつづけた。「あなたは危険を気にするような方には見えないけど。わたくしもそうなの。あなたに身代わりになっていただくからといって、わたくしを卑怯者だと思わないでいただきたいわ。ただ、オストローヴァにとって、わたくしが結婚して、少なくとも息子を二人持つことはとても重要なことなの。そうなってしまったら、わたくしの身に何が起きてもかまわないのよ」

「わかりました」

「では承知してくださるのね？」

「はい」ジェインは決然と答えた。「お受けしますわ」

ポーリンが数回激しく手を打ち鳴らした。たちまちポポレンスキー公爵夫人があらわれた。

「すべてお話ししたわ、アンナ」皇女がいった。「お願いしたとおりにしてくださることになったわ。それから、お礼は三千ポンドになったので、そのことを書き留めておくよう、フョードルに伝えてちょうだい。この方、ほんとうにわたくしにそっくりでしょう、どう？　でも、わたくしよりもおきれいだと思うわ」

公爵夫人はあぶなっかしげな足どりで出ていき、ストレプティッチ伯爵といっしょにもどってきた。

「お話はすべてすみましたよ、フョードル・アレクサンドロヴィッチ」皇女がいった。

伯爵はおじぎをした。

「この人にうまくやれますでしょうか？」彼は疑わしそうな目でジェインを見た。「お目にかけますわ」不意にジェインがいった。「よろしゅうございますか、皇女さま？」

皇女はうれしそうにうなずいた。

ジェインはさっと立ちあがった。

「すばらしいわ、アンナ、こんなにうまくいくなんて、思ってもみなかったわ。さあ、並んでみましょうよ」

そして、皇女がやったとおりに、皇女を鏡のところへ引っ張っていった。

「ね？　そっくりでしょ！」

ことばづかいも、態度も、身ぶりも、みごとなまでにポーリンとそっくりだった。公爵夫人はうなずき、承諾のことばをぶつぶつとのべた。

「なかなかけっこうです」夫人ははっきりといい切った。「それならたいていだれでもだまされるでしょう」

「あなたはとてもかしこいのね」ポーリンは感心していった。「自分の生命を守るためにほかの人のまねをするなんて、わたくしにはとてもできないわ」

ジェインは皇女のことばを信じた。ポーリンが年若いにもかかわらずじつにしっかりした女性であることにすでに感銘を受けていたのだ。

「こまごましたことはアンナが手配してくれるわ」皇女がいった。「この方をわたくしの寝室にお連れして、わたくしの服を着てみていただいて」

皇女は優雅なしぐさで別れのあいさつをした。ジェインはポポレンスキー公爵夫人とともに退出した。

「これは皇女さまがバザーの開会式の際にお召しになられるものです」白と黒の大胆なデザインのドレスを手にしながら、老女が説明した。「開会式は三日後です。あなたに身代わりをつとめていただくことになるかもしれません。いまのところなんともいえませんけど。情報がまだ入らないのでね」

アンナの命令でジェインはみすぼらしい自分の服を脱ぎ、そのドレスを着てみた。ぴったりだった。夫人は満足そうにうなずいた。

「だいたい、いいようですね――丈《たけ》がちょっと長いけれど。あなたのほうが皇女さまより二センチばかり背が低いから」

「それは簡単に修正できますわ」ジェインはすかさず申し出た。「さっき気がついたんですけれど、皇女さまはローヒールの靴をはいていらっしゃいますから、わたしは同じような靴で、ヒールの高いのをはけばいいんです」

アンナ・ミカエロヴナは、皇女がそのドレスを着るときにいつもはく靴を出して見せた。ストラップが一本あるトカゲ革の靴だ。ジェインはその靴のことをしっかりと頭にたたきこみ、そっくり同じでヒールの高さだけが違うものを用意してくれるようたのんだ。

「あなたは目立つ色の、皇女さまのとは素材が違うドレスを着たほうがいいでしょう」アンナ・ミカエロヴナがいった。「そうすれば、とっさに入れ替わらなければならないことになっても、替え玉だということがばれる恐れが少なくなるでしょうからね」

ジェインはちょっと考えた。

「まっ赤なクレープ地のドレスはいかがでしょう？　それに、たぶん、シンプルな形の鼻めがねなんかぴったりかもしれませんわ。見た目ががらりと変わりますもの」

提案は二つとも認められ、二人はさらに細かい打ち合わせをした。

ジェインは財布に百ポンドの紙幣を入れ、必需品を買って、ニューヨークから来たミス・モントレッサーという名でブリッツ・ホテルに部屋をとるよう指令を受けてホテルを出た。

それから二日後、ストレプティッチ伯爵が彼女の部屋を訪れた。

「まったく見違えますな」会釈しながら伯爵がいった。

ジェインも彼をまねて会釈した。新しいドレスや豪華な生活がうれしくてたまらなかった。

「何もかもとてもすばらしいですわ」彼女はため息をついた。「でも、あなたがおいでになったということは、ひと働きしてお金を稼がなければならないということですわね」

「そうです。情報が入りましてね。皇女がバザーからお帰りになる途中で誘拐するという計画があるらしいのです。ご承知のように、バザーはロンドンから十六キロほど離れたところにあるオリオン・ハウスで行なわれます。皇女はバザーの発起人であるアンチェスター伯爵夫人と個人的なお知り合いですから、個人としてどうしてもご出席にならないわけにはいかないのです。ですが、わたしはこういう作戦を立てたのですよ」

彼が作戦の大まかな筋書きを説明するあいだ、ジェインは注意深く耳をすましていた。二、三質問をしてから、最後に、自分が演じなければならない役割を完全に理解した、とはっきりいった。

翌日は雲ひとつない上天気だった——ロンドンの社交シーズンの大きな催しの一つであるアンチェスター伯爵夫人主催の、オストローヴァ難民救済のためのオリオン・ハウス・バザーには申し分のない日和だった。

変わりやすいイギリスの天気を計算に入れて、バザー自体はアンチェスター伯爵家が五百年前から所有しているオリオン・ハウスの特別室で開催された。持ち主から借り出されたさまざまなコレクションが展示されており、おまけに大勢の社交界の婦人たちが各自のネックレスから真珠を一粒ずつ寄付するというしゃれた催しもあった。真珠は二日目に一粒ずつ競売にかけられるのだ。敷地内ではいろいろな余興やアトラクションも行なわれることになっていた。

ジェインはミス・モントレッリーとして早くから会場に行っていた。燃えるような色をしたクレープ地のドレスを着て、小さな赤い釣鐘型の帽子をかぶっていた。足にはトカゲ革のハイヒール。

ポーリン皇女の到着はその日の最も重要なできごとだった。皇女はお付きを従えて演壇に上がり、型どおり子供からバラの花束を受け取った。そして、短い気の利いたスピーチをしてバザーの開会を宣言した。ストレプティッチ伯爵とポポレンスキー公爵夫人が付き添っていた。

皇女はジェインが見たあの白地に黒で大胆な模様をあしらったドレスを召していた。帽子は小さな釣鐘型で、つばの周囲には白サギの羽根飾りがあふれんばかりについており、小さなレースのヴェールがお顔を半分かくしている。ジェインは思わず微笑んだ。

皇女はバザーを見て歩かれた。すべての売店に立ち寄られ、二、三買い物をなさり、一様にやさしい態度を見せられた。それから、お帰りの準備にかかられた。

すぐさまジェインは予定の行動に移った。ちょっとお願いがあるのですが、とポポレンスキー公爵夫人に声をかけ、皇女へのお目通りをたのんだのだ。

「ああ、そうでしたね！」ポーリンははっきりとした声でいった。「ミス・モントレッサーですね、お名前を覚えていますよ。たしかアメリカのジャーナリストでしたわね。わたくしたちのためにご尽力くださった方です。あの方の新聞のためでしたら、喜んで短いインタビューを受けましょう。どこかに静かなところがないかしら？」

ただちに小さな控えの間が用意され、ストレプティッチ伯爵がミス・モントレッサーを案内することになった。伯爵が案内役を果たして退出したとたん、居残ったポポレンスキー伯爵夫人の前であわただしく衣装の取り換えが行なわれた。

三分後、ドアが開き、バラの花束を顔のところにかかげた皇女があらわれた。にこやかにあいさつされ、アンチェスター夫人にフランス語で二こと三こと別れのことばをかけられてから、皇女はご退出になり、待っていた車に乗りこまれた。ポポレンスキー公爵夫人がその横に乗りこみ、車が動きだす。

「やれやれですわね」とジェインがいった。「やっと終わりましたわ。ミス・モントレッサーはどうしておられるでしょう」

「だれにも気づかれませんよ。そっと抜けだせます」

「おっしゃるとおりでしょうね」とジェイン。「わたし、上手《うま》くやりましたでしょう？」

「とても慎重にやってくれましたね」

「伯爵はどうしてご一緒じゃないんですの？」

「あの方は残らなければならないのです。皇女さまがご無事に抜けだされるかどうか、見届ける人間がいなければなりませんから」

「爆弾を投げられたりしないといいんだけれど」ジェインが心配そうにいった。「あら！　大通りからそれたりして、どうしたのかしら？」

どんどんスピードを上げながら、車は矢のように横道を突っ走っていく。

ジェインは飛びあがり、窓から首を突きだして運転手に抗議した。運転手は声をあげて笑い、ますますスピードを上げるばかり。ジェインはふたたび座席に座りこんだ。

「あなた方のスパイがいっていたとおりですね」ジェインは笑いながらいった。「まんまと罠にかかってしまったわ。わたしがうまくやりおおせる時間が長ければ長いほど、皇女さまは安全というわけですね。とにかく、皇女さまがロンドンへ無事にお戻りになるための時間をかせがなければ」

危険が迫ったことを知り、ジェインの胸は高鳴った。爆弾を投げつけられるかもしれないということをうれしがっているわけではなかったが、こういう種類の冒険のおかげで、持ってうまれたおてんばな気性が刺激されていたのだ。

突然ブレーキがかかり、車が急停車したとたん、一人の男がステップにとび乗ってきた。ピストルを握っている。

「手を上げろ」男がどなった。

ポポレンスキー公爵夫人はさっと両手を上げたが、ジェインは軽蔑するように相手を見つめただけで、両手は膝の上に置いたまま、

「どうしてこのような狼藉《ろうぜき》を働くのか訊いてみなさい」とフランス語で付き添いに向かっていった。

だが、公爵夫人が口を開く間もなく、男がどこか外国のことばで早口にまくしたてた。ひとこともわからないので、ジェインは肩をすくめただけで何もいわなかった。おかかえ運転手が車を降り、相棒の隣に立った。

「高貴なお嬢さま、車からお降りいただけませんでしょうかな?」男がにやりと笑う。

さっきのように花束を顔の高さにかかげて、ジェインは車から降りた。ポポレンスキ

ー公爵夫人も後につづく。

「高貴なお嬢さま、こっちへ来ていただけませんかな？」

男のわざとらしい無礼な態度を無視して、ジェインは車から約百メートルばかり離れたところに建っている、屋根の低いだだっ広い家に向かってさっさと歩きだした。道路はここで行き止まりになっていて、突きあたりからいかにも空家然としたその家に通じる車道がつづいている。

相変わらずピストルを振り回しながら、男は二人の女のすぐ背後をついてきて、石段を上がると、すばやく二人の前に出て左手のドアをばたんと開けた。がらんとした部屋で、明らかにどこかから運びこまれたと思われるテーブルが一つと椅子が二脚置いてあった。

ジェインは中に入り、腰をおろした。アンナ・ミカエロヴナもジェインを見ならった。男はばたんとドアを閉め、外から鍵をかけた。

ジェインは窓のところへ行って外をのぞいた。

「もちろん跳びおりることはできるけど、でも、遠くへ逃げるのはむりね。逃げださないで、ともかくいまはここにいて、どうすればいちばんよいか考えなければ。何か食べ物を持ってきてくれないかしら？」

三十分ほどすると、その答えがもらえた。

大きな鉢に入った湯気の立つスープが運びこまれて、目の前に置かれたのだ。固パンが二切れ添えてある。

「貴族向きじゃないことはたしかだわ」ドアが閉まり、ふたたび外から鍵がかかると、ジェインはおもしろそうにいった。「どうぞお先に、それともわたしがお先にいただこうかしら？」

ポポレンスキー公爵夫人は、そばに食べ物があると思うだけでぞっとするらしく、手を横に振った。

「食べ物なんてのどを通りゃしませんよ。皇女さまがどんなに危険な目に会っていらっしゃるかわからないというときに」

「皇女さまはご無事よ」ジェインはいった。「いま心配なのは、自分のことだわ。替え玉をつかまえたってことがわかったら、あの人たち喜びはしないものね。実際問題として、ものすごく腹を立てると思うわ。わたし、できるかぎり、どうどうとした皇女のふりをしつづけますわ。そして、チャンスがあったら逃げだしましょう」

ポポレンスキー公爵夫人は何もいわなかった。

お腹がすいていたジェインは、スープをすっかり平らげてしまった。ちょっと変な味だったが、熱くておいしかった。

スープを飲んでしまうと、なんとなく眠くなった。ポポレンスキー公爵夫人はどうやらすすり泣いているようだった。座り心地の悪い椅子の上で、ひどく眠かったけれど、ジェインはなんとか体がいちばん楽になるように座り直した。そして、頭は垂れるにまかせた。

彼女は眠りこんでしまった。

2

ジェインははっとして目を覚ました。ずいぶん長いこと眠っていたような気がした。頭がぼんやりと重く、いやな気分だ。

そのとき不意に、あるものが目に飛びこんできて、彼女はまたしてもはっとし、すっかり目が覚めてしまった。

炎のような色合いの、クレープ地のドレスを着ていたのだ。

きちんと座り直し、あたりを見回した。そう、依然としてここはあのがらんとした部屋だ。そして、二つのことをのぞけば、何もかも眠りこんだときのままだった。まず一つは、ポポレンスキー公爵夫人がもう一つの椅子に座ってはいないということ。もう一つは、ほかでもない自分のドレスがなぜか変わっているということ。

「夢だったなんてはずはないわ」ジェインはいった。「だって、もしあれが夢だったのなら、こんなところにいるはずはないもの」

窓のほうを見ると、またしても意味ありげな事実が目に入った。眠りこんだとき、陽の光は窓から射しこんでいたのだ。ところがいまは、陽が当たっている車道にこの家の影が落ちている。

〝この家は西向きに立っているんだわ〟ジェインは考えこんだ。〝眠りこんでしまったのは午後だったんだから、いまは翌日の朝に違いない。あのスープには薬が入っていたんだわ。だから――ああ、わからない。何もかも狂気のさただわ〟

立ちあがってドアのところへ行く。鍵はかかっていなかった。家中を調べてまわった。しんと静まりかえっていて、がらんとしている。

ジェインは頭痛のする頭に手を当てがい、考えようとした。

そのときだった。玄関のドアのそばに破れた新聞紙が落ちているのに気がついたのだ。はでな見出しが彼女の目をとらえた。

〈アメリカ娘、イギリスで強盗。赤いドレスの娘。オリオン・ハウス・バザーであっと驚くピストルさわぎ〉

ジェインはよろよろとひなたへ出ていった。階段に座りこんで記事を読んでいくうちに、目がだんだん丸くなっていく。記事には事件の要点だけが書かれていた。

ポーリン皇女が退場なさった直後、三人の男と赤いドレスの女がピストルを取りだし、大勢の人びとは手ぎわよく両手を上げさせられてしまった。彼らは何百個という真珠を強奪し、高性能のレーシング・カーで逃走した。現在のところ、足どりはまだわからない。

最新のニュースによれば（新聞は夕刊の最終版だった）、〝赤いドレスの娘強盗〟はニューヨークから来たミス・モントレッサーと名乗って、ブリッツ・ホテルに滞在していた。

「やられたわ」ジェインはいった。「まんまとやられてしまった。罠があるってことは最初からわかってたのに」

そのときだった。妙な音が聞こえてきたのだ。彼女ははっとした。男の声だ。同じことばを、間を置いて、何度も繰り返している。

「ちくしょう」その声がいった。「ちくしょう」それからまた、「ちくしょう！」

その声を聞いてジェインはぞくぞくした。自分の気持ちを表現するのにぴったりのことばだったからだ。階段を駆けおりる。石段のすみに若い男が倒れていた。なんとかして地面から頭を上げようとしていたのだ。いままで見たこともないほどすてきな顔だったので、ジェインはどきんとした。そばかすがあって、ちょっといたずらっぽい表情をしている。

「いまいましい頭だ」青年がいった。「ちくしょう、ぼくは――」

彼は口をつぐみ、ジェインを見上げた。

「ぼくはきっと夢を見ているんだな」彼は力なくつぶやいた。

「わたしもさっきそういったのよ」ジェインがいった。「でも、二人とも夢を見ているんじゃないのよ。頭をどうなさったの？」

「だれかになぐられたんですよ。運のいいことに石頭だったんで」

彼は起き上がるとその場に座りこみ、顔をしかめた。

「じきに頭も働いてくれるようになると思うんですけど。なんだ、まだここにいたのか」

「どうやってここへいらしたの？」ジェインが訊ねた。興味を引かれたのだ。

「話せば長い話でね。ところで、あなたはなんとか皇女じゃないんでしょうね？」

「ちがうわ。わたしは平民《プレイン》のジェイン・クリーヴランドよ」

「にもかかわらず、器量《プレィン》がよくないってわけじゃないな」青年は賞賛の気持ちを率直にあらわして彼女を見つめた。

ジェインは赤くなった。

「お水か何か、持ってきてあげないといけないいんじゃない？」どうかしらというように訊ねる。

「まあそんなところでしょうね」青年は同意した。「でもやっぱり、どっちかっていえばウィスキーのほうがいいな。もし見つかればの話ですがね」

ウィスキーはどうしても見つからなかった。青年はぐっと水を飲みほし、気分がよくなったといった。

「ぼくの冒険をお話ししましょうか？　それとも、あなたがしてくださいますか？」

「あなたからどうぞ」

「ぼくのほうは、あんまりたいしたことはないんですがね。皇女はローヒールの靴をはいてあの部屋に入っていったのに、出てきたときにはハイヒールをはいていたのに偶然気づいたんです。それで、なんだかおかしいなと思いましてね。ぼく、おかしなことが嫌いなんですよ。

そこでオートバイで車を追跡したんです。あなたがこの家に入るのが見えました。それから十分もすると、大きなレーシング・カーがものすごいスピードでやってきましてね。赤いドレスを着た若い女と、男が三人乗ってました。女はちゃんとローヒールをはいていましたよ。連中は家の中へ入っていって、出てきたときには、ローヒールの女は黒と白のドレスを着ていました。そして、ばあさんと背の高いりっぱな口ひげをたくわえた男といっしょに、車に乗って行ってしまったんです。ほかの連中はレーシング・カーで行ってしまいました。ぼくは連中が全員立ち去ってしまったんだと思ったんで、あそこの窓から入って、あなたを助け出そうとしたんです。そしたら、だれかに後ろからぶんなぐられてしまったんですよ。これでぜんぶです。さあ、こんどはあなたの番ですよ」

ジェインは自分の冒険を話した。

「あなたが尾行してくださったなんて、わたし、ほんとうに運がよかった」そういって彼女は話を結んだ。「もしあなたが跡をつけてきてくださらなかったら、どんなにひどい目に会ったかおわかりでしょう？　皇女のほうには完全なアリバイがあったことになるでしょうからね。彼女は強盗さわぎの前にバザーの会場を出て、車でロンドンへ戻っているんですもの。わたしが夢みたいな、とてもありそうもない話をしたって、だれも信じてはくれないでしょう？」

「とてもむりですね」青年は断言した。

お互いの話に夢中になっていた二人は周囲のことにはまったく気づいていなかったので、顔を上げたとたん、思わずぎくりとした。背の高いきまじめな顔をした男が家に寄りかかって立っていたのだ。その男は二人に向かってうなずいてみせた。

「じつにおもしろかったですよ」と男がいった。

「あなたはどなたですの？」ジェインが訊ねた。

きまじめな顔をした男の目がきらりと光った。

「ファーレル警部です」彼はおだやかにいった。「きみのお話と、こちらの若いご婦人のお話は大変興味深くうかがいました。こちらのお嬢さんのお話は、なかなか信じられなかったと思いますね。でも、一つ二つ情報が入ったものですから」

「とおっしゃいますと？」

「今朝、ほんものの皇女はおかかえ運転手とかけおちして、いまはパリにいる、という情報が入ったんです」

ジェインは息をのんだ。

「それからこのアメリカ人の〝娘強盗〟がイギリスに来ていることもわかっていまして

ね。われわれとしてはちょっとした大当たりを期待しているんですよ。連中はあっという間に逮捕してごらんにいれます。お約束しますよ。ちょっと失礼します」

警部は石段をかけ上がって家に入っていった。

「やれやれね！」ジェインがいった。まことに元気のよい口調だった。

「靴のことに気がつくなんて、あなた、びっくりするほど頭がいいんですのね」彼女は唐突にそういった。

「どういたしまして」青年がいった。「ぼくのうちは靴屋なんです。おやじがちょっとした靴業界の大物なんですよ。おやじはぼくがその商売をやって――結婚して身を固めて、とまあそういうことを望んでいたんですがね。結婚相手はとくにだれというわけじゃないんですが――ただ、それがまず最初というわけでね。でも、ぼくは画家になりたかったんですよ」彼はため息をついた。

「お気の毒ね」ジェインはやさしくいった。

「六年がんばったんですけど、芽が出ませんでね。ぼくは画家としては落第なんですよ。画家になるのはあきらめて、放蕩息子みたいに家に戻ろうと思っているんです。けっこうな地位が待っているんですよ」

「お仕事って、大切なことですもの」ジェインはうらやましそうにあいづちを打った。

「ためしに靴をはいてみるようなお仕事、どこかで見つけていただけないかしら？」

「そんな仕事より、もっといいのを見つけてあげますよ——あなたが受けてくだされば」

「まあ、なんですの？」

「いまは気になさらないでください。あとでお話ししますから。いいですか、昨日初めて、ぼくは結婚してもいいという女の子にめぐり合ったんですよ」

「昨日？」

「バザーの会場でね。彼女を一日見たとたん——この人だ！　と思ったんですよ」

彼はジェインをじっと見つめた。

「ヒエンソウのお花、とってもきれいですわね」ジェインは頰を染め、あわててそういった。

「あれはルピナスですよ」青年がいった。

「どっちでもかまいませんわ」とジェイン。

「そうですよ」青年はあいづちをうつと、ちょっと身を寄せた。

日曜日にはくだものを

A Fruitful Sunday

「ああ、ほんとに、こういうのをまったくほれぼれするっていうのね」ミス・ドロシー・プラットがいった。これで四回目だ。「いまのわたしをあのおいぼれ猫に見せてあげたいわ。ひとのことをジェインだなんて！」

〝おいぼれ猫〟などと痛烈にいわれたのは、ミス・プラットの最も尊敬すべき雇い主、マッケンジー・ジョーンズ夫人。小間使いは身分にふさわしいクリスチャン・ネームを持つべきだという強力な見解を持つ夫人は、ドロシーという名前を拒否し、ジェインという別名で呼んでいたのだ。ミス・プラットはこの名前が大嫌いだった。

ミス・プラットの連れはすぐに返事をしなかった――それにはもっともな理由があったのだ。これで持ち主が四人変わったことになるオースティンの小型車を大枚二十ポンドをはたいて手に入れたばかりで、その車に乗って出かけるのが今回でまだたったの二回目だなどというときは、目下の緊急事態に即して両手両足を使う困難な仕事に、どうしても全神経を集中させないわけにはいかないからだ。

「あ——ああ！」エドワード・パルグローブ君はそんな声をあげると、ちゃんとしたドライバーだったら歯が浮いてしまうような、ギーッというぞっとするような音をたてて危機を乗りこえた。

「あなたって、女の子とはあんまり口をきかないのね」ドロシーが文句をいった。ちょうどそのとき、バスの運転手から猛烈なことばでののしられたので、パルグローブ君は返事をする義務から救われた。

「何よ、ほんとに失礼ね」ぐいと頭をそらせながら、ミス・プラットがいった。

「あいつもこういうブレーキのついてる車に乗ってみればいいんだ」彼女の恋人がいまいましそうにいった。

「そんなにひどいの？」

「この世の終わりが来るまで踏みこんでいたって、ぜんぜん効かないよ」とパルグローブ君。

「まあ、でもね、テッド、二十ポンドだったんだもの、しかたがないわ。それでもほら、わたしたち、ほんものの車で、みんなと同じように、日曜日の午後、郊外へ行くところなのよ」

またしてもギーギーガリガリいう音。

「おお」テッドが勝ちほこったように頰を染めた。「いまの切りかえはかなりうまくいったぞ」

「あなた、なかなか運転が上手だわ」ドロシーはほれぼれしながらいった。

女性からほめられたので大いに勇気づけられたパルグローブ君はハマースミス大通りを一気に突っ走ろうとして、警官にこってり油をしぼられてしまった。

「まあ驚いた」車がハマースミス・ブリッジに向かって走りだしたとき、ドロシーが腹にすえかねたようにいった。「警官って、一体どういうつもりなのかしらね。最近のあの人たちの態度を見れば、だれだってもうちょっとていねいな口のきき方をしてもいいと思うに決まってるわ」

「とにかく、ぼくはこの道を通りたくなかったんだ」エドワードは悲しそうにいった。「西大通りをぶっとばしたかったんだよ」

「そして、好むと好まざるとにかかわらず、取り締まりにつかまっちゃうのよ」とドロシー。「このあいだ、うちのご主人がそうなってしまったの。罰金五ポンドと裁判費用を払わされたのよ」

「警察だって、とどのつまりはそう捨てたもんじゃないさ」エドワードが寛大にいった。

「金持ちだってちゃんととっつかまえるんだからね。えこひいきしないで。考えただけでも腹が立つのは、すいと店に入っていって、髪の毛を一筋も動かさずに、ロールス・ロイスを二台も買うきどり屋たちだよ。まったくふざけてる。ぼくだって連中とおんなじ人間なのに」

「宝石だってそうよ」ドロシーはため息をついた。「ボンド・ストリートの宝石店。ダイヤモンドや、真珠や、わたしには名前もわからない宝石！　それなのに、わたしが持っているのは、安物の真珠のネックレスが一つっきりなんだから」

彼女が悲しそうにネックレスのことを考えていてくれたおかげで、エドワードはふたたび運転だけに集中できるようになり、車はどうにか無事にリッチモンドを通過した。警官と口論したおかげで、弱気になっていたエドワードは、今度はいちばん障害物の少ない道を走ることにし、道をえらぶ必要が生まれたときには、つねにすぐ前の車の後をついていくようにした。

そうこうするうちに、気がつくと、車は、経験をつんだドライバーたちが必死になって探すような、木陰の多い田舎道を走っていた。

「あの道をはずれてこっちへ来たのは、かなりかしこいやり方だったな」何もかも自分の手柄だといわんばかりに、エドワードがいった。

「とってもすてきだわ」ミス・プラットがいった。「あら、あそこにいる人、きっとくだものを売っているのよ」

なるほど、近くの道の角に、くだものかごがのっている小さな籐《とう》のテーブルが置いてある。おまけに、〈もっとくだものを召しあがれ〉と書かれた旗まで立っているのだ。

「いくらだい？」死にもの狂いでハンド・ブレーキを引っ張り、期待どおりの効果をあげてから、エドワードは心配そうに訊ねた。

「すばらしいイチゴですよ」店番をしていた男がいった。

目つきが悪く、無愛想な顔をしている。

「お嬢さんのお口にぴったりですよ。もぎたてのうれうれのくだもの。サクランボもありますよ。正真正銘のイギリス産でさ。サクランボをひとかごいかがです、お嬢さん？」

「おいしそうだわ」とドロシー。

「うまいですよ、ごらんのとおりでさ」男はしゃがれ声でいった。「お嬢さん、このかごは幸運をもたらしてくれるんでさ」それからやっとエドワードのほうを向き、恩きせがましく答えた。

「二シリングでさ、だんな、タダ同然。かごの中身を見たら、なるほどと思いますよ」

「とってもおいしそうだわ」とドロシー。

エドワードはため息をつき、二シリング渡した。心の中ではけんめいに計算をしていた。あとで飲むお茶代とガソリン代――この日曜日のドライブでは安上がりだなんていえやしない。女の子を連れだすとひどい目に会うんだ！　いつだって、見たものをかたっぱしから欲しがるんだから。

「まいどありい」感じの悪い顔をした男がいった。「そのサクランボのかごの中にゃ、お代よりももっと値打のあるものが入ってますよ」

エドワードが乱暴にペダルを踏みつけると、オースティンの小型車は怒り狂ったシェパードのように、サクランボ売りの男めがけて飛びあがった。

「ごめん」とエドワード。「ギヤが入ってたのを忘れてた」

「気をつけなくちゃだめじゃない」とドロシー。「もうちょっとでけがをさせるところだったわ」

エドワードは返事をしなかった。そこから一キロばかり行くと、小川のほとりのすてきな場所に出た。オースティンを道端にとめ、なかよく土手に腰をおろして、エドワードとドロシーはサクランボをほおばった。二人の足元に、日曜新聞が落ちていた。

「何かニュースがあるかい？」長々とあおむけに寝そべって、日光が目に入らないように帽子をまぶかに引っ張りながら、エドワードがいった。

ドロシーはさっと見出しを流し読みした。

「悲しみにくれる未亡人。信じられないような話。先週の溺死者数二十八人。飛行士は死亡とのうわさ。五万ポンドのルビーのネックレス消え失せる。まあ、テッド！　五万ポンドですって。すごいわねえ！」彼女はつづきを読んだ。「このネックレスは、プラチナ台に二十一の宝石《いし》がはめこまれたもので、パリから書留で発送された。受け取ってすぐに包みを開けたところ、中には小石が数個入っていただけで、宝石は消え失せていた」

「郵便局で抜かれたんだよ。フランスの郵便局なんて、きっといいかげんなんだ」

「こんなネックレス、見てみたいわ。どの石もみんな、血のようにきらきら輝いているのよ――例の鳩の血のように。ルビーの色のこと、そういうじゃないの。そんなネックレス、首にかけたらどんな気分かしらね」

「まあ、きみには一生かかってもわからないだろうね」エドワードがひやかした。

ドロシーはつんと頭を上げた。

「どうしてわからないのよ。わたしはどうしても知りたいわ。女の子っていうのは、びっくりするような手をつかって世の中に出ることができるのよ。わたしだって、もしかしたら、舞台に立てるかもしれないんだから」

「行儀のいい女の子は、悪あがきするもんじゃないよ」エドワードは出鼻をくじくようにいった。

いいかえしてやろうとドロシーは口を開きかけたが、考えなおし、「サクランボをちょうだいよ」と小さな声でつぶやいた。

「わたしのほうがたくさん食べちゃったわ。残りを分けましょうよ――あら、かごの底に何か入ってるわ」

そういいながら、彼女はそれを引っ張りだした――長い、ひとつながりになった、血のように赤いきらきら光る石ではないか。

二人は仰天してじっとそれを見つめた。

「かごの中に入っていたって?」エドワードがやっと口を開いた。

「いちばん底に――くだものの下にあったのよ」

もう一度、二人はじっと顔を見合わせた。

「どうしてこんなところに入っていたんだろう。どう思う?」

「わからないわ。おかしいわね、テッド、新聞記事――ルビーのことを読んだばっかりなのに」

エドワードは声をあげて笑いだした。

「きみはまさか、その手の中にあるのが五万ポンドのネックレスだと思っているわけじゃないだろうね？」

「おかしいっていっただけよ。プラチナの台にはめこまれたルビー。プラチナって、鈍い銀色をした金属でしょう――これみたいに。これ、きらきらしてて、すてきな色じゃない？　石はいくつあるのかしら？」数えてみる。「まあ、テッド、ちょうど二十一あるわよ」

「まさか！」

「ほんとうよ。新聞に書いてあったのと同じ数だわ。まあ、テッド、まさかあなた――」

「そんなことがあってたまるか」だが、自信のない口調だ。「何か調べてみる方法があるよ――ガラスでこすってみるとか」

「それはダイヤモンドの場合よ。でもねえ、テッド、さっきの男、とても変な顔をしていたじゃない――くだものを売っていた男よ――感じの悪い顔だったわ。それに、変なことをいったじゃないの——かごの中には、お代よりももっとねうちのあるものが入っていますよ、なんて」

「ああ、だけどいいかい、ドロシー、あいつはなんで五万ポンドをぼくらに手渡そうとしたんだ？」

ミス・プラットはがっかりしたように首を振り、

「そこがどうもよくわからないのよ」と認めた。「警察に追われているのでもなければね」

「警察だって？」エドワードはちょっと青くなった。

「ええ、新聞に書いてあるもの——〝警察は手がかりをつかんだ〟って」エドワードの背筋を冷たいものが走った。

「そういうのはいやだな、ドロシー。ぼくらが警察に追われるなんて」

ぽかんと口を開けてドロシーは彼を見つめた。

「でも、あたしたち何もしていないじゃないの、テッド。これはかごの中にあったのよ」

「そんなばかみたいな話が通用するもんか！　ありそうもない話だよ」

「いかにもありそうにない話だわね」ドロシーも認めた。「ああ、テッド、あなたこれがあれなんだと思う？　まるでおとぎ断《ばなし》みたいだわ！」

「ぼくはおとぎ噺みたいだなんて思わないね。主人公が無実の罪で十四年間もダートムア刑務所行きになる話みたいに聞こえるよ」

だが、ドロシーは聞いてはいなかった。ネックレスを首にかけて留め金をかけると、ハンドバッグから小さな鏡を取りだし、どんなぐあいか映してみる。

「公爵夫人がつけているのとおんなじだわ」彼女はうっとりしながらつぶやいた。

「ぼくには信じられないな」エドワードが語気荒くいった。「模造品だよ。模造品に決まっている」

「そうね」そういいながらも、ドロシーは相変わらず熱心に鏡をのぞきこんでいる。

「ほんとにそうかもしれないわ」

「そうでもなかったら——話がうますぎるよ」

「鳩の血の色」ドロシーがつぶやいた。

「ばかばかしい。ぼくはそういいたいね。ばかげているよ。おい、ドロシー、ぼくの話を聞いているのか、聞いていないのか？」

ドロシーは鏡を下へ置き、ネックレスに片手をかけたまま、彼のほうを見た。

「似合う？」

文句をいったことも忘れて、エドワードは彼女をまじまじと見た。こんなドロシーを見たのは初めてだった。誇り高い、女王のような美しさをただよわせている。彼にとってはまったく初めて見るドロシーだった。自分はまちがいなく五万ポンドの宝石を首にかけているのだという思いが、ドロシー・プラットを新しい女にしてしまったのだ。クレオパトラと、アッシリアの女王セミラミス、そしてパルミラの女王ゼノビアをまとめて一つにしたように、悠然と落ち着きはらっているように見える。

「きみは——きみ——すばらしいよ」エドワードは恐れ入ってそういった。

ドロシーは声をあげて笑った。なんと、笑い声までがらりと変わっている。

「いいかい」エドワードはいった。「何か手を打たなくちゃ。警察へなりどこへなり届けなくちゃならないよ」

「ばかなことといわないでちょうだい」とドロシー。「こんな話は信用されないだろうって、あなた、たったいま自分でそういったじゃないの。盗みを働いたと思われて、たぶん監獄に入れられてしまうわ」

「でも——ほかにどうしたらいいんだ？」

「しまっておくのよ」生まれ変わったドロシー・プラットがいった。

エドワードは目を丸くして相手を見つめた。

「しまっておくって？　頭がおかしくなったんじゃないか？」

「わたしたちが見つけたのよ、違う？　これが高価なものだなんて思うことないじゃない。しまっておいて、わたしが使うわ」

「そんなことをしたら、警察につかまるぞ」

その点について、ドロシーは一、二分考えた。

「いいわ。それなら売りましょうよ。そしたらあなた、ロールス・ロイスが一台でも二台でも買えるし、わたしはダイヤモンドの髪飾りと指輪をいくつか買うわ」

エドワードは相変わらず目を据えて彼女を見つめている。ドロシーは苛立《いらだ》ちをあらわにしはじめた。

「いまがチャンスなのよ――それをつかまえないなんてばかげてるわ。盗んだわけじゃないのよ――そういうふうに考えたくないわ。わたしたちのところへ転げこんできたのよ。欲しいものが手に入るチャンスなんて、もう二度とないと思うわ。あなたには勇気ってものがこれっぽっちもないの、エドワード・パルグローブ？」

エドワードははっとわれに返った。

「売るだって？　そんなこと、かんたんにはできるわけないよ。どこでこんなにとてつもない代物《しろもの》を手に入れたか、宝石屋はみんな知りたがるに決まってるさ」

「宝石屋へなんか持っていくもんですか。あなた、推理小説を読んだことないの、テッド？　もちろん〝故買屋《こばいや》〟へ持っていくのよ。決まってるじゃない」

「故買屋なんて、ぼくが知るわけないじゃないか？　ぼくは育ちがいいんだぜ」

「男ってものはなんでも知っていなくちゃいけないのよ」とドロシー。「男はそのために存在するんですもの」

彼は彼女の顔を見た。彼女はがんとして一歩も譲らない。

「きみがそんなことというなんて、信じられないよ」彼の口調は弱々しかった。

「あなたにはもっと勇気があると思っていたわ」

沈黙がつづく。しばらくしてからドロシーが立ちあがり、

「さあ」と明るい声を出した。「家に帰るのがいちばんみたいよ」

「それを首にさげたままでかい？」

ドロシーはネックレスをはずし、うやうやしくながめてから、ハンドバッグの中に落とした。

「おい、ぼくによこせよ」

「いやよ」

「いやよじゃない、よこすんだ。ぼくは正直者に育ったんだぜ、きみ」

「だったら正直者でとおせばいいのよ。かかわりあいにならなければいいじゃないの」

「ねえ、ぼくによこせってば」エドワードは強引だった。「やるからさ。故買屋を見つけるからさ。きみのいうとおりだ。一生に一度のチャンスだよ。ぼくらは正々堂々とそれを手に入れたんだ——二シリングで買ったんだからね。紳士たちが毎日骨董屋でやっていて、おまけに自慢していることと、ちっともちがわないよ」

「そうなのよ！」ドロシーがいった。「ああ、エドワード、あなたってとってもすてきよ！」

彼女はネックレスを渡し、彼はそれをポケットにしまった。興奮が体をはいあがってくる。こうなったからにはとことんやるぞ！　そんな気分のまま、彼はオースティンを発車させた。二人ともすっかり興奮していたので、お茶のことなどけろりと忘れてしまい、無言のままロンドンへ戻る。一度、交差点で警官が近づいてきたことがあり、エドワードの心臓が一瞬止まったが、奇跡的に何事もなく、二人は家にたどり着いた。

エドワードがドロシーにいった最後のことばには、冒険に対する気迫が満ち満ちていた。

「とことんやり抜こう。五万ポンドだぞ！　それだけの価値はあるよ！」

その夜、彼は官給品のマークである太い矢尻と、ダートムア刑務所の夢を見た。おかげではやばやと目が覚めてしまった。げっそりとした気分で、頭もぼんやりしている。故買屋探しに取りかからなければならない――でも、どうやって探しだしたらいいのか、皆目見当もつかないのだ！

事務所では仕事もうわの空で、午前中に二度もこっぴどく叱られてしまった。〝故買屋〟っていうのは、どうやって探せばいいんだろう？　ホワイト・チャペルの近くにないかな――それとも、ステップニーだろうか？

事務所に戻ると、電話がかかってきた。ドロシーの声だった――痛ましい涙声で。

「あなたなの、テッド？　夫人がいつ入ってくるかわからないから、そしたら電話を切らなきゃならないのよ。テッド、まだ何もしていないでしょうね？」

していない、とエドワードは答えた。

「よかった、いい、テッド、絶対にやっちゃだめよ。わたし、一晩中眠れなかったの。恐ろしかったわ。汝盗むなかれ、って聖書に書いてあることを考えていたの。きのうはわたし、きっと頭がどうかしてたのよ――まちがいないわ。あなた何もしないわね、テッド、ね？」

パルグローブ君はほっとしたろうか？　たぶんそうだったろう――だが、彼はそれを認めるつもりはなかった。

「いったんやるといったら、ぼくはやるよ」鋼鉄の目を持つスーパーマンみたいな声で彼はいった。

「ああ、でも、テッド、ねえ、そんなことやるべきじゃないわ。ああ大変、夫人が来るわ。いいこと、テッド、夫人は今夜晩餐会に出かけるの。わたし、そっと抜け出して、あなたに会えるわ。それまで何もしないで。八時ね。横町のところで待っていて」その声が天使のようにかぼそくきれいな声になった。「はい、奥さま、おかけちがいのようでございます。あちらはブルームズベリーの〇二三四を呼んでおりました」

六時に事務所を出たとき、エドワードの目にとてつもなく大きな活字で組んだ大見出しが飛びこんできた。

宝石強盗　その後の進展

彼は大急ぎで一ペニー払った。何事もなく地下鉄にもぐりこみ、なんとか席を確保し、わき目もふらずに新聞を調べはじめる。探していたものはすぐに見つかった。

思わず押し殺したような口笛がもれる。

「じゃあ——ぼくは——」

そのとき、すぐ横のべつの記事が目に入った。その記事を読み終えた彼は、床に滑り落ちた新聞を拾おうともしなかった。

八時ちょうどに、約束の場所で待っていると、ドロシーが息を切らしながら駆けてきた。顔面蒼白、だが、かわいらしい。

「何もしなかった、テッド？」

「何もしなかったよ」彼はポケットからルビーのネックレスを取りだした。「きみ、これを首にかけてもいいんだよ」

「でも、テッド——」

「警察はあのルビーをちゃんと手に入れたんだよ——それから、犯人もね。さあ、これを読んでごらん！」

彼は新聞記事を彼女の鼻先に突きつけた。ドロシーは読んだ。

奇抜な新手《あらて》の宣伝

かの高名なるアメリカの十セント・ストア〈ウールワース〉に対抗せんとして、全英五ペニー販売会は、現在、気のきいた新趣向の宣伝を行なっている。昨日にひきつづき、これからも日曜日ごとに売り出す予定のくだものかごの中に、五十個に一つのわりで、さまざまな着色をほどこした模造ネックレスが入っているのだ。このネックレスは、値段のわりにはまことにすばらしい価値がある品だ。おかげで昨日は非常なる興奮と陽気な騒ぎが起こったが、今度の日曜にも〝くだものをもっと召しあがれ〟は大いに人気を呼ぶものと思われる。五ペニー販売会の機知をたたえるとともに、国産品愛用運動のキャンペーンの成功を祈りたい。

「まあ――」とドロシー。

それから一息ついて、また、「まあ！」

「そうなんだよ」エドワードはいった。「ぼくも同じ気持ちだったんだ」

通りかかった男が、彼の手に紙切れを一枚押しつけた。

「一枚どうぞ」男はいった。

〝貞淑な女の価《あたい》は、ルビーより高価なり〟。旧約聖書にある〝知恵の価はルビーより高価なり〟をひとひねりしたというわけだ。

「そのとおりさ！」エドワードはいった。「これできみが元気になってくれるといいんだけどね」

「わからないわ」ドロシーは疑わしそうだった。「わたし、立派な女に見られたいなんて思っていないの」

「そんなふうには見えないよ」エドワードはいった。「だからあの男がぼくにこの紙をくれたんじゃないか。こんなルビーを首にかけてると、きみはちっとも立派な女に見えないよ」

ドロシーは声をあげて笑いだした。

「あなたって、かわいいところがあるのね、テッド。さあ、映画を観にいきましょうよ」

イーストウッド君の冒険

Mr Eastwood's Adventure

イーストウッド君は天井を見上げた。それから床に目を落とした。視線はさらにゆっくりと右手の壁へと移っていく。そして突然、やっとばかりに気力をふるいたたせると、目の前のタイプライターにもう一度むりやり視線を戻した。

まっ白な紙の上に、大文字で書かれたタイトルが記されている。

『**第二のキュウリの謎**』。いいタイトルだ。これを見れば、だれだってたちどころに興味をそそられ、足を止めるだろう。「第二のキュウリの謎ねえ」と彼らはいうだろう。「一体どういうことなのかな？　キュウリ？　第二のキュウリ？　これはぜひとも読んでみなければならんな」そして読者は、推理小説の大家であるこのぼくが、このごくありふれた野菜をめぐって展開してみせるわくわくするような筋書《すじがき》にスリルをおぼえ、魅了されてしまうのだ。

ここまでは何もかも申し分ない。物語とはいかにあるべきかという点については、アントニー・イーストウッドだってだれにも負けぬほど充分承知している――問題は、どういうわけかそれをうまく進めることができないという点にある。物語において重要なのは、タイトルと筋書の二点――そのほかは単なる裏方なのだ。ときにはタイトルが、いってみればまったく自力で筋書を引っ張り出し、それからはすべてが順風満帆《じゅんぷうまんぱん》ですいすいと運ぶ場合もある――だが、この場合、タイトルはページのいちばん上を飾るばかり、筋書の〝ず〟の字も出てこない。

アントニー・イーストウッドの視線は、またしても天井へ、床へ、壁紙へと走り、インスピレーションを探す。だが相変わらず形にならない。

「ヒロインはソニアという名前にしよう」アントニーは自分をふるいたたせようとしてそういった。「ソニアか、ドローレスでもいいな――象牙のように白い肌――もちろん身体が悪いせいじゃない。そして目は、底知れぬ深淵のようなんだ。主人公の名前はジョージか、ジョンでもいい――何か短いイギリス人の名前にしよう。それから、庭師――庭師がいるだろうな。なんとかしてあのいまいましいキュウリを物語の中に引きずりこまなけりゃならないんだから――庭師はスコットランド人で、早霜《はやじも》についてばかばかしいほど悲観的に考える男ということにするかな」

この方法でうまくいくこともときにはあるのだが、どうも今朝はだめらしい。ソニアやジョージや、こっけいな庭師の姿はきわめて鮮明に浮かんでくるのだが、彼らは動きはじめて何かを行なう意志をまったく示さないのだ。

〝もちろん、バナナにしたっていいんだ〟アントニーはやけくそになって考えた。〝レタスだって、芽キャベツ《ブラッセル・スプラウト》だって――芽キャベツか、待てよ、芽キャベツはどうだろう？　ほんとうはブラッセルの暗号で――盗難にあった持参人払い証券――邪悪なベルギー人の男爵〟

一瞬、光明が射したかと思えたが、またしても消え失せてしまう。ベルギー人の男爵は形をなさず、おまけに、不意に早霜とキュウリは無関係だったことを思い出してしまったのだ。これで、スコットランド人の庭師のおもしろい科白《せりふ》もパアになってしまった。

「ああ！　ちくしょう！」イーストウッド君はうめいた。

立ちあがり、デイリー・メイル紙を手に取る。もしかしたら、どこかのだれかが、悪戦苦闘している作家にインスピレーションを与えてくれるような殺され方をしている可能性もある。だが、今朝のニュースは、おもに政治と海外関係のことばかりだった。イーストウッド君はうんざりして新聞を放りだした。

つぎに、テーブルの上から小説の本を取り、目をつぶってあるページを開けた。この方法で運命の女神が示してくれたことばは〝羊〟だった。とたんに、びっくりするほどはっきりと、イーストウッド君の頭の中で一つの物語が展開しはじめた。美しい娘――恋人が戦死し、頭がおかしくなり、スコットランドの山の上で羊の番をしている娘と――死んだ恋人との神秘的な出会い、最後は、羊と月光とが美術院にある絵のような効果をおよぼす中で、娘は雪の中に息絶えて横たわっている。そして、足跡が二筋……

美しい物語だ。アントニーはため息をつき、悲しそうに首を振りながら、この構想をあきらめた。編集者がこんな物語を求めているのではないことは百も承知していたからだ――たとえどれほど美しい物語であってもだ。編集者が求め、何がなんでも手に入れようとし（ついでにいえば、気前よく金《かね》まで出して手に入れようとしているのは）、心臓を突き刺された黒衣の謎の婦人であり、無実の罪に問われている主人公であり、そして、ほんのわずかな手がかりによって一挙に謎が解明され、最も意外な人物が犯人だったことがわかる、といった物語なのだ――まさに『第二のキュウリの謎』なのだ。

〝でも〟アントニーは考えた。〝十中八、九、あいつは断わりもなくタイトルを変えて、『極悪非道の殺人』なんていう、うんざりするようなタイトルにしてしまうんだ。ああ、またいまいましい電話だ〟

彼は腹立たしげに電話のところへ行き、受話器を取りあげた。この一時間のうちに、すでに二回もかかってきていたのだ——一度はかけ違いで、もう一度は陽気な社交婦人からの夕食の誘いだった。彼はその女が大嫌いだったのだが、断わろうにも相手は猛烈にしつこく、うまうまとつられてしまったのだ。

「もしもし！」受話器に向かってどなる。

女の声が返ってきた。かすかに外国なまりがある、やわらかな甘ったるい声だ。

「あなたなの？」やさしい言い方だった。

「はあ——あの——わかりませんが」警戒するようにイーストウッド君は答えた。「どなたですか？」

「わたしよ。カルメンよ。ねえ聞いて、あなた。わたし、追われてるの——危険な立場にいるの——すぐに来てくださらなくちゃ。生きるか死ぬかという立場に立たされているの」

「失礼ですが」とイーストウッド君はていねいにいった。「おかけちがいではないかと——」

いい終わらないうちに女がさえぎった。

「あら、たいへん《マードレ・ド・ディオス》！　来るわ。こんなことをしているのが見つかってしまったら、わたし、殺されてしまう。見殺しにしないでちょうだい。すぐに来て。あなたが来てくれなかったら、わたし、殺されてしまうわ。カーク通り三二〇番地よ。合言葉はキュウリ……。しっ、静かに……」

彼女が受話器を置いたかすかなかちりという音がした。

「まったく、なんてことだ」イーストウッド君はすっかり仰天してしまった。

たばこ入れのところへ行き、慎重な手つきでパイプをつめる。

〝思うに〟と彼は熟考した。〝これはぼくの潜在意識が何かおかしなぐあいに働いたからなんだ。あの女がキュウリなんていうはずがない。何もかもとっぴょうしのないことじゃないか。あの女はキュウリといったんだろうか、あるいはいわなかったんだろうか？〟

彼は決心しかねるように、ぐずぐずと歩きまわった。

〝カーク通り三二〇番地ねえ。一体どういうことなんだろう。あの女が待っているのは別の男なんだ。説明がつくといいんだが。カーク通り三二〇番地。合言葉はキュウリ——冗談じゃないよ、ほんとに——忙しいせいで頭がどうかしているんだ〟

彼は憎々しげにタイプライターをちらりと見た。

〝おまえがなんの役に立つのか知りたいよ。午前中ずっと、おまえとにらめっこしてたんだからな。ごくろうさまもいいところだ。作家というものは、実生活から筋書を手に入れなければならないんだ——実生活からさ、わかったか？　これから一発仕入れてくるからな〟

　頭に帽子をのせ、古いホウロウ細工の貴重なコレクションをいとおしげに眺めてから、彼は部屋を出た。

　ロンドンっ子ならおそらくだれもが知っているように、カーク通りはだらだらと長く延びた通りで、おもに骨董屋が並んでいて、ありとあらゆるあやしげな品物がべらぼうな値段で売られている。ほかには、時代物の鋳物《いもの》やガラス器を売っている店、中古品を扱っているさびれた店、古着屋もある。

　三二〇番地にあったのは、時代物のガラス製品を扱っている店で、ありとあらゆるガラス製品があふれんばかりにならんでいた。片側にはワイン・グラスが、頭上には燭台やシャンデリアが輝いている。中央通路を奥へ進むためには、おっかなびっくり足を運ばなければならなかった。奥に老婆が座っていた。若い学生たちがうらやましく思うほどの口ひげを生やし、いかにも無愛想な様子をしている。

　老婆はアントニーを見、とりつくしまもないような口調で、「なに？」といった。

　どちらかといえばすぐにおろおろしてしまう青年であるアントニーは、とっさに、白ワイン用のグラスの値段を訊いた。

「半ダースで五十五シリング」

「ああ、そう。なかなかよさそうじゃないですか？　こっちのはいくらです？」

「それは上等だよ。ウォーターフォードの時代物でね。一対《つい》で十八ギニーでいいよ」

自分のほうから災難を招いているようなものだ、とイーストウッド君は思った。老婆の獰猛《どうもう》な目つきのおかげで催眠術をかけられてしまい、いまにも何かを買わされてしまうことになるだろう。おまけに、それでも店を出るわけにはいかないのだ。

「あれはどのくらいするの？」彼はシャンデリアを指さした。

「三十五ギニー」

「おお！」イーストウッド君は残念そうにいった。「ちょっと無理だな」

「どんなものが欲しいのさ？」と老婆。「結婚祝いのプレゼントかい？」

「そうなんだ」アントニーは老婆のことばに飛びついた。「でも、ちょっと適当なのが見当たらないなあ」

「ああ、そういうことなら」老婆はきっぱりとした態度で腰を上げた。「古いグラスのいいものだったら、まちがいないよ。古い卓上用のデキャンタが一組あるし――小さなリキュール・セットのすばらしいのもある。花嫁さんにはおあつらえむきだよ――」

それから十分間、アントニーは苦痛に耐えた。老婆はしっかりと彼を捕えて放さない。ガラス職人のあらゆる技術の見本がつぎからつぎへと目の前にあらわれる。彼はもうやぶれかぶれだった。

「すばらしい、じつにすばらしい」目の前に突き出された大きなゴブレットを下に置きながら、彼はいいかげんに感嘆してみせた。それから、やぶから棒に訊ねた。「ところで、ここには電話はありませんか？」

「いいや、うちにはないよ。真向かいの郵便局にはあるけど。で、どうかね、そのゴブレットは——それとも、このみごとな時代物の大杯はどうだね？」

女でない悲しさ、アントニーは何も買わずに店を出るという上品な技にはたけていなかった。

「リキュール・セットがいいみたいだな」彼は憂うつそうにいった。

それがいちばんかさばらないような気がしたのだ。シャンデリアなどを買わされたらえらい目にあう。

内心、悲痛な思いで金を支払った。そのときだった。老婆が包装をしているあいだに、不意に勇気がよみがえってきたのだ。結局、変なやつだと思われるだけなんだ。それに、どっちにしたって、こんなばばあにどう思われようとかまやしないじゃないか？

「キュウリ」明確に、きっぱりと、彼はいった。

包装をしていた老婆が不意に手を止めた。

「え？　なんだって？」

「べつに」アントニーはあわてて嘘をついた。

「おや！　あんた、キュウリっていったと思ったけど」

「そうだよ」アントニーは挑戦的に答えた。

「なんだ」と老婆。「どうしてもっとさっさといわなかったんだよ？　手間をとらせてさ。そこのドアを通って、二階だよ。あの娘が待ってるよ」

夢を見ているような気持ちでアントニーは指さされたドアを抜け、ひどく汚れた階段を上っていった。上りきったところにわずかに開いているドアがあり、狭い居間が見えた。

娘がいる。椅子に座り、ドアをじっと見つめているその顔には、熱烈な期待の色が浮かんでいる。

まさにあの娘だ！　アントニーが何度となく思い描いていたとおり、ほんとうに象牙のような白い肌をしている。そして目も！　思っていたとおりの目だ！　イギリス人ではないことは一目でわかる。異国風で、高価な、それでいてさっぱりとした服を着ていることからもわかる。

アントニーはドアのところでもじもじしていた。なんとなくどぎまぎしていたのだ。いよいよ説明するときが来たらしい。ところが、その娘は歓声をあげながら立ちあがると、彼の両腕の中に飛びこんできた。

「来てくれたのね」彼女は叫んだ。「来てくれたのね。ああ、聖者さま、マリアさま、ありがとうございます」

アントニーは好機を逸するような男ではなかったから、熱烈に応えた。彼女はやっと身体を離し、彼の顔を見あげると、うっとりするようなはにかみを見せながら、

「あなただってこと、これじゃとてもわからないわ」とはっきりといった。「ほんとにわからないわ」

「そうかい？」アントニーの声は弱々しかった。

「そうよ、目の色も違うし――それに、思っていたより十倍もハンサムだもの」

「ぼくが？」

アントニーは自分にいい聞かせていた。〝落ち着け、いいか、落ち着くんだ。事態はきわめてうまく運んでいる。だが、あわててはいけないぞ〟

「もう一度キスしていい、ねえ？」

「もちろんさ」アントニーは心からいった。「好きなだけ、何度でもいいよ」

非常に楽しい幕合いだ。

〝ぼくは一体何者なんだろう？〟アントニーは考えた。〝できることなら本物にはあらわれないでもらいたいもんだ。この娘はほんとうに文句のつけようもないほどかわいらしいからな〟

突然、娘が身体を離し、一瞬恐怖の色を浮かべた。

「だれにも尾行されなかったわね？」

「誓ってそんなことはないよ」

「そう。でもね。彼らはものすごく悪がしこいの。あなたはわたしほどよくは知らないのよ。ボリスって男は、悪魔のような男なの」

「ボリスなんて、すぐにやっつけてやるよ」

「勇敢なのね――でも、勇ましいだけじゃだめなのよ。連中はみんな、ごろつき《カナイユ》なんですもの――一人残らず、あのね、わたし、あれを持ってるの！　もしも感づかれていたら、殺されていたわ。恐ろしかった――どうしたらいいかわからなかったの。そしたらあなたのことを思い出して……。しっ、静かに、あれは何かしら？」

階下の店で何か物音がしたのだ。そこから動くなと合図をすると、彼女はぬき足さし足階段のところへ行ったが、戻ってきたときにまっ青になっていた。目がすわっている。

「たいへん《マードレ・デ・ディオス》！　警察よ。上がってくるわ。あなた、ナイフを持っている？　それともピストルは？　どっち？」

「ねえ、きみ、まさかぼくに警官を殺せっていっているんじゃないだろうね？」

「まあ、あなた、頭がおかしいんじゃない――どうかしてるわ！　あなたは逮捕されて、しばり首にされてしまうのよ」

「何をされるって？」ひどくいやな感じのものが背筋を上下するのを意識しながら、イーストウッド君がいった。

　階段を上ってくる足音がする。

「来たわ」娘が押し殺した声でいった。「何をいわれても否定するのよ。それ以外方法はないわ」

「それなら簡単だ」イーストウッド君は低い声《ソットヴォーチェ》で答えた。

　すぐに二人の男が入ってきた。私服を着ているが、いかにも警官らしい態度がかなり年季の入っていることを雄弁に物語っている。おだやかな灰色の目をした、浅黒い背の低いほうの男が口を開いた。

「コンラッド・フレックマンだな、アンナ・ローゼンバーグ殺害のかどで、おまえを逮捕する。今後おまえが口にすることは、すべて証拠として扱われる。これが逮捕状だ。おとなしくしたほうが身のためだぞ」

娘の唇から、喉をしめつけられたような悲鳴がもれた。アントニーは平然と微笑を浮かべ、前へ進み出ると、

「ちがうんですよ、刑事さん」と愛想よくいった。「ぼくの名前はアントニー・イーストウッドです」

二人の刑事はこのことばを完全に無視した。

「いずれわかるさ」さっきは黙っていたほうの刑事がいった。「とにかくいっしょに来てもらおう」

「コンラッド」娘が叫んだ。「コンラッド、連れていかれちゃだめよ」

アントニーは刑事たちを見た。

「この娘さんにお別れをいうくらいは許してもらえるでしょうね？」

思っていたよりも親切だったことに、二人の男はドアのほうへ行ってくれた。アントニーは娘を窓際に連れていき、小声で早口にいった。

「ぼくのいうことをよく聞くんだ。ぼくがいったことはほんとうなんだよ。ぼくはコンラッド・フレックマンじゃない。今朝きみが電話をかけたとき、きっと間違った番号に

つながってしまったんだ。ぼくはアントニー・イーストウッドっていうんだよ。きみの頼みに応じてここへ来たのは——そう、とにかくやってきたんだ」

娘は信じられないといった様子で彼を見つめている。

「あなた、コンラッド・フレックマンじゃないの？」

「違うよ」

「まあ！」娘はなんとも悲痛な声で叫んだ。「わたし、あなたにキスしてしまったわ！」

「どうってことはないよ」イーストウッド君は安心させるようにいった。「昔のキリスト教徒だってやったことなんだから。なかなかすてきだったよ。ところで、いいかい、ぼくはあの連中といっしょに行く。ぼくの身元はすぐにはっきりすると思う。そのあいだ、連中はきみを悩ませたりはしないだろうから、きみはこの一件をきみの大切なコンラッドに知らせることができるってわけだ。その後で——」

「なあに？」

「ええと——そうだ。ぼくの家の電話番号は、ノース・ウェスタン一七四三だ——よく気をつけて、まちがえないようにね」

彼女は泣き笑いの魅力的な目つきで彼をちらりと見た。

「わたし、忘れないわ——ほんとに忘れない」

「ようし、それでいいんだ。さよなら。ええと——」

「なに?」

「昔のキリスト教徒の話だよ——もう一度、いいだろう?」

彼女は飛びついてくると両腕を首にまわした。唇が軽く触れた。

「好きよ、あなた——ほんとよ、あなたがとても好き。何が起きても、このことを覚えていてね、いいわね?」

いやいやながら身体を離すと、アントニーは自分を逮捕にやってきた連中のところへ歩いていった。

「でかける用意ができましたよ。このお嬢さんは拘留されないんでしょうね?」

「されませんよ。だいじょうぶです」小男がていねいに答えた。

〝ものわかりがいいんだな、スコットランド・ヤードの連中ってのは〟刑事たちの後から狭い階段を降りていきながら、アントニーは思った。

店にはさっきの老婆がいる気配はなかったが、背後のドアの向こうから重苦しい息づかいがもれてくるのがわかった。おそらくドアの陰に立っていて、油断なく事のなりゆきを見張っているのだろう。

うす汚れたカーク通りに出ると、アントニーは大きなため息をつき、小男に声をかけた。

「それでは、警部――警部さんなんでしょう？」

「そうです、ベロール警部です。こちらはカーター部長刑事」

「では、ベロール警部、きちんとお話をするときがきたようです――聞いてください。ぼくはコンラッドなんとかではありません。さっきも申しあげたように、アントニー・イーストウッドというプロの小説家です。ぼくの部屋へおいでいただければ、ぼくの身元を納得していただけると思うんですがね」

　事実に則したアントニーの話し方が、刑事たちの心を動かしたようだった。ベロールの顔に、初めて当惑の色が浮かんだのだ。

　カーターのほうはどう見ても納得しかねている。

「そうかもしれんな」彼はあざ笑った。「だが、あの娘はあんたのことをちゃんと〝コンラッド〟と呼んでいたじゃないか」

「おお！　それはまた別ですよ。あなたたちには――そうですねえ――ぼくのほうに個人的な事情があって、あの女の子の前ではコンラッドという男になりすましていたことは認めますよ。個人的事情というわけですよ、おわかりでしょう？」

「いかにももっともらしい話じゃないか？」カーターがいった。「だめだね、さあ、いっしょに来てもらおう。あのタクシーを停めてください、ジョー」

三人は通りかかったタクシーに乗りこんだ。最後にもう一度と思って、アントニーはものわかりのよさそうなベロールのほうに話しかけた。

「ねえ、警部さん、ぼくの部屋に立ち寄って、ぼくの話がほんとうかどうか確認しても、べつに害にはならないでしょう？　お望みでしたら、タクシーを待たせておいてもいいんだし——それくらい大目に見てくれてもいいじゃありませんか！　いずれにしても五分もかかりませんよ」

ベロールはさぐるように彼の顔を見た。

「そうしよう」突然警部がいった。「おかしなことだが、きみは真実を語っているような気がする。誤認逮捕をして、署でばかにされたくはありませんからな。で、住所はどこです？」

「ブランデンバーグ・マンション四八号室です」

ベロールは身体を乗りだして、大声で運転手に行き先を告げた。目的地に着くまで、三人とも黙りこんでいた。カーターが勢いよくタクシーから降りると、ベロールはつづいて降りるようアントニーに身ぶりで示した。

「不愉快な顔をする必要はありませんよ」タクシーから降りながらベロールが説明した。「親しげな感じで入っていきましょう。イーストウッド氏が友人を二人連れてきた、というふうにね」

アントニーはこの申し出にひどく感激した。そして、犯罪捜査部に対する彼の評価は刻一刻と高いものになっていった。

ついていたことに、玄関で門番のロジャーズに出会った。アントニーは足を止め、「やあ！　ただいま、ロジャーズ」とさりげなくあいさつした。

「お帰りなさい、イーストウッドさん」門番はうやうやしい態度で応えた。

アントニーは公平無私の見本のような男だったが、ほかの住人はかならずしもそうでなかったために、この門番はアントニーに好意を抱いていたのだ。

アントニーは階段のいちばん下の段に足をのせた姿勢でちょっと立ち止まった。「ところでロジャーズ」とまたまたさりげなく訊く。「ぼくがここに住みはじめて、もう何年になるだろう？　そのことでここにいる友だちとちょっと議論していたものでね」

「さようでございますね、かれこれ四年になりますでしょうか」

「ぼくの思ったとおりだ」

それ見たことかといわんばかりに、二人の刑事たちをちらりと見る。カーターはぶつぶついったが、ベロールは顔いっぱいに微笑を浮かべた。

「けっこうですな、だが、それで充分というわけじゃない。さあ、上へ行きましょうか？」

鍵を取りだすと、アントニーは部屋のドアを開けた。使用人のシーマークが留守だったことを思い出してほっとした。こんな悲劇の大詰めの見物人は、少なければ少ないほどいい。

タイプライターは部屋を出たときそのままの状態だった。カーターがテーブルに近づき、紙の上に打ってあるタイトルを読んだ。

第二のキュウリの謎

そう読み上げた彼の声は陰気だった。

「ぼくの小説ですよ」アントニーがけろりとした顔で説明する。

「その点もつじつまが合いますな」ベロールが目を輝かしながらうなずいた。「ところで、それは一体なんのことだったんです？　第二のキュウリの謎とは、一体なんのことだったんです?」

「ああ、それなんですよ」とアントニー。「このごたごたのそもそもの原因は、この第二のキュウリなんです」

カーターがじっと見つめている。彼は不意に首を振ると、意味ありげに自分の額をたたき、「どうかしてるよ、かわいそうなやつだ」と周囲の人間にも聞こえるような声でそういった。

「さて、みなさん」イーストウッド君は元気よくいった。「用件に入りましょう。さあ、ここにぼく宛てにきた手紙、貯金通帳、編集者からの伝言があります。ほかにもっと何かごらんになりたいですか?」

ベロールはアントニーが押しつけてよこした書類を調べた。

「個人的見解を述べさせていただけるとしたら」と警部はていねいにいった。「これ以上は何も見せていただく必要はありません。よくわかりました。だが、わたしの一存であなたを放免してさしあげることはできないのです。つまり、あなたが何年間もイーストウッド氏としてここに住んでこられたことは明らかになったとしても、依然としてコンラッド・フレックマンとアントニー・イーストウッドが同一人物だという可能性が残るわけです。この部屋を完全に捜索して、あなたの指紋をとり、さらに本署に電話で連絡しなければならないのですよ」

「それはまた周到なやり方のようですね」とアントニー。「ぼくの悪事に関する秘密については、お好きなように手を触れても一向にかまいませんよ」

警部はにやりとした。刑事にしては珍しく人間味のある人物だ。

「わたしが作業をするあいだ、カーターといっしょに奥の小部屋にいていただけますかな？」

「ええ、いいですとも」アントニーはしぶしぶそういった。「ほかの方法をとるわけにはいかないでしょうか？」

「というと？」

「ウィスキー・ソーダを二杯持って、ぼくとあなたとであの部屋に腰をすえて、捜索のほうは、われらが友人の部長刑事さんに徹底的にやっていただくという方法です」

「そのほうがよろしいのですか？」

「ずっといいんですがね」

いかにも慣れた手つきで要領よく机の中を調べているカーターを残して、二人は部屋を出た。部屋を出ようとしたとき、カーターが受話器を取りあげてスコットランド・ヤードを呼び出しているのが聞こえた。

「こういうのも悪くないですね」ウィスキー・ソーダをわきに置いて腰をおろし、ベロール警部にも愛想よく注いでやりながらアントニーがいった。「ぼくが先に飲んでごらんにいれましょうか、毒入りウィスキーではないことを証明するために？」

警部は微笑んだ。

「こういうのはまったくの例外ですよ。でも、われわれも仕事のやり方は多少心得ていますからね。最初からミスを犯したことはわかっていたんです。でも、もちろん、形通りのことはやらねばならんのです。役所の形式主義から逃れることはだれにもできませんからね、どうです？」

「そりゃそうでしょうね」アントニーは残念そうにいった。「でも、部長刑事はなんとなく打ちとけてくれないみたいじゃありませんか？」

「おお、あれはいい男です、カーター部長刑事は。ちょっとやそっとではだまされん男なんですよ」

「それはわかっています」とアントニー。

「ところで警部」彼はつづけた。「もしよろしかったら、ぼく自身のことについて、何か話していただけませんか？」

「どういうことについてです？」

「どうもこうも、ぼくが興味津々でいるのがわかりませんか？　アンナ・ローゼンバーグって、一体何者です？　どうしてぼくがその女を殺したんですか？」

「明日の新聞を読めば、すっかりわかりますよ」

「明日は消え失せ、わが命、千歳《ちとせ》の昔に帰るらん」アントニーはオマル・ハイヤームの『ルバイヤート』を引用し、「ぼくが好奇心を持つのは当然でしょう？　満足させてくれたっていいじゃないですか、警部。立場上しゃべるわけにはいかないなんていわないで、ぜんぶ話してくださいよ」

「それはきわめて異例なことですよ」

「警部さん、こんなに親しくなったのにですか？」

「そうですねえ、ではお話ししましょうか。アンナ・ローゼンバーグというのは、ハムステッドに住んでいたドイツ系ユダヤ人なんです。これといった生計手段もなさそうだったんですが、どんどん金持ちになっていきましてね」

「ぼくとはまるで正反対だ」アントニーは口をはさんだ。「ぼくにははっきりとした生計手段があるのに、年々貧乏になっていくんですからね。ハムステッドに住んでいたら、たぶんうまくいくんでしょうね。ハムステッドというところはとても景気がいい、という話をしょっちゅう聞きますから」

「彼女は」ベロールはつづけた。「一時は古着屋をやっていましてね――」

「それでわかりましたよ」アントニーがまた口をはさんだ。「戦後、ぼくも軍服を売ったおぼえがありますよ――カーキ色のではなくて、ほかのやつでしたよ。いちばん効果が上がるように、部屋いっぱいに赤いズボンや金モールのついた上着を広げましてね。そうしたら、チェックの背広を着た太った男が、使用人にバッグを持たせて、ロールス・ロイスで乗りこんできて、全部で一ポンド十シリングだなんていいましてね。二ポンドにするために、ぼくは狩猟用の服とツァイスの双眼鏡まで投げ出したんです。そしたら、その太った男は使用人に合図して、かきあつめた品物をバッグの中につめこませると、十ポンド紙幣を差しだして、釣りをくれなんていったんですから」

「十年ばかり前に」と警部は話をつづけた。「スペインの政治亡命者が何人かロンドンへ来ていたことがあったんです――その中に、若い妻と子供を連れたドン・フェルナンド・フェラレスという男がいましてね。彼らはとても貧乏で、おまけに奥さんは病気だったんです。そんなとき、アンナ・ローゼンバーグが彼らの仮住まいを訪ねてきて、何か売り物はないかと訊いたわけですよ。ドン・フェルナンドは外出していて、奥さんは豪華な刺繍のあるスペインのショールを手放すことにしたんです。そのショールは、彼らがスペインから逃げ出す前に、彼女が夫からもらった最後のプレゼントの一つだったのです。帰宅したドン・フェルナンドは、ショールを売ったことを知ってひどく怒り、なんとか取り戻そうと絶望的な努力をしました。そしてついに、問題の古着屋の女を捜し出したのですが、その女は、例のショールは名前も知らない女に売ってしまった、と説明しました。ドン・フェルナンドは絶望してしまい、それから二カ月ほど後に、路上で刺されて、それがもとで死んだんですよ。そのとき以来、アンナ・ローゼンバーグの金回りがよくなったようなんです。それからの十年間に、ハムステッドにある彼女の家には八回も泥棒が入ったんです。そのうちの四回は未遂で、何も盗まれなかったんですが、後の四回は、商品の中から似たような刺繍がほどこされているショールが盗まれましてね」

警部はちょっと口をつぐんだが、アントニーがつづけてくれという合図をすると、また話しはじめた。

「一週間前、フランスの修道院にいたドン・フェルナンドの娘のカルメン・フェラレスが、イギリスにやってきたんです。彼女はまず、ハムステッドのアンナ・ローゼンバーグ探しに取りかかりました。そして首尾よくばあさんを見つけ出し、猛烈にやりあったんですな。使用人の一人が聞いたところによると、彼女は帰りぎわにこんな捨てぜりふをいったそうです。

〝あんたはまだあれを持っているんだわ。あれのおかげでこうやって財産を増やしたのよ――でもね、断わっておきますけどね、あれは最後にはあんたに不幸をもたらすわよ、わたしは本気でそういってるのよ。あんたにはあれを自分のものにしておく権利なんかどう考えたってないわ。いずれあの〈万華のショール〉を見なければよかったと思う日が来るわよ〟と叫んだんですよ。

それから三日後、カルメン・フェラレスは投宿していたホテルから姿を消してしまいました。彼女が泊まっていた部屋から、ある人物の名前と住所が見つかりましてね――コンラッド・フレックマンというんです。それと、ある種類の刺繡がほどこされているショールを手放すつもりはないか、ということが書いてある、古物商と称する男からの手紙も見つかりました。その男は、彼女がそのショールを持っていると思っていたんですな。その手紙に書いてあった住所はでたらめでした。

謎の中心がそのショールであることははっきりしています。昨日の朝、コンラッド・フレックマンはアンナ・ローゼンバーグを訪ねました。二人は一時間かそこいら部屋に閉じこもっていたんですが、彼が帰ったとき、彼女はベッドに入らなければならない状態になっていました。彼との会見でまっ青になり、ぶるぶる震えていたというんですな。だが、彼がまた自分に会いに来たら、いつでも通すようにと使用人に命じたというんです。昨夜九時頃、彼女はベッドから出て外出し、そのまま帰ってきませんでした。そして今朝、コンラッド・フレックマンが借りていた家の中で、心臓を刺されて死んでいるのが発見されたのです。彼女が倒れていたすぐそばの床の上に——何があったと思います？」

「ショールですか？」アントニーはあえいだ。「万華のショール」

「もっとずっと不気味なものですよ。このショールにまつわる謎をすべて解き明かし、ショールの隠れた価値を明らかにするような……。失礼、主任が来たようです——」

たしかにベルが鳴っている。アントニーはけんめいに苛立たしさを抑え、警部が戻ってくるのを待った。自分の立場に関しては、もう心配はいらない。指紋をとれば、すぐに人ちがいだったことがわかるだろう。

その後で、たぶん、カルメンが電話をかけてきて……

万華のショール！　なんと奇妙な話だろう——黒い瞳のあのすばらしく美しい娘にぴったりの話ではないか。

カルメン・フェラレス……

彼はびくっとし、白昼夢からわれに返った。警部は何を手間どっているのだろう。立ちあがって、ドアを開けた。奇妙なほど静まりかえっている。帰ってしまったのだろうか？　ひとこと声をかけることもなく、そんなことをするわけはないだろう。

彼は隣室に入っていった。部屋はがらんとしていた——そして、居間も。奇妙にがらんとしているのだ！　なんとなく雑然とした感じでがらんとしている。あれっ！　ホウロウ細工は——銀器類はどこだ！

彼は部屋から部屋へと足音も荒く駆けまわった。どの部屋も同じだった。ごっそり消えている。アントニーは小物集めというしゃれた趣味を持っているのだが、金目のものが一切がっさい持ち去られていたのだ。

一声うめくと、アントニーは頭をかかえてよろよろと椅子にへたりこんだ。正面ドアのベルが鳴る音で、はっとわれに返り、ドアを開けた。ロジャーズが立っていた。

「失礼いたします」ロジャーズがいった。「あの紳士方が、こちらで何かご用があるかもしれないとおっしゃったので」

「あの紳士方？」

「さきほどのお二人のお友だちです。わたしはいっしょうけんめい荷造りのお手伝いをいたしました。さいわい地下室に大きな箱がございましたので」彼は床を見回した。

「ワラはできるだけ掃除いたしましたが」

「ここにあったものを荷造りしたのか？」アントニーはうめいた。

「はい。あなたのご意志ではなかったのですか？　背の高いほうの紳士が、そうするようにおっしゃったのです。あなたはもう一人の方と奥の小部屋でお話をしておられましたので、おじゃましてはいけないと思いまして」

「ぼくが話していたんじゃないんだ。あいつがぼくに話をしていたんだ――ちくしょう」

ロジャーズは咳ばらいをし、低い声でぼそぼそいった。

「こんな必要に迫られて、お気の毒だと思います」

「必要？」

「小さな宝物を手放されたことです」

「え？　ああ、そうか。は、は！」彼は陰気な声をあげて笑った。「あいつらはもう行っちまったんだろう？　あの――ぼくの友達のことだけど？」

「はい、少し前に。わたくしがタクシーに箱を積み込みました。そうしたら背の高いほうの紳士がもう一度階上《うえ》においでになって、それからお二人で駆け戻っていらして、すぐに車で行ってしまわれました……すみません、何かまずいことでも？」

ロジャーズがそう訊ねたのもむりはなかった。アントニーのおそろしいうめき声を聞けば、だれだって何かあったのかと思うだろう。

「ありがとう、ロジャーズ、まずいことだらけだよ。でも、きみのせいじゃないことはまちがいない。ちょっと一人にしてくれないか、電話をかけたいんだ」

五分後、ノートを片手に自分の目の前に座っているドライバー警部の耳に、アントニーは事の一部始終をまくしたてていた。ドライバー警部は冷淡で、（アントニーにいわせれば）およそ本物の警部らしくない男だった！　実際、いかにも芝居がかった態度なのだ。これもまた、手腕が性格にまさっていることを示す端的な一例といえる。

アントニーが話し終わると、警部はノートを閉じた。

「どうでしょう？」アントニーは心配そうに訊ねた。

「まことに明解です」と警部。「パタースン一味のしわざですよ。最近、じつに抜け目のない手口で活躍しとりましてね。金髪の大男と、黒髪の小男と、それに娘が一人という一味なんです」

「娘ですって？」

「そうです。黒髪で、すごい美人ですよ。いつもおとりの役をやるんです」

「スペ――スペイン人ですか？」

「自分ではそういっているかもしれませんがね。ハムステッド生まれです」

「あそこは景気のいいところだ、なんていったりして」アントニーはぼそぼそといった。

「じつに明解ですな」警部は立ちあがりながらいった。「娘があなたのところに電話をかけてきて、話をした——そして、あなたがちゃんとやって来るものとにらんだ。そこでギブソンばあさんのところへ行っていくばくかの金《かね》を握らせ、部屋を借りた。ばあさんは、人目につくところで会いたくないんだろうとしか思わなかった——恋人同士だと思ったんですよ、おわかりですな。犯罪だなんて夢にも思わなかった。あなたがまんまとひっかかったので、連中はあなたをここへ連れ帰り、一人がでたらめをしゃべっているあいだに、もう一人が品物をいただいた。まちがいなくパターースン一味のしわざです——まさに連中の手口ですよ」

「で、ぼくの品物はどうなります？」アントニーは心配そうに訊ねた。

「できるだけのことはしますよ。でも、パターースン一味の抜け目のなさは、ちょっとふつうじゃないんでねえ」

「そうみたいですね」アントニーは苦々しげにいった。

警部が帰ってドアを閉めたとたん、ベルが鳴った。ドアを開けると、包みをかかえた背の低い少年が立っていた。

「小包です」

アントニーはちょっとびっくりしながら受け取った。小包が届くおぼえなどなかったからだ。居間にもどり、ひもを切った。

あのリキュール・セットではないか！

「ちくしょう！」とアントニー。

そのときだった。グラスの一つに、小さな造花のバラが入っているのに気がついた。

とたんに、カーク通りのあの二階の部屋がよみがえった。

〝好きよ、あなた――ほんとよ、あなたがとても好き。何が起きても、このことを覚えていてね、いいわね？〟

彼女はそういった。何が起きても……ということは、つまり彼女は――

アントニーは断固として気をひきしめ、

「いかん」と自分をいましめた。

視線がタイプライターを捕え、彼は決然とした顔をしてその前に腰をおろした。

第二のキュウリの謎

その顔がまたしても夢でも見ているようになってくる。〝万華のショール〟。死体のわきにあったのは一体なんだったのだろう？　ショールの謎全体を解き明かす不気味なものとは？

もちろんそんなものはなかったんだ。ぼくの注意を引こうとしてでっちあげた物語にすぎないんだから。それに、あの語り手は、アラビアン・ナイトの古い手口をつかって、話が佳境に入ったところで中断しやがった。でも、謎全体を解き明かす不気味なものは、ほんとうにありえないだろうか？　どうしてもありえないものだろうか？　けんめいに頭をふりしぼってみても？

アントニーはタイプライターにはさんであった紙を破り捨て、新しい紙を入れた。そして、タイトルをタイプした。

スペイン・ショールの謎

一、二分、彼は黙ってそれを見つめていた。

それから、猛然とタイプをたたきはじめた……

黄金の玉
The Golden Ball

1

ジョージ・ダンダスはロンドンの金融街《シティー》に立って、じっと考えこんでいた。周囲では勤勉な労働者や蓄財家たちが、寄せては返す潮のように歩きまわっている。だが、すばらしい仕立ての服に身を包み、ぴしっと折り目のついているズボンをはいたジョージは、彼らにはまったく無関心だった。つぎに打つ手を考えるのに大わらわだったのだ。

なにしろえらいことになったのだ！　ジョージと金持ちの伯父（つまり、レッドベター＆ギリング社のエフレム・レッドベター）とが、いわゆる下層階級で〝口げんか〟といわれていることをやったのだ。厳密にいうなら、口げんかをしたのは、ほぼ一方的にレッドベター氏のほうだった。伯父の口からは激しい怒りのことばが激流となってほとばしり出た。大部分同じことばの繰り返しだったのだが、伯父は一向気にしていないようだった。一度口にしたことを実行しないということは、レッドベター氏の信条に反することだったのだ。

論旨は単純明解だった――許可もえずに週のまんなかで一日休暇をとった、駆け出しの青年の言語道断な愚行についてである。思いつくかぎりのことを、おまけにあることについては二度も繰り返してから、レッドベター氏は一息つき、一体どういうつもりでそんなことをしたんだ、とジョージに訊ねた。

一日休みが欲しかったんです、とジョージはことなげに答えた。つまり、休日だ。それなら土曜日の午後と日曜日は休日じゃないのか？　レッドベター氏は知りたがった。ついこのあいだの聖霊降臨節の休暇や、こんどの八月の第一月曜日の銀行法定休日のことはべつとしても？

土曜の午後や、日曜日や、銀行法定休日なんか関心がないんです、とジョージはいった。つまり、ロンドン市民の半分が集まっているのではない場所を捜しだすことができるかもしれない、平日に休みが欲しいというわけだ。

すると、レッドベター氏はこういった。自分は亡くなった妹の息子のために、できるかぎりのことをした――出世のチャンスを与えてやらなかったなんてだれにもいわせない。だが、それもむだだったことは明白だ。だから、これからは、ジョージは土曜と日曜のほかに、平日の五日も好きにすごしてよろしい。

「絶好のチャンスという黄金の玉が、おまえに投げかけられていたのだよ」最後に、レッドベター氏はちょっぴり詩的なことをいった。「それなのに、おまえは受け止めそこねたのだ」

どうもほんとうにそうしてしまったみたいですね、とジョージはいった。すると、レッドベター氏はかっとし、詩的な気分などあっという間にかき消えて、出ていけ、といったのだ。

そういうわけで、ジョージは――目下考えこんでいる。伯父さんはぼくを許す気になるだろうか、ならないだろうか？　心の底ではぼくに愛情を感じているんだろうか、それとも冷たい嫌悪感を抱いているだけなんだろうか？

そのときだった。ある声が――まったく意外な声がした。「こんにちは！」

ボンネットがびっくりするほど長い、まっ赤なツーリング・カーが、彼の立っている歩道の縁石のそばへ来てとまった。ハンドルを握っているのは社交界の花形として有名な美人の（これは、ひと月に少なくとも四回は彼女の写真を掲載する大衆紙のことばだ）メアリー・モントレッサー。彼女は完璧なしぐさでジョージに微笑みかけた。

「殿方でも、そんな離れ小島みたいなお顔をなさることがあるなんて、わたくし知りませんでしたわ」メアリー・モントレッサーがいった。「お乗りになりません？」

「それは何よりですね」一瞬もためらうことなく、ジョージはそういうと、彼女の隣へ乗りこんだ。

混雑しているために、車はやむをえずのろのろと進んでいった。

「旧市内《シティー》にはもううんざり」メアリー・モントレッサーがいった。「どんなだろうと思って来てみたんだけれど。もうロンドンへ帰るわ」

旧市内《シティー》はロンドンの中心なのだが、あえて彼女の地理的な誤りを正そうとも思わず、それはまことにすばらしい考えですな、とジョージはいった。ときにはのろのろと、メアリー・モントレッサーが割り込むすきを見つけたときは突然猛烈に加速しながら、車は進んでいった。ジョージとしては後者の場合の彼女の判断がいささか甘いような気もしたが、人間が死ぬのはたった一回なのだ、と思いなおした。とはいえ、話しかけたりしないほうがいいに決まっている。彼としては、美しい運転手にはわき目もふらずに当面の仕事に当たってもらいたかった。

ハイド・パーク・コーナーをものすごい勢いで回りはじめたとたん、彼女が話しかけてきた。

「あなた、わたくしと結婚する気がおありになる？」彼女は何気なく訊ねた。

一瞬、ジョージは大きくあえいだ。一台の大型バスと衝突しそうだと思ったからかもしれない。返事がはやいのは彼の誇りとするところだ。

「いいですねえ」と気楽に答えた。

「そういうことなら」メアリー・モントレッサーは漠然とした言い方をした。「そのうちにそうなるかもしれなくてよ」

車は角を曲がり、無事に大通りに出た。そのとたん、ジョージは地下鉄のハイド・パーク・コーナー駅に数枚の大きな新しい貼り紙が出ているのに気づいた。〈重大な政治情勢〉と〈被告席の大佐〉にはさまれた記事が二つ。一枚は〈社交界の令嬢、公爵と結婚〉、もう一枚は〈エッジヒル公爵とモントレッサー嬢〉だ。

「エッジヒル公爵についてって、一体これはなんです？」ジョージはきびしくつめよった。

「わたくしとビンゴのこと？　わたくしたち、婚約しているのよ」

「でも、それじゃ――たったいまいったことは――」

「ああ、あのことね。あのね、わたくし、実際にだれと結婚するかはまだ決めていないの」

「それなら、どうして彼と婚約したんです？」

「自分にそんなことができるかどうか、試してみただけなの。婚約なんてできっこないって、みんなそう思っているみたいだったのよ。でも、そんなことなかったわ」

「ひどい目に会ったってわけだ、その――ええと――ビンゴ君は」本物の公爵をニックネームで呼びすてにする困惑を克服しつつ、ジョージはいった。

「そんなことないわ」メアリー・モントレッサーがいった。「もしかしてうまくいくことにでもなれば、ビンゴも得をすることになるもの――わたくしは疑わしいと思うけれど」

ジョージはもうひとつ発見した――またしても手近なところにあったポスターのおかげだった。

「ああ、そうだ、今日はアスコット競馬場で優勝杯争奪戦が行なわれる日じゃないか。今日行くところはあそこしかないってことに気づくべきだった」

メアリー・モントレッサーはため息をつき、

「わたくし、一日お休みがほしかったの」と悲しげにいった。

「なんだ、ぼくもそうだったんだよ」ジョージは大喜びだった。「そしてその結果、飢え死にしろといわんばかりに、伯父に放りだされてしまったんだ」

「だったら、わたくしたちが結婚すれば、わたくしの年収の二万ポンドが役立つようになるかもしれないのね？」

「家庭的な楽しみなら、きっとそれでまかなえるだろうね」とジョージ。

「家庭っていえば」とメアリー。「郊外へ行って、わたくしたちが暮らすのによさそうな家を探しましょうよ」


これまた単純明解で、魅力的なプランのように思えた。車はパトニー・ブリッジを渡り、キングストン・バイパスに出た。メアリーは満足そうに大きく息をつくと、ぐいとアクセルを踏み込んだ。車はあっという間に郊外に出た。それから三十分後、突然叫び声をあげながら、メアリーが芝居がかった身振りで行く手を指さした。

目の前にある丘の端に、（本気でいう場合はほとんどないが）不動産屋流にいえば〝古風なゆかしさ〟をたたえた家が一軒、ひっそりと建っていたのだ。郊外にある大部分の家についての描写が、たった一回、実際にぴたりと的を射た場合を想像すれば、この家がどんな家なのかわかるだろう。

メアリーは白い門のすぐ前まで車を寄せた。

「車を降りて、上へ行って、もっとよく見てみましょうよ。わたくしたちの家にぴったりよ！」

「ほんとにぼくたちの家にぴったりだ」ジョージも同意した。「だけど、いまのところはだれかほかの人間が住んでいるみたいだよ」

メアリーは手を振って、そのだれかほかの人とやらを抹殺した。二人は並んで曲がりくねった車道を登っていった。そばへ行けばいくほど、ますます好もしい家だということがわかってくる。

「一つずつ全部の窓から中をのぞいてみましょうよ」とメアリー。

ジョージは異議をとなえた。

「きみ、この家の人のことは――？」

「この家の人のことなんて、全然問題じゃないわ。これはわたくしたちの家なのよ――彼らはほんのたまたま、一時的にここに住んでいるだけなのよ。それに、こんなにいいお天気なんですもの、きっと外出しているわ。もしもだれかに見つかったら、こういうわ――ええと――パードンステンジャーさんのお宅かと思ったものですからって。そして、まちがえてしまって、どうもすみませんって」

「まあね、そういえばたぶん大丈夫だろうね」ジョージは考えこみながらいった。

二人は窓から室内をのぞきこんだ。すばらしい家具がある。ちょうど書斎をのぞきこんでいたとき、背後の砂利道でざくざくという足音がした。振り向くと、申し分のない完璧な執事とばったり顔が合った。

「あら！」メアリーはそういうと、とっておきのうっとりするような微笑を浮かべ、「パードンステンジャー夫人はご在宅ですか？　わたくし、書斎においでかと思って、のぞいておりましたの」

「パードンステンジャー夫人はご在宅でございます」執事が答えた。「どうぞこちらへ」

二人は自分たちになしうる唯一のことをした。執事のあとをついていったのだ。ジョージはこんなにふしぎなことが起きる可能性について計算した。そして、パードンステンジャーなどという名前の場合、こういうことが起きる可能性は二万回に一回ぐらいだろうという結論に達した。連れがささやいた。「わたくしにまかせて。うまくいくわよ」

ジョージは大喜びで彼女にまかせた。この事態には女性の明敏さが必要らしい。

二人は客間に通された。執事が部屋を出ていくと、入れかわりにドアがまた開き、髪を漂白している大柄の血色のいい女がいそいそと入ってきた。

メアリー・モントレッサーはその女のほうへ歩み寄ろうとし、いかにもびっくりしたといわんばかりに棒立ちになった。

「まあ！」彼女は叫んだ。「エイミーじゃないわ！　こんなことってあるかしら！」

「こんなこともあるんだぜ」ぞっとするような声がした。

ブルドッグのような顔に険悪な表情をただよわせたものすごい大男が、パードンステンジャー夫人のあとから部屋に入ってきていたのだ。こんなに不愉快なやつは見たことがない、とジョージは思った。大男はドアを閉め、それを背にして立った。

「めったにあることじゃないね」男はあざ笑うようにもう一度いった。「だがな、おまえたちのちゃちなゲームは、こっちにはちゃんとお見とおしなんだ！」男はいきなり特大のピストルを取りだした。「手を上げろ。手を上げろといっているんだ。やつらをあたってくれ、ベラ」

推理小説を読みながら、ジョージはあたるとはどういう意味なのだろうとよく考えたものだったが、いま、どういうことなのかわかった。ベラ（つまり、パードンステンジャー夫人）は、ジョージとメアリーが二人とも人の生命を奪うような凶器を隠し持ってはいないことを知って満足した。

「二人ともうまくやったつもりだったんだろう、どうだ？」男はせせら笑った。「こんなふうにしてここへ入りこんで、まちがいだったようなふりをしやがって。今回は失敗したな――大失敗だぜ。おまえたち、友だちや親戚連中にもう一度会えるかどうか、ほんとの話がわかったもんじゃないんだぞ。おい！　どういうつもりだ？」ジョージが身動きしたのを見て、「ふざけるんじゃねえぞ。おれは狙いをつけたらすぐにぶっぱなすからな」

「気をつけて、ジョージ」メアリーが震え声を出した。

「気をつけるとも」ジョージは心からいった。「うんと慎重にするさ」

「さあ、今度は行進だ」男がいった。「ドアを開けてくれ、ベラ。頭の上に両手を上げろ、二人ともだ。お嬢さんが先だぞ——そうだ、それでいい。おれは後ろをついていくからな。ホールを通って二階へ行くんだ……」

二人はいわれたとおりにした。ほかに何ができるだろう？　メアリーは両手を高く差し上げたまま階段を上がった。ジョージもそのあとにつづく。その後から、ピストルをかまえた大男がついてくる。

階段を上りきったメアリーが角を曲がった。同時に、ジョージはものすごい勢いでいきなり片足を後方へ蹴り上げた。身体のどまんなかに蹴りをくらって、大男が階段をころげ落ちる。ただちにジョージはあとを追って階段を駆け降り、男の胸を膝頭で押さえこんだ。そして、階段をころげ落ちる際に男の手から落ちたピストルを右手で拾い上げた。

ベラは悲鳴をあげ、ベーズ織りのカーテンの奥にあったドアに飛びこんでしまった。

メアリーが階段を駆けおりてくる。顔面蒼白だ。

「ジョージ、まさか殺しちゃったんじゃないでしょうね？」

「殺しちまったとは思わないよ」残念そうな口ぶりだ。「でも、うまいことノック・アウトが決まったのはまちがいないね」

「よかった」彼女は息をはずませていた。

「かなりあざやかだったな」当然のことながらジョージは自慢そうだ。「陽気なロバには学ぶべき点がたくさんあるのさ。え？ なんだい？」

メアリーが彼の手を引っ張ったのだ。

「行きましょうよ」彼女はもどかしそうに叫んだ。「早く行きましょうよ」

「こいつを縛りあげるものがあるといいんだがなあ」ジョージは自分の計画に熱中していた。

「どこかにロープかコードがないか、探してくれないか？」

「だめよ、そんなことできないわ。ねえ――お願いよ――わたくし、とても怖いの」

「怖がらなくたっていいんだよ」ジョージは男らしく尊大な口調でいった。「ぼくがついているんだからね」

「ねえ、ジョージったら、お願いよ――後生だから。わたくし、こんなことにまきこまれたくないの。お願い、行きましょうよ」

「後生だから」とささやいたときのなんともいえぬ彼女の口調が、ジョージの心を揺り動かした。のびている男を放置して家を出ると、車道を駆け降りて車を駐めたところに戻った。メアリーがおずおずとした口調で、「あなた運転して。わたくし、とてもできそうにないわ」といったので、ジョージがハンドルを握った。

「でもね、この事件は最後まで見届けなくちゃならないよ」彼はいった。「あのいやな面がまえをした男がどんな悪事をたくらんでいるのか、わかったもんじゃないからね。きみがいやだというんなら、警察を呼ぶつもりはないよ——でも、自分の手でやってみようと思っているんだ。だいじょうぶ、連中のたくらみを突きとめてみせるよ」

「やめて、ジョージ、そんなことしてもらいたくないわ」

「ぼくたちは第一級の冒険にめぐりあったんだぜ。それなのに手を引けというのかい？　絶対にいやだね」

「あなたがあんなに残虐な男だったなんて、夢にも思わなかったわ」メアリーは涙声でいった。

「ぼくは残虐な男じゃないよ。最初に手を出したのはぼくじゃない。あのなまいきなやつのほうなんだ——あんなばかでかいピストルで脅かしやがって。それにしても——あいつを階段から蹴落としてやったとき、どうしてあのピストルは暴発しなかったんだろう？」

彼は車を停め、サイドポケットにしまっておいた例のピストルを取りだし、調べてみてからひゅうと口笛を吹いた。

「こりゃどうだ！　弾丸《たま》が入っていないよ。そうだとわかっていたら――」口をつぐみ、考えこむ。「メアリー、これはとてもおかしな話だぜ」

「わかってるわ。だから放っておいてって頼んでいるのよ」

「絶対にいやだね」ジョージは断固としていい張った。

メアリーは胸が張り裂けそうなほど大きなため息をついた。

「わかったわ。お話ししなければならないわね。あなたがどういう行動に出るかってことを全然考慮していなかったのがいちばんの失敗よ」

「どういうことさ――ぼくに話すって？」

「あのね、つまりこういうことなの」彼女は一息ついた。「現代の女性は団結すべきだ、とわたくしは思っているの――知り合いになった男性について、ぜひ何かを知るべきだという気がするの」

「それで？」何が何やらまるでわからぬまま、ジョージは訊ねた。

「そして、女にとっていちばん大切なことは、いざというときに男性がどういう行動をとるかということなの——つまり、その男性が冷静で、勇敢で、機転のきく人間かどうかっていうことよ。こういうことはふだんはわからないし、わかったときは——遅すぎるってわけ。非常事態というものは、結婚して何年もたってから初めて起きるかもしれないわ。ところが、男性についてわかっていることといったら、ダンスの腕前とか、雨の日にタクシーをつかまえるのがどれくらい上手かっていうことくらいでしょ」

「どっちもきわめて有効な技術だけどね」ジョージが指摘する。

「そうね。でも、女っていうのは、男性の男らしさを感じたいと思うものなの」

「広大な空間に出たとき、男は初めて男になる」ジョージはぼんやりとそんな文句を引用した。

「そのとおりよ。でも、イギリスには広大な空間なんてないから、意図的にそういう状況をつくり出さなければならないの。わたくしがやったのはそれなのよ」

「というと——？」

「そうなの。あの家は、ほんとういうとわたくしの家なの。わたくしたちがあそこへ行ったのは偶然じゃなくて——仕組んだことだったの。それから、あの男のひと——あなたがもう少しで殺しそうになったあの男のひとは——」

「ルーブ・ウォーレス――映画俳優なの。あの人はプロボクシングの選手の役をやるでしょう。でも、とても穏やかですてきな人よ。わたくし、彼を雇ったの。ベラは彼の奥さんよ。だから、あなたが彼を殺してしまったのかと思って、あんなにおびえてしまったのよ。ピストルにはもちろん弾丸は入っていなかったわ。あれは舞台用の小道具なの。ああ、ジョージ、あなたすごく怒っている？」

「ぼくが一番目なのかい、きみが――ええと――このテストをしたのは？」

「いいえ、違うわ。いままでに――ええと――九人半よ！」

「その半っていうのはだれだい？」ジョージには興味があった。

「ビンゴよ」メアリーは冷やかに答えた。

「ロバみたいに蹴っとばすことを思いついたやつは一人もいなかったのかい？」

「ええ――そうなの。大声でわめきちらした人もいたし、すぐに降参してしまった人もいたわ。でも、みんな、いわれるままに階段を登らされて、縛られて、さるぐつわをかまされてしまったの。それから、もちろん、わたくしはなんとかして自分の縄をといて――小説みたいにね――相手の縄をといてあげて、逃げだしたの――家にだれもいないのを見届けてから」

「だれなんだ？」

「で、ロバの手口とか、何かそういうようなことを思いついたやつは一人もいなかったんだね？」

「ええ」

「そういうことなら」とジョージはやさしくいった。「許してあげるよ」

「ありがとう、ジョージ」メアリーは神妙な声を出した。

「実際的に生じてくる唯一の問題は、これからどこへ行くかってことだな。カンタベリー大主教がいるラムベス宮殿でもいいし、ドクターズ・コモンズでもいいんだ。どこでもいいんだけど、ぼくはよく知らないんでね」

「なんのことをいっているの？」

「結婚許可証だよ。特別の許可証が必要だとぼくは思うね。きみはだれかと婚約すると、すぐにまたほかの男に結婚を申し込むのが大好きだから」

「わたくし、あなたに結婚の申し込みなんてしていないわ！」

「しました。ハイド・パーク・コーナーでね。ぼくだったら、結婚の申し込みにあんな場所は選ばないな。でも、こういうことには、それぞれみんな趣味があるからね」

「わたくし、全然そんなつもりじゃなかったのよ。冗談で、結婚する気があるか、って訊いただけよ。本気じゃなかったのよ」

「弁護士に相談したら、正式の結婚の申し込みだというに決まっているよ。それに、きみだってぼくと結婚したいって思っていることをちゃんと知っているんだ」

「そんなことないわ」

「九人半も失敗したのに？　どんなに危険な状態におちいってもきみを救い出すことができる男性と生涯をともにしたら、どんなに安心していられるか考えてごらんよ」

こういわれて、メアリーはいささかたじろいだようだった。だが、きっぱりとした口調でこういった。「わたくしにひざまずくのでなければ、だれとも結婚するつもりはありませんわ」

ジョージは彼女を見つめた。うっとりするほどかわいらしい。だが、ジョージには蹴とばすことだけでなく、ほかにもロバの素質があった。彼はメアリーと同じようにきっぱりとした口調でいった。

「女にひざまずくなんて、いやしむべきことだ。ぼくはごめんだね」

メアリーは魅力たっぷりのうらめしそうな声を出した。「じつに残念だわ」

車はロンドンへ戻る。ジョージはむっつりと黙りこくっていた。メアリーの顔は帽子のかげに隠れている。ハイド・パーク・コーナーを通り過ぎたとき、彼女がそっとささやいた。

「わたくしにひざまずいてくださらないの？」

ジョージはきっぱりといった。「いやだね」

スーパー・マンになったような気分だった。彼女は彼のそうした態度にひかれたのだ。だが、ついていないことに、ジョージは彼女は強情なのではないかと疑っていた。彼は不意に車を駐めた。

「ちょっと失礼」

彼はさっと車から降りると、たったいま通り過ぎた手押し車のくだもの売りのところへ引き返し、あっという間に戻ってきた。駐車の理由を訊こうとした警官も追いつくひまがないほどだった。

メアリーのひざの上にリンゴを一つぽんと投げてから、ジョージは運転をつづけた。

「くだものをもっと召しあがれ。これは象徴的なことでもあるのさ」

「象徴的？」

「そうさ。初めはイヴがアダムにリンゴを与えた。現代はアダムがイヴに与える。わかるかい？」

「ええ」いささか自信なさそうにメアリーが答えた。

「どこへまいりましょうか？」ジョージはかしこまって訊ねた。

「家までおねがいしますわ」

グローヴナー広場に向かって車を走らせる。その顔は徹底して冷ややかだった。彼はさっと車から降りると、彼女に手を貸すために回ってきた。彼女が最後に哀願をした。

「ねえ、ジョージ――できないの？　ただわたくしを喜ばせるためだけでも？」

「だめだ」とジョージ。

そのときだった。思いがけないことが起こったのだ。ジョージが滑ったのだ。彼は平均をとろうとして失敗し、彼女の目の前のぬかるみの中にひざまずいてしまった。メアリーは歓声をあげ、手をたたいた。

「ジョージ！　さあ、わたくしあなたと結婚するわ。まっすぐラムベス宮殿へ行って、カンタベリー大主教さまと式のことなんかを取り決めてくださっていいわ」

「ぼくはそんなつもりじゃなかったんだ」ジョージは腹立たしそうにいった。「このにくた――バナナの皮のせいなんだ」いまいましそうにつまみ上げる。

「いいじゃないの」とメアリー。「偶然のできごとなんですもの。わたしたちがけんかしたとき、プロポーズをしたのはきみじゃないかって文句をいわれたら、あなたがひざまずいて頼んだから結婚してあげたのよって逆襲できるわ。何もかもその神聖なバナナの皮のおかげよ。あなたさっき、神聖なバナナの皮っていおうとしたんでしょう？」

「まあそんなところだよ」ジョージはいった。

2

その日の夕方五時半、レッドベター氏は甥が面会に来ているという知らせを受けた。

「あやまりに来たな」レッドベター氏はつぶやいた。「いささかきびしくやりすぎたかもしれんが、これもあの子のためを思えばこそなんだ」

そして、彼はジョージを通すように命じた。

ジョージはうきうきした様子で入ってきた。

「伯父さん、ちょっとお話があるんですよ。今朝の伯父さんの仕打ちは不当でしたね。伯父さんがぼくくらいの年のときに、親戚に見放されて、世の中に放りだされたら、十一時十五分から五時半までのあいだに、一年に二万ポンドという金《かね》を稼いだかどうか、ぼくとしては知りたいんですよ。ぼくはそれをやったんですからね！」

「おまえ、頭がおかしくなったな」

「おかしいどころか、臨機応変ってやつですよ！　ぼくは若くて金持ちで、美人の社交界の令嬢と結婚するんです。おまけに、彼女は、ぼくのために公爵をふるんですよ」

「金が目当てで結婚するのか？　おまえがそんなやつだとは思わなかった」

「それが違うんですよ。彼女のほうが——ほんとに幸せなことに——ぼくにプロポーズしてくれなかったら、ぼくのほうからは絶対にプロポーズしたりしませんでしたよ。後で彼女は撤回しましたけど、ぼくが彼女の気を変えさせたんです。で、どういうわけでこうなったか、伯父さん、わかりますか？　正しいことに二ペンスつかって、絶好のチャンスという黄金の玉をつかんだからなんです」

「二ペンスがどうした？」レッドベター氏は財政上の興味から質問した。

「バナナ一本——くだもの売りから買ったんです。このバナナってこと、だれもが思いつく代物じゃないでしょう。結婚許可証はどこでもらうんです？　ドクターズ・コモンズですか、ラムベス宮殿ですか？」

ラジャのエメラルド

The Rajah's Emerald

大まじめで気力をふりしぼり、ジェイムズ・ボンドは手にしている黄色い小冊子にふたたび注意をそそいだ。表紙には〈毎年給料を三百ポンド殖やしたいとは思いませんか？〉という、単純だが魅力的なタイトル。定価は一シリング。ジェイムズはちょうど二ページまで読んだところだった。社長の顔をまっすぐ見つめること、とか、ダイナミックな個性を養うこと、とか、やり手だという雰囲気を身につけること、といった教訓が明快に書いてある。おつぎはいよいよ、〝率直になるべきとき、慎重になるべきとき〟という、ずっと微妙な点に触れるということを黄色い小冊子が告げている。〝強い男というものは、自分が知っていることをなんでもぺらぺらしゃべるものではありません〟。ジェイムズはその小冊子が自然に閉じていくのを放っておいた。そして頭を上げ、広びろとした青い海をじっと見つめた。自分は強い男ではないのかもしれない、という恐ろしい疑念が浮かんできた。強い男だったら、犠牲になったりせずに、いまのこの状況を克服していたろう。ジェイムズが自分の失敗を復唱するのは、今朝になってこれで六十回目だった。

今日は彼の休日だった。休日！　ははは！　笑っちまうよ。こんなキムトン海岸なんていう有名な避暑地にぼくをさそったのはいったいだれなんだ？　グレイスだ。どうにも工面《くめん》できないほどの金《かね》をむりやり使わせたのはだれだ？　グレイスだ。そして、ぼくはこの計画に熱中してしまったのだ。彼女はぼくをここへ連れてきた。そしてどうなった？　彼は海岸から二キロ半も離れたところにあるさえない宿屋に泊まっているというのに、似たような宿屋に泊まるはずだったグレイスは（同じ宿屋には泊まらないのだ——ジェイムズたちのグループの礼節は非常に厳格だった）、ひどいことに彼を見捨てて、こともあろうに海岸に面したエスプラナード・ホテルに泊まっているのだ。

彼女の友だちがそこにいるらしい。友だち！　ジェイムズはまたしても声をあげてせせら笑った。そして、この三年間のグレイスとの長すぎた春のことを考えた。最初に彼がグレイスを選んだとき、彼女はとても喜んだ。あれは彼女がハイ・ストリートにあるバートルズ商会の婦人装身具売場で人気者になる以前のことだった。あの頃、いばっていたのはジェイムズのほうだったのに、いまは、ああ！　立場は逆転してしまったのだ。グレイスは専門用語でいういわゆる〝売れっ子〟だった。おかげで彼女は高慢ちきになってしまったのだ。そうだ、そのとおりだ、頭のてっぺんからつま先まで高慢ちきだ。シェイクスピアの『お気に召すまま』に出てくる〝よい男に愛されていることを、断食でもして神に感謝するがいい〟という科白《せりふ》とか、そんなような詩の本の一節が、とりとめもなく心に浮かんでくる。だが、グレイスにはそんなところはまるでない。エスプラナード・ホテルの朝食を腹いっぱい食べて、善良な男の愛情など完全に無視しているのだ。クロード・ソップワースとかいう、ジェイムズが確信しているところでは立派な道義心などこれっぽっちも持ち合わせていない、ひどく不愉快なろくでなしの男にちやほやされて、いい気になっているのだ。

ジェイムズは地面にかかとをこすりつけると、憂うつそうな顔をして水平線を見つめた。キムトン海岸。何にとりつかれてこんなところへ来てしまったのだろう。ここは金持ちの上流階級の人間が集まる第一級の避暑地だった。大きなホテルが二つあり、有名な女優、金持ちのユダヤ人、金持ちの女性と結婚したイギリス貴族などの、絵のように美しい別荘が数キロにわたって建ち並んでいる。いちばん小さい貸別荘でも、家具付きだったら週二十五ギニーはとる。大きい別荘だったらいくらするのか、考えただけでもひるんでしまうほどだ。ジェイムズが座っているすぐ後ろにも、そういう宮殿のような別荘が一つあった。持ち主はかの有名なスポーツマンのエドワード・キャムピオン卿。そして目下、莫大な財産を持っているマラパトナのラジャもふくめて、有名な賓客たちが集まっているのだ。ジェイムズはその朝の地方週刊新聞にのっていたインドの王族ラジャに関する記事はすべて読んでいた。記事には、インドにおける彼の財産、邸宅、すばらしい宝石のコレクションなどがどれほどのものか書いてあった。とくに熱狂的に書かれていたのは、コレクションの中の有名なエメラルドについてで、大きさは鳩の卵ほどもある、とあった。ジェイムズは都会育ちだったから、鳩の卵の大きさがどれくらいなのかあまり自信はなかったが、それでも、どんな感じかということははっきりと心に残った。

「もしもそんなエメラルドを持っていたら」ジェイムズはまたしても憂うつそうに水平線を見つめた。「グレイスに見せてやるんだが」

なんとなくそう思っただけだったが、はっきりと口に出してそういってみると、ずっと気分がよくなった。背後から笑い声を浴びせられたのではっとして振り向くと、グレイスとばったり顔が合った。クララ・ソップワース、アリス・ソップワース、ドロシー・ソップワース、そして——ああ、なんということだ！　クロード・ソップワースがいっしょだった。娘たちは互いに腕を組み、くすくす笑っている。

「まあ、ずいぶんお久しぶりじゃない」グレイスがいたずらっぽくいった。

「ああ」とジェイムズ。

もっといろいろといい返してやればよかったとジェイムズは思った。〝ああ〟の一言では、ダイナミックな個性を相手に印象づけることはできない。ジェイムズは不愉快きわまりないといった目つきでクロード・ソップワースを見た。クロード・ソップワースはミュージカル・コメディーの主人公のようなはなやかな衣装を着こんでいる。クロードがはいている一点のしみもないまっ白なフランネルのズボンに、浜辺にいる人なつっこい犬が、砂だらけのぬれた前足をかけてくれたらいいのに、とジェイムズは熱烈に思った。彼のズボンはといえば、すでにくたびれかけている実用一点張りのダーク・グレーのフランネルなのだ。

「空気がおいしいわあ」味わうように鼻をくんくんいわせながら、クララがいった。「とっても元気が出るわよ、ね？」

彼女はくすくす笑った。

「オゾンのせいよ」とアリス・ソップワース。「強壮剤とおんなじくらい効くのよね」

そして、彼女もくすくす笑った。

ジェイムズは思った。

〝こいつらのばか頭を片っ端から張りとばしてやりたいよ。年がら年中げらげら笑ってるなんて、一体どういうつもりなんだろう？　おもしろいことなんか何もいっちゃいないのに〟

完璧な装いをしているクロードが、だらけた口調でつぶやいた。

「泳ごうか、めんどくさいかい？」

金切り声があがり、泳ごうという案が受け入れられた。一行に加わったジェイムズは、いささか策略を用いて、やっとのことでグレイスを一行から少し引き離した。

「おい！」彼は文句をいった。「ぼくはちっともきみに会えないじゃないか」

「でも、いまこうしていっしょにいるじゃないの」とグレイス。「それに、ホテルに来て、わたしたちといっしょにお昼を食べたっていいのよ、少なくとも」

彼女はうさんくさそうな目つきでジェイムズの脚を見た。

「一体なんだよ？」ジェイムズは激しく詰め寄った。「ぼくがやぼったいんで気に入らないんだろう？」

「ねえ、もうちょっとなんとかなったんじゃない。ここではみんな、ものすごくスマートな恰好をしているのよ。クロード・ソップワースをごらんなさいよ」

「もう見たよ」ジェイムズは吐き出すようにいった。「あいつみたいなまぬけ面の男には会ったこともないよ」

　グレイスはかっとなった。

「わたしのお友だちを批評していただく必要はないわ、ジェイムズ。失礼よ。彼はホテルに泊まっているほかの男性たちと同じような服を着ているだけなのよ」

「ふん！　このあいだぼくが《社交ニュース》でどんな記事を読んだか知っているかい？　なんと、公爵――何公爵だったかは忘れたけど、とにかく、ある公爵が、イギリスでいちばんやぼったい恰好をしているんだってさ！」

「そういうこともあるでしょうね。でも、いい、その人はやっぱり公爵なのよ」

「だからどうだっていうんだ？」ジェイムズは開き直った。「ぼくが将来公爵になったらまずいのかい？　そうだな、たぶん公爵じゃないだろうけど、少なくとも貴族だ」

　彼はポケットに入れてある黄色い本をぽんとたたき、ジェイムズ・ボンドよりもずっと下層階級の出身でイギリスの貴族になった人たちの名前をえんえんと並べたてた。グレイスは含み笑いをしただけだった。

「ばかもいいかげんにしてよ、ジェイムズ。あなたがキムトン海岸の伯爵になるなんて！」

ジェイムズは怒りと絶望が入り混じった目で彼女を見つめた。キムトン海岸の空気のせいで、グレイスは頭がおかしくなってしまったにちがいない。

キムトン海岸の浜辺は一直線にどこまでもつづいており、それに沿って着換え用の小屋やボックスがおよそ二キロ半ほど、きれいに一列に並んでいる。一行は六棟の小屋の前に着いた。どの小屋にも、〈エスプラナード・ホテル滞在客専用〉とこれ見よがしに貼り紙がしてある。

「さあ着いたわ」グレイスが陽気にいった。「でも、ジェイムズ、あなたはわたしたちといっしょにこれを使うことはできないんじゃないかしら。あっちの大衆用テントへ行かなきゃだめだと思うわ。海でいっしょになりましょうね。じゃあ、あとでね！」

「じゃあね！」とジェイムズはいい、指し示されたほうへ大股に歩いていった。

崩れかかった十二のテントが海に向かってもったいぶった感じで立っていた。巻き紙のようになっている青いチケットを手にした一人の老水夫が、テントの番をしていた。老水夫はジェイムズから貨幣を一枚受け取ると、青いチケットを一枚切り取って手渡し、タオルを投げてよこすと、肩越しにぐいと親指を突き出し、

「順番をとんな」としゃがれ声でいった。

そういわれて初めて、ジェイムズはテント前で順番の争奪戦がくりひろげられている

のに気がついた。ほかにも海に入ることを思いついた連中がたくさんいたのだ。テントはどれもふさがっているだけでなく、それぞれのテントの前には断固とした顔つきの人びとが群がっていて、互いににらみ合っている。ジェイムズはいちばん人数の少ないグループに混じって待つことにした。テントの入口が開き、突然、肌もあらわな美しい娘が海水帽のかぶり具合を直しながら、出てきた。午前中いっぱいは海水浴をするつもりでいるみたいだ。その娘はつかつかと波打ちぎわまで歩いていき、夢見るような表情を浮かべて浜辺に腰をおろした。

「あれはだめだな」ジェイムズはつぶやき、その先の別のグループに混じった。

それから五分もすると、二番目のテントの中がさわがしくなり、入口の布がふくらんだりぴんと張ったりしたかと思うと、いきなりぱっと開き、子供が四人と父親と母親が出てきた。ひどく小さなテントなので、奇術か何かを見ているような感じだ。とたんに、二人の女がさっと前に飛びだし、それぞれテントの入口の布をつかんだ。

「失礼」一方の若い女が少し息を切らせながらいった。

「失礼」もう一人の若い女が相手をにらみつけながらいった。

「申しあげますけど、わたし、あなたよりも十分も前にここに来てましたのよ」一番目の若い女が早口にいった。

「わたしがここへ来てから、もうたっぷり十五分はたっていますわ。みなさんご存じですわよ」二番目の若い女が決めつけるようにいった。

「どれどれ」老水夫がやってきた。

若い女は二人そろって、甲高い声で老水夫にまくしたてた。二人がしゃべり終わると、彼は二番目の娘のほうにぐいと親指を突き出し、ひとこと、

「あんたのほうだ」

そういうと、抗議のことばには耳も貸さずに行ってしまった。どちらが先に来ていたのか、知りもしなければ知ろうともしなかった。だが、新聞社が主催するいろいろな競技会でいわれるのとおんなじで、彼の決定は絶対的だった。ジェイムズはがっかりして老水夫の腕をつかんだ。

「おい！　きみ！」

「なんだね、だんな？」

「いったいいつになったら、ぼくはテントに入れるんだ？」

老水夫は順番を待っている人びとの群れを気のなさそうにちらりと見た。

「一時間か、一時間半か、わからないね」

ちょうどそのとき、グレイスとソップワース家の娘たちが、海に向かってはしゃぎな

がら砂浜を駆けおりていくのが見えた。

「ちえっ！　いまいましい！」ジェイムズはつぶやいた。

彼はもう一度老水夫を引っ張った。

「どこかほかのテントを借りられないかな？　あそこの小屋はどうなんだ？　みんな空いているみたいじゃないか」

「あの小屋は」と老水夫はもったいぶった口調で、「個人用なんだよ」

非難がましくそういうと、彼は行ってしまった。肩すかしをくわされたという苦々しい思いをかみしめながら、ジェイムズは順番を待っている人ごみから離れ、憤然として浜辺をおりていった。がまんできない！　まったくがまんできないぞ！　こぎれいな着換え用ボックスの前を通りすぎながら、彼は怒りのこもった目ではったとにらみつけた。とたんに、彼は独立自由党員から過激な社会党員に変身した。金持ちどもには着換え用ボックスがあり、群れをなして順番を待ったりしなくても好きなときに泳げるのは一体なぜだ？　「イギリスのこういう制度はすべてまちがっている」ジェイムズはあいまいにそういった。

海のほうで、水をかけられた女の子のきゃあきゃあいう色っぽい悲鳴があがった。グレイスの声だ！　そして、その悲鳴を圧して一段と高く、クロード・ソップワースの間の抜けた、「ははは」という声が聞こえてくる。

「ちくしょう！」ジェイムズは初めて歯ぎしりというものをやった。小説で読んだことがあっただけだったのだ。

彼は足を止め、ステッキをあらあらしく振り回すと、断固として海に背を向けた。そして、憎しみをこめて、イーグルズ・ネスト、ブエナ・ビスタ、そしてモン・デジールをにらみつけた。キムトン海岸の住人たちは、自分たちの着換え用の小屋におもしろい名前をつけていた。ジェイムズには、ワシの巣《イーグルズ・ネスト》なんてばかげているとしか思えなかったし、メキシコの古戦場の地名であるブエナ・ビスタは、彼の語学力をはるかにこえていた。だが、三番目のは、彼のフランス語の知識でも充分に理解できた。

「わが欲望《モン・デジール》ねえ。いかにもそのとおりなんだろうな」

そのときだった。ほかの小屋のドアはぴたりと閉まっているのに、モン・デジールのだけが少し開いているのに気がついたのだ。ジェイムズは左右の海岸を見渡した。近くにいるのはおもに大家族の母親たちで、忙しそうに子供たちのめんどうを見ている。まだ十時になったばかりで、キムトン海岸の貴族たちが泳ぎにやってくるには早すぎる時刻だ。

〝きっと、髪粉をつけた召使いたちが盆にのせて運んでくるウズラとかマッシュルームなんかをベッドの中で食べているんだ。ちえっ！　十二時前にここへやってくるやつなんかいないだろう〟ジェイムズはそう思った。

また海のほうを見る。充分に練習をつんだ〝ライト・モティーフ〟みたいに、グレイスの甲高い嬌声がひびきわたり、そのあとにクロード・ソップワースの、「ははは」がつづく。

「いまに見てろ」ジェイムズはつぶやいた。

モン・デジールのドアを押し開け、中に入る。一瞬ぎょっとした。色とりどりの衣服が釘にかかっていたからだ。だが、すぐに気を取り直した。小屋は二つに仕切られていて、右側には婦人用の黄色いセーター、つぶれたパナマ帽、そしてビーチ・シューズが一足、それぞれ釘にかかっている。左側には、古いグレーのフランネルのズボン、プルオーヴァーのセーター、そして防水帽。男性用と女性用に分かれているのだ。ジェイムズはいそいで男性用のほうへ行き、手早く服を脱いだ。そして三分後には、海に入って、鼻と口とで偉そうに大きく息をしながら、びっくりするほどピッチの早い玄人はだしの泳ぎぶりを見せていた――頭を水中に突っこんで、腕で激しく水を打つ――あのスタイルだ。

「あら、来たの！」グレイスが叫んだ。「順番を待っている人がたくさんいるから、ずいぶんひまがかかるんじゃないかと思ってたのよ」

「そうかい？」とジェイムズ。

例の黄色い小冊子を心から信奉している彼は思った。〝強い人間は、時に応じて慎重になれるものです〟。するとむしゃくしゃした気分がすっかり消え、グレイスに抜き手を教えていたクロード・ソップワースに向かって、明るく、だが断固とした口調でいってやれた。

「だめだめ、きみ、きみのはまるでちがっている。彼女にはぼくが教えるよ」

あまりにも確信に満ちた口調だったので、クロードは当惑して引きさがった。ただ一つ残念だったのは、ジェイムズの勝利が長くはつづかなかったことだ。わがイギリスの海の水温は海水浴客をあまり長く引きとめてはおけない。すでに顎を青くして歯をがちがちならしてグレイスとソップワース家の娘たちが先を争って浜辺を駆け上がっていってしまったので、ジェイムズはとぼとぼとモン・デジールへ引き返した。勢いよく身体を拭いて、頭からすっぽりシャツをかぶると、われながらごきげんになった。ダイナミックな個性を見せつけてやったような気がしたのだ。

そのとき突然、彼は凍りついたようにその場に棒立ちになった。表で若い女の声がしたのだ。グレイスやその仲間の声とは全然ちがう。一瞬のうちに、彼は事態を了解した。

モン・デジールの正当な持ち主がやってきたのだ。すっかり着換えをすませていたのなら、ジェイムズは胸を張って彼女たちの出現を待ち受け、弁解を試みることもできたろう。だが、まだ着換えの途中だったから、彼は恐慌をきたしてしまった。モン・デジールの窓には、上品なダーク・グリーンのカーテンがかかっている。ジェイムズはドアに飛びつくと、必死になってノブを押さえた。表にいる女性は、両手でむなしくそれを回そうとしている。

「やっぱり鍵がかかっているのよ」さっきとは違う娘の声がした。「パッグが開いているといったように思ったんだけど」

「違うわよ、ワッグルがそういったのよ」

「ワッグルにはがまんできないわ」もう一人の娘がいった。「ひどいったらありゃしない。鍵をとりに戻らなくちゃならないじゃないの」

足音が遠去かっていくのが聞こえ、ジェイムズは長々と大きく息を吸いこんだ。死にもの狂いになって残りの衣服を着こむ。二分後には、ことさらなんにもしていないというふうをよそおいつつ、すまして浜辺をぶらついていた。十五分後にグレイスとソップワース家の娘たちは浜辺で彼と合流し、それから昼まで、石投げをしたり、砂に字を書いたり、軽い冗談をいい合ったりして楽しく過ごした。やがて、クロードが腕時計を見た。

「昼食の時刻だ。ぶらぶら戻ったほうがよさそうだよ」

「わたし、お腹ぺこぺこよ」アリス・ソップワースがいった。

ほかの娘たちも口々に、とてもお腹がすいた、といった。

「ジェイムズ、あなたも来る？」

たぶん神経がひどくぴりぴりしていたのだろう。ジェイムズは彼女の口調に反発したくなった。

「ぼくの服がきみの気に入るほど恰好がよくないっていうんなら、やめておくよ」苦々しげに彼はいった。「きみたちは服装にはひどくやかましいからね。ぼくは行かないほうがいいんだろう」

ここでグレイスがそんなことはないと小声でささやくはずだったのだが、浜辺の空気はグレイスに逆の影響をおよぼしていた。彼女はただこういっただけだった。

「あら、そう。それならどうぞお好きに。また午後にね」

唖然としているジェイムズをその場に残して、一行は行ってしまった。

「なんてこった！」遠ざかっていく一行の後ろ姿を見送りながら、ジェイムズはぼやいた。

「まったく、なんてこった――」

むっつりしながら、彼はぶらぶらと町のほうへ歩いていった。キムトン海岸にはカフェが二軒あるのだが、どちらも暑くてやかましく、おまけにひどく混んでいた。着換え小屋さわぎのときとおんなじで、ジェイムズは順番が来るのを待たなければならなかった。しかも、席が空いたとたんに、入ってきたばかりのずうずうしい年増女にさっと横取りされてしまったので、必要以上に長いこと待たなければならなかった。やっとのことで小さなテーブルについた彼の左耳のすぐそばで、断髪の若い女が三人、イタリア・オペラをこてんぱんにやっつけていた。さいわい音楽には関心がなかったので、ジェイムズはポケットに両手を深く突っこんだまま、冷やかにメニューに目を通しながら思った。

〝何を注文しても品切れに決まっているんだ。ぼくはそういう男なのさ〟

ポケットの中をさぐっていた右手に、えたいの知れないものが触れた。小石、それも大きな丸い小石みたいだ。

〝どうしてまた、ぼくはポケットの中に小石を入れる気になったのかな？〟

指がそれをつかむ。ウェイトレスがすうっと近寄ってきた。

「カレイのフライとポテト・チップスをたのむ」とジェイムズ。

「カレイのフライは品切れです」ぼんやりと天井を見上げながら、ウェイトレスがつぶやいた。

「それじゃ、ビーフカレーにしよう」

「ビーフカレーも品切れです」

「このいまいましいメニューには、品切れじゃないものが書いてあるのかい？」ジェイムズが詰め寄る。

ウェイトレスはむっとした顔をすると、血の気のない灰色の指でインゲン豆入り羊肉シチューと書いてあるところを指し示した。しようがないとあきらめて、ジェイムズはインゲン豆入り羊肉シチューを注文し、店のやり方になおも激しく腹を立てながら、ポケットの中の小石を取りだした。指を開いたとたん、彼は呆然として手のひらの上にのっているものを見つめた。あまりのショックに、ほかの小さな問題など心の中からふっとんでしまった。目を皿のようにして、穴のあくほど見つめる。手のひらにのっているのは、小石なんかではなかった。それは——まずまちがいない——エメラルド、ものすごく大きな緑色のエメラルドだったのだ。ジェイムズはぞっとして目をこらした。ちがう、エメラルドなんかであるわけがない。着色したガラスにちがいない。こんなに大きなエメラルドがあるはずがない。あるとすれば——ジェイムズの目の前に活字がちらちらした――〝マラパトナのラジャ――鳩の卵ほども大きい、かの有名なエメラルド〟。あれは――ひょっとすると――自分がいま見つめているこのエメラルドなのだろうか？

ウェイトレスがインゲン豆入り羊肉シチューを運んできたので、ジェイムズは発作的に手を握った。熱いものと冷たいものがぶるぶると背筋を上下する。恐ろしいジレンマに陥ってしまうような気がした。もしもこれがあのエメラルドだとしたら――でも、ほんとうだろうか？　そんなことがありうるだろうか？　手を開いて、おそるおそるのぞいてみる。宝石にかけてはジェイムズはまったくの素人だったが、石が持っている深みと輝きを見て、これはほんものだと確信した。テーブルに両肘をつき、前かがみになって、目の前の皿の中でインゲン豆入り羊肉シチューがしだいに冷えて固まっていくのを、焦点のさだまらない目で眺める。徹底的に考えなければならないぞ。もしもこれがラジャのエメラルドだとしたら、どうしたらいいんだろう？　〝警察〟という単語がひらめいた。もしも貴重品を拾ったら、警察へ届けなさい。ジェイムズはそう教えられて育ったのだ。

そのとおりだ。だが――いったいぜんたい、どういうふうにして、このエメラルドがぼくのズボンのポケットに入ったのだろう？　警察はそう訊くに決まっている。これは難問で、おまけにすぐには答えようのない質問だ。どうしてエメラルドがぼくのズボンに入ったのか？　やけくそになって足元を見る。とたんに疑念にとりつかれた。しげしげと見直す。はき古しのグレーのフランネルのズボンというのは、どれもこれも同じように見える。しかし、それでも、ジェイムズはこれは自分のズボンではないということを本能的に感じとっていた。真相がわかったとたん、がっくりして、椅子の背にどっともたれかかった。何がどうなったのかわかったのだ。一刻も早く着換え小屋から出ようとしてあわてていたので、ズボンをまちがえてしまったのだ。古いズボンがかかっていた隣の釘に、自分のズボンをかけたのを思い出した。そうだ。ここまではつじつまが合う。ズボンをまちがえたのだ。しかし、それにしても、何百何千ポンドもするエメラルドが、一体あそこで何をしていたんだろう？　それについては、考えれば考えるほど、ますます奇妙なことに思えてくる。もちろん、警察に説明することは可能だが――

いいや、それはまずい――どうみたって絶対にまずいぞ。他人の着換え小屋にわざわざ入りこんだという事実を話さなければならないからな。もちろんたいした罪ではないけれど、それでも悪者よばわりされることになる。

「ほかに何かお持ちしますか？」

ウェイトレスがまたやってきた。手のついていないインゲン豆入り羊肉シチューをじっと見つめている。ジェイムズはあわててシチューを皿に取り分けると、勘定書きをくれといい、支払いをして店を出た。どうしたものかと思いながら道端に立っていると、通りの向こう側に貼ってあるポスターが目に入った。ハーチェスターという隣町で夕刊新聞を発行しているのだ。ジェイムズが見ているのは、その内容広告のポスターだった。単純な、だがセンセーショナルな記事が出ていた。〈ラジャのエメラルド盗まる〉。

「たいへんだ」ジェイムズは弱々しくつぶやき、柱によりかかった。それから気を取り直して、一ペニーで新聞を一部買った。目当ての記事を探し出すのにひまはかからなかった。地方新聞には、センセーショナルな記事などそうそうのっているものではない。大見出しが第一面を飾っていた。〈エドワード・キャムピオン卿の邸宅において、驚くべき盗難事件。有名な歴史的エメラルド盗まる。マラパトナのラジャ大被害〉。書いてあることはごくわずかで、単純明解だった。エドワード・キャムピオン卿は、昨夜、数名の友人をもてなした。婦人客の一人に問題の宝石を見せたいと思ったラジャが取りに行ったところ、失くなっていることがわかった。警察が呼ばれたが、現在のところ手がかりはまるでなし。ジェイムズは思わず新聞を取り落としてしまった。エメラルドがどうして着換え小屋の古いフランネルのズボンのポケットにおさまることになったのか、まだよくわからない。だが、事実を話したらますます警察は疑いを抱くだろうという気持ちが、刻一刻ますます強くなっていく。いったいぜんたい、どうすればいいんだ？

自分は国王の身代金にも相当する盗品を無造作にポケットに突っこんで、こうしてキムトン海岸の目抜き通りに立っている。そして、地元の警察は総力をあげて、ほかでもないこの盗品を血まなこになって捜しているのだ。方法は二つある。第一は、まっすぐ警察へ行って打ちあけることだ――だが、正直いって、ジェイムズはこの方法にはひどくおじけづいていた。第二は、なんとかしてこのエメラルドを処分してしまうことだ。きちんと小包にしてラジャに郵送したらどうだろう、という考えがふと頭に浮かんだが、首を振った。そういうことをするには、彼は推理小説を読みすぎていたのだ。名探偵が拡大鏡はもちろん、ありとあらゆる巧妙な器具を駆使して調査したらどうなるか？　ジェイムズが郵送した小包をおよそ三十分ほど調査したら、どんな探偵だって、送り主の職業、年齢、性癖、おまけに風体まで見破ってしまうだろう。そうなったら、追い詰められるのは単に時間の問題だけということになる。

そのときだった。びっくりするほど単純明解な方法がひらめいたのだ。いまは昼食時。海岸は比較的すいているだろう。モン・デジールへ行って、もとのところへズボンをつるし、自分のを取り返してこよう。勇気りんりんジェイムズは海岸へ向かった。

それでもやはり、いささか良心がうずいた。このエメラルドはラジャの手に返されてしかるべきものなのだ。もしかしたらちょっとした探偵仕事がやれるかもしれないぞ、と彼は思った——もちろん、自分のズボンを取り返して、いまはいているのを元のところへ戻してからの話だ。この考えにもとづいて、彼はさっきの老水夫のところへ行った。この男ならキムトン海岸のことについて何から何まで知っているはずだ、とにらんだ彼の目はまちがっていなかった。

「ちょっとすまないが！」ジェイムズはていねいにいった。「ぼくの友人のチャールズ・ランプトンが、たしかこの浜辺に着換え用の小屋を持っているはずなんだけど。モン・デジールとかいったと思うんだが」

パイプをくわえ、ひどくしゃらこばった姿勢で椅子に座っていた老水夫は海をじっと見つめていた。彼はパイプをちょっと動かし、水平線をじっと見つめたまま答えた。

「モン・デジールはエドワード・キャムピオン卿のものだ。だれだって知ってるぜ。チャールズ・ランプトンなんて人のこたあ、聞いたこともないね。きっと新参者だろう」

「どうもありがとう」ジェイムズはそういって引きさがった。

この情報に彼は唖然とした。ラジャが自分でポケットに宝石を入れ、すっかり忘れてしまった、なんてことはありえない。ジェイムズは首を振った。この説はいただけない。だが、邸宅で行なわれたパーティーに出席した人間の中に犯人がいるのだ。絶対にまちがいない。この事態から、ジェイムズは愛読書の中のある小説を連想した。

それでも、自分自身がやろうとしていたことに変わりなかった。すべてはまことに簡単に運んだ。望みどおり、浜辺にはほんとうに人影がなかったし、さらについていたことに、モン・デジールのドアが少し開いたままになっていたのだ。すばやく中へ滑りこむと、釘にかかっている自分のズボンをはずそうとした。そのときだった。背後で声がしたのだ。

「さあつかまえたぞ、こいつ！」その声がいった。

ジェイムズははっとして振り返った。

ジェイムズは口を開けたまま目をこらした。見知らぬ男がモン・デジールの戸口のところに立っていた。四十くらいの立派な身なりの男で、タカのような鋭敏な顔をしている。

「さあつかまえたぞ！」見知らぬ男は繰り返した。

「だ――だれだ、きみは？」ジェイムズはどもった。

「スコットランド・ヤードのメリリーズ警部だ」相手はきびきびといった。「すまんが、あのエメラルドを渡してもらおう」

「あ――あのエメラルド？」

ジェイムズはなんとかして時間をかせごうとした。

「そのとおりだ。聞こえなかったのか」とメリリーズ警部。

歯切れのいい事務的な口調だ。ジェイムズはやっとのことで気力をふりしぼり、「なんのことか、ぼくにはわかりませんね」と、もったいぶった態度をよそおった。

「いや、わかっている。きみにはわかっているはずだ」

「すべてまちがいなんですよ。きわめて簡単に説明できることで――」口をつぐむ。

相手の顔にうんざりした表情が浮かんだのだ。

「決まり文句だ」スコットランド・ヤードの男は低い声で冷たくいった。「海岸をぶらぶらしていたときに拾った、とでもいうつもりなんだろう、え？　言いわけってのは、だいたいその程度だ」

たしかにその筋の人間らしいところはある。ジェイムズもその点は認めたが、なおも時間をかせごうとして、

「あなたがおっしゃるとおりの方だという証拠はあるんですか？」と弱々しく訊ねた。

メリリーズはすばやく上着の裏を返してバッジを見せた。ジェイムズはこぼれ落ちてしまうのではないかと思うほど目玉をむき、相手を凝視した。

「これで」と男はやさしいともいえるような口調で、「きみの相手がどういう人間なのかわかっただろう！　きみは駆け出しだな――わかるよ。初めてやったんだろう、え？」

ジェイムズはうなずいた。

「そうだろうと思った。さあ、あのエメラルドをおとなしく渡すかね、それとも身体検査をしなけりゃならんか？」

ジェイムズはやっとの思いで答えた。

「い――いまは持ってないんです」

必死になって頭を回転させる。

「宿に置いてあるのか？」とメリリーズ。

ジェイムズはうなずいた。

「よし、それじゃいっしょに行こう」

警部はジェイムズの腕に手をかけ、

「逃げられたくないんでね」とおだやかにいった。「きみの宿へ行って、あの石を渡してもらおう」

ジェイムズはあいまいな口調でいった。

「そうしたら許してくれますか？」声がふるえている。

メリリーズは当惑したような顔をして説明した。

「どういうふうにしてあの宝石が盗まれたのかはわかっているんだ。それに、あの婦人も一味だったってこともな。だから、もちろん、そのかぎりでは——そう、ラジャも秘密にしておきたがっている。ああいう未開の国の支配者がどういうものか、きみも知っているだろう？」

ジェイムズは、ある有名な訴訟事件以外には、未開の国の支配者たちについてはまったく何も知らなかったが、よく知っているといわんばかりに大きくうなずいてみせた。

「もちろん、きわめて異例ではあるが、許してやらんでもないぞ」

ジェイムズはもう一度うなずいた。二人はエスプラナードの端まで歩き、角を曲がって町へ入るところだった。ジェイムズが方角を教えたのに、相手は彼の腕をしっかりつかんで離そうとはしない。

突然、ジェイムズはもじもじして、何やらもぐもぐといった。メリリーズはさっと顔をあげ、それから笑いだした。ちょうど警察署の前を通りすぎるところだったのだ。警部はジェイムズがいかにもつらそうな様子で、ちらちらと署の建物を見ているのに気づいた。

「とりあえずチャンスをやるよ」警部は陽気にいった。

事態が一転したのはまさにその瞬間だった。突然、ジェイムズが一声大きくわめき、相手の腕をがっちりつかんで、声をかぎりに叫んだのだ。

「助けてくれ！　どろぼうだ、助けてくれ！　どろぼう」

あっという間に二人は群衆に取りかこまれてしまった。一分とはかからなかった。ジェイムズの手を振りほどこうとして、メリリーズが腕をひねっている。

「こいつなんだ」ジェイムズは叫んだ。「こいつなんだ。ぼくのポケットからすりやがったんだ」

「ばかめ、何をいうんだ」相手がどなり返す。

巡査がその場を引き受け、メリリーズとジェイムズは警察へ連行された。ジェイムズは告発を繰り返し、

「こいつが、たったいま、ぼくのポケットからすったんです」と興奮していった。「ほら、そいつの右ポケットに、ぼくの財布が入ってる」

「こいつは頭が変なんだ」相手はぶつぶつ不平をいった。「警部さん、自分で調べて、こいつのいってることが本当かどうか確かめたらいいでしょう」

署の警部の合図で、巡査はうやうやしくメリリーズのポケットに手を入れた。そして、何かを引っ張り出すと、仰天して息をのみ、取りだしたものを差しだした。

「おお！」警部は立場上当然とらなくてはならない態度も忘れて叫んだ。「そいつはラジャのエメラルドだ、まちがいない」

メリリーズはほかのだれよりも愕然とした顔をした。

「けしからん」彼はぶつぶついった。「まったくけしからん。いっしょに歩いているあいだに、この男がそれをわたしのポケットに入れたにちがいない。陰謀だ」

メリリーズの強引な性格に押されて警部は迷ってしまい、容疑のほこ先がジェイムズのほうに向けられた。警部は巡査に何ごとかささやき、巡査は部屋を出ていった。

「それではお二人とも」と警部はいった。「言い分を聞かせてもらいましょう。一度に一人ずつですよ」

「いいですとも」ジェイムズがしゃべりはじめた。「海岸を歩いていたら、この男に出会ったんです。するとこいつは、ぼくを知っているようなふりをしたんですよ。以前会ったおぼえはなかったけど、ぼくだって、そのことを口にするほど不作法な男じゃありませんからね。そこでいっしょに歩いたんですけど、怪しいとは思っていたんです。そして、ちょうど警察の前まで来たとき、こいつの手がぼくのポケットに入っているのに気づいたんで、とっつかまえて、大声で助けを求めたんですよ」

警部はメリリーズのほうへ視線を移した。

「それじゃあ、今度はおたくの番です」

メリリーズはいささか当惑しているようだった。

「話はだいたいそんなところですな」彼はゆっくりと話しだした。「だが、ぜんぶというわけじゃない。知り合いだなんてふっかけてきたのは、わたしじゃなくて、こいつのほうだったんですよ。エメラルドを処分したかったんで、話をしているあいだにわたしのポケットに入れたんです。まちがいありません」

警部は筆記の手を止め、

「なるほど」とどちらの肩も持たないというような言い方をした。「さて、もうじきここにある紳士がお見えになります。その方の力を借りれば、事件の真相は明らかになるでしょう」

メリリーズは眉をひそめた。

「わたしはとても待ってなんかいられませんよ」時計を引っ張り出しながら、ぶつぶついった。

「約束があるんでね。まさか警部さん、あんたは、わたしがエメラルドを盗んで、ポケットに入れて持ち歩いていた、なんて思うほどばかじゃないでしょう？」

「ごもっともです」と警部。「しかし、ほんの五分か十分待っていただくだけだし、それでこの事件もきれいに解決するんですよ。ああ！　閣下がお見えだ」

四十歳くらいの背の高い男が、勢いよく部屋に入ってきた。すりきれたズボンをはき、古ぼけたセーターを着ている。

「で、警部、一体どういうことなんです？　エメラルドは手に入れたとか？　おみごとでした。じつにあざやかなお手並みだ。で、ここにおられる方たちはどなたなんですか？」

卿の視線がジェイムズをとらえ、それからメリリーズの上で止まった。メリリーズの強引な個性はみるみるうちにしぼんでしまったようだった。

「なんだ――ジョーンズじゃないか！」エドワード・キャムピオン卿が叫んだ。

「この男をご存じで、エドワード卿？」警部が鋭く訊ねた。

「もちろんだ」エドワード卿が冷たくいった。「うちの使用人でね。一カ月前に雇ったばかりなんだ。ロンドンから派遣されてきた捜査官がすぐに調査してくれたんだが、この男の私物の中には、エメラルドを隠していたと思われる痕跡もなかったんだ」

「上着のポケットに入れて持ち歩いていたんです」警部が断言した。「こちらの紳士が告発してくださったんです」

たちまちジェイムズは心のこもった祝福を受け、握手を求められた。

「きみ」とエドワード・キャムピオン卿がいった。「するときみは、最初からこいつが怪しいとにらんでいたんですな？」

「そうです。警察署へ連れこむために、やむをえず、すりに会ったなんて話をでっちあげたんです」

「そうですか、それはすばらしい。まったくすばらしい。ぜひわたしといっしょにいらして、昼食を召しあがっていただきたい。昼食がまだおすみでなかったらという意味ですが。遅いのはわかっています、もうかれこれ二時ですからね」

「ええ」ジェイムズはいった。「昼食はまだなんです――でも――」

「いやいや」とエドワード卿。「ラジャはきっと、エメラルドを取り返してくれたきみにお礼をしたいと思うでしょう。わたしとしても、まだすべてを了解していないし」

このときにはもう、二人は警察署を出て、石段の上に立っていたのだった。

「じつをいいますと」とジェイムズはいった。「ほんとうのことをお話ししたいんです」

そして、一部始終を話した。卿は大いにおもしろがった。

「こんなに愉快な話を聞いたのは初めてだ。何もかもわかりましたよ。警察が屋敷中をくまなく捜索することを知っていたから、ジョーンズはあれを盗むと、すぐに着換え小屋へ行ったにちがいない。あの古ズボンは、わたしが魚釣りに行くときにときどきはくんですよ。だれも手を触れたりしないものだから、好きなときに宝石を取り戻せたってわけだ。今日行ってみたらズボンが失くなっていたから、やっこさん、すごいショックだったろう。きみがあらわれたとたん、宝石を持ち去ったのがきみだってことに気づいたんだ。だが、あいつが刑事のふりをしているってことを、きみがどうやって見抜いたのか、今もってわたしにはよくわからんなあ！」

〝強い男というものは〟とジェイムズはひそかに思った。〝率直になるべきときと、慎重になるべきときを心得ているものです〟

困ったなあというように微笑みながら、ジェイムズは上着の衿の裏にそっと指を滑りこませ、あの無名同然のクラブ、マートン・パーク・スーパー・サイクリング・クラブの小さな銀のバッジをさわった。ジョーンズというあの男が同じクラブの会員だったなんて、驚くべき偶然の一致だ。だが、鍵はそれだったのだ！

「あら、ジェイムズ！」

振り返ると、グレイスとソップワース家の娘たちが、道路の向こう側で呼んでいた。

彼はエドワード卿のほうを向き、

「ちょっと失礼します」

というと、道路を渡り、娘たちのところへ行った。

「これから映画に行くのよ」グレイスがいった。「あなたも行くかと思って」

「残念だね」とジェイムズ。「ぼくはこれから、エドワード・キャムピオン卿と昼食をとるところなんだ。ああ、あそこにいる、くたびれた着やすそうな服を着ている人だよ。ぼくをマラパトナのラジャに会わせたいっておっしゃってるんだ」

彼は礼儀正しく帽子をとってあいさつしてから、エドワード卿のところへ戻った。

白鳥の歌

Swan Song

1

五月のある朝、十一時、ところはロンドン。コウアン氏はリッツ・ホテルの華麗ともいえる続き部屋《スイート》の居間の窓から外をながめていた。この続き部屋は、ロンドンに到着したばかりの有名なオペラ歌手、マダム・ポーラ・ナツォルコッフのために予約してあったもので、マネージャーのコウアン氏は、夫人と会見するために待っているところだった。ドアが開いたので、彼はすばやく振り向いた。だが、入ってきたのはマダム・ナツォルコッフの秘書で、見るからに有能そうな顔色の悪い娘ミス・リードだった。

「ああ、なんだ、きみだったのか」コウアン氏はいった。「マダムはまだ起きないのか、え？」

ミス・リードは首を振った。

「わたしは十時に来いっていわれたんだ。もう一時間も待っているのに」

そうはいったものの、怒っている様子もびっくりしている様子も見せない。コウアン氏は気まぐれな芸術家気質には慣れていたのだ。彼は長身で、ひげをきれいに剃り、いささか立派すぎる体格の持ち主だ。いささかぴしっときまりすぎている服を着こんでいた。髪はまっ黒でつやつやしており、歯がやけに白い。話をするとき、〝s〟を切らずに発音する癖があり、完全な舌足らずというほどではないが、かなりそれに近い。父親の名前がおそらくドイツ系のコウエンだったのだろうということは、そんなに想像力を働かせなくてもわかる。ちょうどそのとき、部屋の反対側のドアが開き、すらりとしたフランス娘が駆けこんできた。

「マダムはお目ざめかい？」コウアンは待ちかねたように訊いた。「どうなんだ、エリーズ」

とたんに、エリーズは両手を差しあげてみせた。

「今朝のマダムは十七匹の鬼よ。何もかもお気に召さないんですもの！　昨夜、ムッシューが送ってくださった黄色いバラも、ニューヨークでなら申し分ないんですって。でも、ロンドンにいるのにああいうものを送ってくるのは、まぬけなんですってよ。ロンドンでは赤バラじゃなければいけないんだっておっしゃって、さっとドアを開けて、黄色いバラを下の小道に投げ捨てたの。そしたら、とても上品な紳士《トレ・コム・イル・フォー》に当たっちゃったの。たぶん軍人だと思うけど。怒るのも当然よね」

コウアンは眉をあげたが、それ以外、感情を示すものはいっさいおもてには出さなかった。それから、小さなメモ帳をポケットから取りだし、鉛筆で〝赤バラ〟と書きつけた。

エリーズは反対側のドアから大急ぎで出ていき、コウアンはふたたび窓辺へ行き、ベラ・リードはデスクに向かって手紙を開封して分類しはじめた。沈黙の十分が過ぎたとき、寝室のドアがぱっと開いて、ポーラ・ナツォルコッフが炎のようにはなやかに登場した。一瞬のうちに部屋がぐっと狭くなったように思え、ベラ・リードの顔色はますます悪く見え、コウアンは背景の中の一人物のように影のうすい存在になってしまった。

「あらあら！　わたくしの子供たち」プリマドンナがいった。「わたくし、時間どおりでしょ？」

彼女は背が高く、歌手としてはそれほど太っているほうではない。いまでも腕や脚はすらりとしているし、首も美しい円柱のようだ。うなじの中ほどで大きなまげに結ってある髪は、燃え立つようなダーク・レッド。多少はヘンナ染めのおかげだとしても、やはり効果は満点だ。若くはなく、少なくとも四十歳にはなっており、きらきら光っている黒い目の周囲の皮膚がたるんでしわが寄っているとはいえ、顔立ちにはまだ愛らしさが残っている。子供のような笑い声と、ダチョウのような消化力と、悪魔のような気性の持ち主で、おまけに当代随一のドラマティック・ソプラノと目されている女性だ。彼女はすぐにコウアンのほうを向いた。

「頼んでおいたとおりにしておいてくれた？　あのいやらしいイギリス・ピアノを運びだして、テムズ川に放りこんでくれた？」

「違うのを入れておきました」コウアンはそういうと、部屋の隅に置いてあるピアノを指し示してみせた。

ナツォルコッフは駆け寄ると、ふたを開けた。

「エラールね。このほうがいいわ。ちょっとためしてみましょう」

美しいソプラノがアルペッジオでひびきわたり、軽やかに音階を二往復してからやわらかな小さな声で高音に達し、音程はそのままに声量がぐんぐん上がり、ふたたび弱まって、やがて消えた。

「ああ！」ポーラ・ナツォルコッフは無邪気に喜んだ。「わたくしの声って、なんてきれいなのかしら！　ロンドンでもきれいだわ」

「おっしゃるとおりですな」コウアンは心から賛辞をおくった。「そしてロンドンも、きっとあなたに夢中になりますよ。ニューヨークと同じようにね」

「そう思う？」

歌手の口もとにかすかな微笑が浮かんだ。彼女にとっていまの質問が単なる決まり文句でしかないことは明らかだった。

「まちがいありません」とコウアン。

ポーラ・ナツォルコッフはピアノのふたを閉めると、体をくねらせながらゆっくりとテーブルのほうへ歩いていった。ステージ上ですばらしい効果をあげる歩き方だ。

「さあ、それでは仕事にかかりましょう。予定表はそこに全部そろっているんでしょ？」

コウアンは椅子の上に置いておいた折りカバンの中から、数枚の紙を取りだした。

「変更はほとんどありません。コヴェント・ガーデンで五回、つまり、プッチーニの『トスカ』を三回とヴェルディの『アイーダ』を二回歌っていただくことになりました」

「『アイーダ』ね！　ふん。やりきれないほど退屈でしょうね。『トスカ』は別だけど」

「そうですな。『トスカ』はあなたの当たり役ですから」

ポーラ・ナッツォルコッフは胸を張った。

「わたくしの『トスカ』は世界一よ」

「おっしゃるとおりです」コウアンも同意した。「あなたほどの歌手は一人もいませんよ」

「ロスカーリが〝スカルピア〟をやるんでしょうね？」

コウアンがうなずく。スカルピア男爵は歌劇女優トスカに横恋慕している警察長官だ。

「それと、エミール・リピです」

「なんですって！」ナッツォルコッフが金切り声をあげた。「リピですって？　があがあがあってがなりたてる、あのいやらしい小蛙が。あんなやつとは歌いませんよ。かみついて、顔をひっかいてやるわ」

「まあまあ」コウアンはなだめるようにいった。

「あの人のは歌なんてもんじゃないわ。いいこと、あれは吠えまくる雑種犬よ」

「まあまあ、検討してみようじゃありませんか」

コウアンはかしこいから、気まぐれな歌手たちとは決して論争しない。

「カヴァラドッシは？」とナッツォルコッフ。

「アメリカ人のテナー、ヘンスデールが歌います」

相手はうなずいた。

「彼はいい子よ。きれいに歌うわ。カヴァラドッシはトスカの愛人ですからね」

「それから、たしかバレールも　度歌うはずです」

「彼は芸術家よ」マダムは寛大な口調でいった。「でも、があがあ声の蛙のリピにスカルピアをやらせるなんて！　ふん——わたくし、あんな男とは歌わないわよ」

「そのことについては、わたしにおまかせください」コウアンはなだめるようにいった。

そして、咳ばらいをすると、別の書類を取りあげた。

「アルバート・ホールの特別公演の予定を組んでいるんです」

ナツォルコッフは顔をしかめた。

「わかっております、わかっております」とコウアン。「でも、だれでもそうするんですからね」

「わたくしはちっともかまわないわ。天井桟敷まで満員にして、どっさりお金を稼ぐわよ、そうよ《エッコ》！」

コウアンはごそごそとまた別の書類を取りだした。

「それから、これはまったく種類のちがう申し込みなのですが、ラストンベリー夫人が、歌いに来てほしいとおっしゃっておられるのです」

「ラストンベリー?」

何かを思い出そうとするように、プリマドンナは眉を寄せた。

「最近、それもごく最近、その名前を読んだことがあるわ。町——村だったかしら?」

「おっしゃるとおりです。ハートフォードシャーにある、かなり小さな村です。ラストンベリー卿が住んでおられるラストンベリー城というのは、まことにすばらしい封建時代の建物で、幽霊や先祖代々の絵画とか、秘密の階段とか、第一級の個人劇場があるんです。金《かね》はくさるほどあるので、非公開でつねに何かを上演しているんです。オペラの通しを、それもできることなら『蝶々夫人《バタフライ》』をやってほしいということです」

「『蝶々夫人』を?」

コウアンはうなずいた。

「向こうでは出演料は充分支払うつもりでいます。もちろんその前に、コヴェント・ガーデンのほうをすましてしまわなければなりませんが、その後でも、これは経済的にとてもあなたのためになります。王室の方々が列席されることはほぼ確実ですし、すばらしい宣伝になりますよ」

マダムはまだ美しさが失われていない顎をぐいと上げると、

「わたしに宣伝なんてものの必要があるの?」と昂然と詰め寄った。

「よいことでしたら、いくら多くてもかまいません」コウアンは平然といってのけた。

「ラストンベリー」歌手はつぶやいた。「どこで見たのかしら――」

不意に彼女はぱっと立ちあがると、小走りに中央のテーブルのところへ行き、絵入り週刊誌を手に取ってページをめくりはじめた。手の動きが急に止まり、あるページに視線を走らせる。それから、その雑誌が床に落ちた。ゆっくりと自分の席へ戻ってくる。気分が激しく変化するいつもの例で、すっかり人が変わったようになっていた。とても静かな態度で、厳粛といってもいいくらいだ。

「ラストンベリー行きの手配をおねがいするわ。わたくし、そこで歌います。でも、一つだけ条件があるわ――オペラは『トスカ』でなければだめ」

コウアンは、それはどうだろうというような顔をした。

「ちょっと無理じゃないでしょうか――個人的な演奏会ですしね。背景とかそういうことが」

「『トスカ』でなければやりません」

コウアンはきわめて注意深く彼女を見つめた。そして、相手の顔に浮かんでいるものを見て納得したようだった。軽くうなずくと立ちあがり、

「できるかどうか検討してみましょう」と静かにいった。

ナツォルコッフも立ちあがった。つねにも増して、『トスカ』でなければやらないと決意した理由を説明したがっているようすだ。

「あれはわたくしの十八番《おはこ》なのよ、コウアン。いままでわたくしよりすばらしく歌った歌手は一人もいないわ」

「すばらしい役です」コウアンはいった。「ジェリッツァも去年あの役をやって、大いに喝采《かっさい》を浴びました」

「ジェリッツァですって！」さっと頬を染めて彼女は叫んだ。そして、ジェリッツァに対する自分の見解をとうとうと述べ立てた。

歌手がほかの歌手を批判するのを聞くのには慣れているコウアンは、彼女の長い非難演説が終わるまでぼんやりと聞き流し、それから断固とした口調でいった。

「何はともあれ、あの人はうつ伏せになって『トスカ』のアリア〝歌に《ヴィ》生き《シ》、愛に《ダ》生《ル》き《テ》〟を歌いますからね」

「それがどうしたっていうのよ？」ナツォルコッフは詰め寄った。「あの人にあれをやらせない手があるとでもいうの？　わたくしはあおむけに寝て、空中で脚をぶらぶらさせながらあれを歌ってやるわよ」

コウアンは大まじめに首を振った。

「そんなことをしたって意味がありませんよ。それでもやっぱり、ああいった類《たぐい》のことが受けるんです」

「〝ヴィシ・ダルテ〟を歌わせたら、わたくしの右に出るものはいないわ」ナツォルコッフは自信満々でそういった。「わたくしはね、あの曲を修道院の声で歌うの――何年も前に、尼さんたちから教えてもらった歌い方でね。聖歌隊の少年か、天使のような声で、感情も、激情も押し殺して」

「わかっていますよ」コウアンは心からいった。「聴かせていただきましたからね。あれはすばらしい」

「あれが芸術というものなのよ」プリマドンナはいった。「お金をかけ、苦しみ、耐え、そして最後には、すべてに精通するだけではなく、出発点に向かってまっすぐ引き返す力を持つこと。そして、失われた子供の心の美しさを取りもどすこと」

コウアンはふしぎなものでも見るような目で相手を見つめた。奇妙な、うつろな目をして、彼の背後を凝視している。その目つきに、彼はなんとなくぞっとした。彼女の唇が開き、小さな声が何かをつぶやいた。彼はかろうじてそれを聞き分けた。

「いよいよだわ」彼女はつぶやいていた。「いよいよ――こんなに何年もかかって」

ラストンベリー夫人は野心と芸術の二つに強い関心を抱いている女性で、両方の特質をまことに上手に活用していた。おまけに、野心にも芸術にも無関心で、したがってあらゆる意味において彼女の足を引っ張ることがない夫を持つという幸運にも恵まれていた。ラストンベリー伯爵は体格のいい大男で、馬以外のことには関心がなかった。彼は妻を尊敬していたし、誇りにも思っていて、自分の莫大な財産のおかげで妻がいろいろな計画に熱中できることを喜んでいた。個人用の劇場は百年ばかり前に伯爵の祖父が建てたもので、ラストンベリー夫人の一番のおもちゃだった――夫人はすでにその劇場で、イプセンの劇や、離婚や麻薬がやたらと出てくる超現代的な芝居や、立体派《キユービスト》の舞台装置を使用する幻想詩劇などを上演していたのだ。今度『トスカ』上演の前評判はすでに大いにひろまっていた。ラストンベリー夫人は、当日、すばらしいハウス・パーティーを開く計画を立てていて、ロンドンの有名人は一人残らず車で駆けつけてくることになっていた。

2

マダム・ナツォルコッフとその一行は、昼食の直前に到着した。アメリカ人の若い新進テナーのヘンスデールがトスカの愛人である画家のカヴァラドッシを、イタリア人の有名なバリトン歌手のロスカーリがトスカに横恋慕している警察長官のスカルピア男爵を演じることになった。莫大な上演費用のことを気にしているものは一人もいなかった。ポーラ・ナツォルコッフはきわめて上機嫌だった。魅力的で、愛想がよく、最高に楽しそうで、いかにも国際人らしくふるまっていた。コウアンはうれしい驚きをおぼえ、この状態がいつまでもつづきますようにと祈った。

昼食後、一行は劇場へ行き、装置や小道具類を下見した。オーケストラの指揮をとるのは、イギリスで最も有名な指揮者の一人であるサミュエル・リッジ。すべてがなんの支障もなく進行しているようだった。だが、まことに奇妙なことに、この事実がコウアン氏を不安にした。やっかいな雰囲気の中にいるほうがずっと落ち着いた気分になれるたちの彼は、このいつにない平和に不安を感じていた。

「一切がっさい、あまりにもうまくはこびすぎているのが気になる」コウアン氏はつぶやいた。「マダムはクリームをなめさせてもらった猫みたいじゃないか。こういう状態がつづくなんて、話がうますぎる。きっと何かが起こるぞ」

たぶん長年オペラ界に関係してきたせいだろう、自分の予感はかならず的中するというコウアン氏の第六感はかなり鋭いものになっていた。付き人のフランス娘エリーズがあわてふためいて彼のところへ駆けこんできたのは、その夜の七時前だった。

「ああ、ムッシュー・コウアン、すぐ来て。どうかすぐ来てください」

「どうしたんだ？」コウアンは心配そうに訊ねた。「マダムが何かに腹を立てて――大さわぎとか。え、そういうことかい？」

「いえ、そうじゃない、マダムじゃないんです。シニョール・ロスカーリです。病気で死にそうなんです！」

「死にそうだって？　よし、すぐ行く」

エリーズに案内されて、コウアンは急病にかかったイタリア人の寝室へと急いだ。イタリア人の小男は、ベッドに横たわっているというよりむしろ、これほどの重体でなければばこっけいだと思えるような状態で、ベッドの上でのたうちまわっていた。病人の上にかがみこんでいたポーラ・ナツォルコッフが尊大な態度でコウアンを迎えた。

「あら！　来たのね。かわいそうに、ロスカーリの苦しみときたら、それはひどいの。きっと食あたりだわ」

「死にそうだ」小男はうめいた。「痛くて――ひどいんだ。ううっ！」

それから両手をしっかりと胃に当てて、またしても身体をひねり、ベッドの上を転げまわった。

「医者を呼ばなければ」

そういってドアのほうへ行きかけたコウアンをポーラが呼びとめた。

「もうじき見えるはずよ。かわいそうな病人にできるだけの手当てをしてくださるでしょう。でも、今夜、ロスカーリは絶対に歌えないわ」

「もう二度と歌えない。死にそうだ」イタリア人はうめいた。

「だいじょうぶ、だいじょうぶよ。死にはしないわ。ただの消化不良よ。でも、あなたは歌えないわね」

「ぼくは毒を盛られたんだ」

「そうよ。プトマイン中毒にまちがいないわ」ポーラがいった。「エリーズ、お医者さまが見えるまで、ここにいてあげてちょうだい」

歌手はコウアンといっしょにそっと部屋を出た。

「どうしましょう？」

コウアンは絶望的に首を振った。開幕時刻はかなり迫っているから、いまさらロンドンからロスカーリの代役を連れてくることもできまい。客人が病気になったということを知らされたばかりのラストンベリー夫人が、廊下づたいに急いでやってきた。ポーラ・ナツォルコッフ同様、夫人の最大の関心事は『トスカ』の成功ということだった。

「この近くに適当な人がいてくれたらねえ」プリマドンナがうめくようにいった。

「おお！」突然ラストンベリー夫人が大声をあげた。「そうだわ！　ブレオンがいいわ！」

「ブレオンって？」

「ええ、ほら、あの有名なフランス人のバリトン歌手、エドアール・ブレオンですよ。あの方、この近くに住んでいますの。今週のカントリー・ホームズ誌に、あの方の家の写真が出ていましたわ。あの方なら最高よ」

「天の助けだわ」ナツォルコッフは叫んだ。「スカルピア役のブレオン。わたくし、よく覚えていますわ。あれはあの人の当たり役の一つでしたもの。でも、もう引退したんじゃなかったかしら？」

「引っ張ってまいりますわ」ラストンベリー夫人はいった。「わたくしにおまかせになって」

そして、決断力のある女性らしく、ただちに馬を一頭引き出すよう命じた。十分後、エドアール・ブレオン氏がひっそりと暮らしている田舎の家に、興奮した伯爵夫人が踏みこんできた。ラストンベリー夫人は一度こうと決めたら後へは引かない女性だったし、ブレオン氏もいわれたとおりにするしかないことははっきりと承知していた。そしてまた、告白をすれば、彼は伯爵夫人というものに弱かったのだ。非常に貧しい生まれの彼は、自分の職業の最高位をきわめ、公爵や王族と対等につきあってきたのだった。そして、彼はそのことにつねに満足していた。だが、この古風なイギリスの土地に引っこんでからは、彼はやりきれない思いをしていた。追従と喝采の日々が恋しかった。おまけに、イギリスという国は、思っていたほどすみやかに彼を認めてくれようとはしなかったのだ。だから、ラストンベリー夫人に懇願された彼はひどく得意になり、有頂天になった。

「微力ながら全力をつくしますよ」彼は微笑しながらいった。「ご存じのように、わたしはもう長いこと人前で歌っておりません。弟子をとっているわけでもありませんし、とくに頼まれて一人、二人みているだけで。しかし、その――ロスカーリ氏が運悪くご病気になられたということであれば――」

「ひどいショックですのよ」ラストンベリー夫人はいった。

「ですが、彼はほんとうの歌手ではありません」とブレオン。

そして、なぜなのかということを、かなり長々と夫人に話して聞かせた。まるでエドアール・ブレオン引退以来、これと目されるバリトン歌手などいなかったような調子だ。

「マダム・ナツォルコッフが〝トスカ〟の役をなさることになっていますの」ラストン

ベリー夫人はいった。「あの方のことは、もちろんご存じでいらっしゃいましょう？」

「お目にかかったことはありませんが、一度ニューヨークで聴いたことがあります。偉大な芸術家です――あの人はドラマのセンスを持っておられる」

ラストンベリー夫人はほっとした――こういう歌手というのは、えたいが知れない――ひどく奇妙な嫉妬と反感を抱きあっているのだ。

二十分ほどしてから、夫人は意気揚々と手を振りながら、城の玄関に帰ってきた。「お連れしましたわよ」夫人は声をあげて笑いながら大声を出した。「ブレオンさんはとてもご親切におっしゃってくださったの。わたくし決して忘れませんわ」

だれもがこのフランス人を取り囲んだ。そして、一同の感謝と賞賛のことばに、彼はうっとりした。エドアール・ブレオンはすでに六十に手が届く年齢ではあったが、いまだになかなかの男前で、身体も大きく、髪も黒く、人をひきつける個性も持っていた。

「ところで」とラストンベリー夫人。「マダムはどこ――？　まあ！　あんなところに」

ポーラ・ナツォルコッフは一同とともにそのフランス人を歓迎したわけではなかった。彼女は暖炉のすぐそばにある脚の長いオーク材の椅子に静かに腰をおろしたまま、動かなかったのだ。暖かい夕方だったから、暖炉にはもちろん火の気はなく、プリマドンナはひどく大きなシュロの葉の扇をゆっくりと使っていた。いかにも超然とした様子なので、ラストンベリー夫人は彼女が気を悪くしているのかと思った。

「ブレオンさん」夫人は彼をプリマドンナのところへ連れていった。「マダム・ナツォルコッフにはまだお目にかかったことがないっておっしゃっておられましたわね」

ポーラ・ナツォルコッフはシュロの葉の扇をこれ見よがしに一振りしてから下に置き、フランス人に片手を差しだした。相手はその手を取り、頭を低く垂れた。プリマドンナの唇からかすかなため息がもれた。

「マダム」とブレオンがいった。「一度もごいっしょに歌ったことはございませんでしたな。これもわたしの年のせいです！　しかし、運命の神は、わたしに親切だった。救いの手を差しのべてくれたのです」

ポーラは静かに笑った。

「ほんとうにご親切に、ブレオンさん。まだほんの貧しい無名の歌手だった頃、わたくしあなたにあこがれておりましたのよ。あなたの〝リゴレット〟は――ほんとうの芸術、ほんとうに完璧でしたわ！　あなたにおよぶ者は一人もおりませんでしたわ」

「おお！」とブレオンは芝居がかったため息をついてみせた。「わたくしの時代は終りました。『トスカ』のスカルピア、リゴレット、『アイーダ』のラダメス、『蝶々夫《バタフラ》人』のシャープレス、こういった役をわたしは何度歌ったことでしょう。しかし、いまとなっては――もはやだめです！」

「いいえ――今夜がありますわ」

「そうでした、マダム――忘れておりました。今夜ですね」

「あなたは大勢の〝トスカ〟たちとお歌いになりましたわ」ナツォルコッフは尊大にいった。「でも、わたくしとはまだ一度も！」

　フランス人は頭を下げ、

「名誉に思います」と静かにいった。「あれは大役ですな、マダム」

「あの役には、歌手であるだけでなく、女優であることも要求されますもの」ラストンベリー夫人が口をはさんだ。

「そのとおりです」ブレオンも同意した。「わたしがイタリアにおりました若い頃、ミラノの町はずれにある劇場へ行ったことがございましてね。わたしの席はたったの二リラだったのですが、その夜、わたしは、ニューヨークのメトロポリタン・オペラ・ハウスでも聴いたことのないような、すばらしい歌を聴きました。まだとても若い女性が〝トスカ〟を歌ったのですが、まるで天使のようでしたよ。〝ヴィシ・ダルテ〟を歌ったときのあの声、あの清らかさをわたしは絶対に忘れません。しかし、残念なことに劇的な迫力に欠けていました」

　ナツォルコッフはうなずき、

「そういうものは年月を経てから出てくるものですわ」と静かにいった。

「おっしゃるとおりです。その若い女性——ビアンカ・カペリという名前でしたが——わたしは彼女の経歴に興味を持ちましてね。わたしの紹介で大きな契約のチャンスも手にすることができたのです。でも彼女は愚かだった——残念なことに愚かだったのです」

　彼は肩をすくめた。

「どんなふうに愚かでしたの？」

　そう訊ねたのはラストンベリー夫人の二十四歳になる娘、ブランシュ・アメリーだった。大きな青い目のすらりとした娘だ。

　フランス人は礼儀正しくすぐに彼女のほうを向き、

「おお！　お嬢さん、その女性は、イタリアの犯罪秘密結社カモラに加わっていた身分のいやしいごろつきとかかわりを持っていたのです。男は警察ざたの事件を起こし、死刑を宣告されました。彼女は愛人を救うために力を貸してほしいといって、わたしのところへやってきました」

じっと相手を見つめていたブランシュ・アメリーは、

「で、そうなさったの？」と押し殺したような声で訊ねた。

「お嬢さん、わたしに何ができましょう？　一介の外国人にすぎないわたしに」

「それだけの力がおありになったんじゃありませんの？」ナツォルコッフが低い張りつめた声で、それとなくほのめかした。

「たとえそれだけの力がわたしにあったとしても、わたしが力を貸したかどうかわかりませんね。それだけの価値がある男ではなかったのですよ。彼女のためにはできるだけのことはしてやりましたが」

彼はちょっと微笑んだ。不意にその微笑にひどくいやらしいものを感じて、イギリス人の令嬢は息をのんだ。彼の本心とはほど遠い科白《せりふ》であることを一瞬のうちに感じとったのだ。

「できるだけのことをなさったのですね」ナツォルコッフがいった。「ご親切なこと。それで、その女性は感謝したのでしょう、いかが？」

フランス人は肩をすくめた。

「男は処刑されました。そして彼女は修道院に入りました。まあ、そういうわけで、世《ヴ》界《ァ》は《ラ》一人の偉大な歌手を失ったのですよ」

ナツォルコッフは低い声で笑い、

「わたくしたちロシア人はもっと浮気ですわ」と軽い調子でいった。

歌手がそういったとき、たまたまコウアンのほうを見ていたブランシュ・アメリーは、彼が不意に驚愕の色を浮かべて開きかけた口を、ポーラの視線に制止されてしっかりと閉じてしまったのを見た。

執事が戸口にあらわれた。

「夕食ですわ」ラストンベリー夫人が立ちあがりながらいった。「お気の毒に、ほんとにご同情いたしますわ。歌う前にはお食事をなさらない習慣だなんて、さぞおつらいでしょうね。でも、のちほど、とてもおいしい夜食をお出ししますからね」

「楽しみにしておりますわ」ポーラ・ナツォルコッフがいった。そして、ふっと笑った。

「のちほど！」

3

劇場では『トスカ』の第一幕が終わったところだった。観客はざわめき、互いに話をはじめた。魅力的で優雅な王族方が、最前列の三つのビロード張りの席に座っておられる。だれもがひそひそとささやきあっていた。第一幕では、ナツォルコッフは名声に匹敵するほどのものをほとんど見せなかった、というのが大方の人びとが抱いた印象だった。だがまさにその点にこそこの歌手の力がうかがわれるということ、つまり、第一幕で彼女が歌も演技も抑えていたということに、大部分の観客は気づいていなかった。彼女は、歌劇女優トスカを、恋をもてあそび、コケティッシュでやきもちやきの、陽気で軽薄な女として演じていた。さすがに声の盛りは過ぎてはいたが、それでもブレオンは冷笑的なスカルピアをみごとに表現していた。彼のこの役の解釈には、老いぼれの放浪者といったことはまったく含まれていなかった。彼の演ずるスカルピアは美男子で、情け深い男といってもいいくらいだったが、その外見の裏に陰険な悪意をちらつかせていた。オルガンと聖歌隊をバックにスカルピアがじっと立ちつくしたまま考えこみ、トスカをものにする自分の計画にほくそえむ最後の場面で、ブレオンはすばらしい技芸を発揮した。いまや幕が上がり、第二幕、スカルピアの部屋の場が始まった。

トスカが登場したとたん、ナツォルコッフの技量は一瞬にして明らかになった。そこには、すばらしい女優として、自信を持って自分の役を演じている、恐怖におののく一人の女がいた。スカルピアへの何気ないあいさつ、そのさりげなさ、微笑を浮かべながらの応答ぶり！　ポーラ・ナツォルコッフはこの場を目で演技していた。身辺に漂う死のような静けさ、微笑してはいるものの、感情を殺した表情。スカルピアに投げかける視線だけが彼女の真の感情をあらわしている。かくして物語は進行し、拷問の場となった。トスカは突然取り乱し、完全に自暴自棄となってスカルピアの足元に身を投げ出し、むなしく慈悲を乞う。音楽愛好家の老ルコメール卿はいたく感動した。すると、隣席にいた外国大使が小声で話しかけてきた。

「今夜のナツォルコッフは最高ですな。ステージであれほどの演技をやれる女性は、ほかにはおらんでしょう」

ルコメールはうなずいた。

そして、いよいよスカルピアが本性をむき出しにする。トスカはおびえ、窓辺へ飛びすさる。そのとき、遠くでドラムの音。トスカはソファにぐったりと倒れこむ。その横に立ったスカルピアが、自分の従者たちが絞首台を立てているようすを歌う――沈黙。そしてふたたび遠くで鳴りひびくドラムの音。ナツォルコッフはうつ伏せにソファに横たわっており、床に触れんばかりに垂れた顔は髪に隠れて見えない。それから、それまでの激情と緊張の二十分間とはあざやかな対比をみせて、彼女の声がひびきわたった。彼女がコウアンに話していたとおり、聖歌隊の少年か天使のような高く澄みきった声だった。

　　歌に生き、愛に生き、よこしまな道を避け
　　われは呼ばれる　悩める人の友と

いぶかり、当惑している子供の声だった。それから、彼女はふたたびひざまずいて哀願する。そこへ突然、スポレッタが入ってくる。トスカは疲れはて、あきらめ、スカルピアが二つの意味を持つ不吉なことばを吐く。スポレッタが出ていく。いよいよ劇的な瞬間の到来だ。ふるえる手でワイン・グラスを持ち上げたとき、トスカの視線がテーブルの上のナイフをとらえる。それをそっと後ろ手に隠す。

　激情のあまり、ブレオンはハンサムな苦みばしった顔を紅潮させながら立ちあがった。「トスカ、とうとうおまえはわしのものだ《フィナールメンテ・ミア》！」不意をねらって相手にナイフを突き立てながら、トスカが復讐のことばをつぶやく。

「これがトスカの接吻よ《クウエスト・エ・イル・バッチオ・ディ・トスカ》！」

　トスカの復讐の演技に、ナツォルコッフがこれほどの真迫性を見せたことはなかった。あの最後のすさまじいささやき、「呪われたやつ、死ぬがいい《ムオリダナート》」から一変し、奇妙に静かな声が劇場を満たした。

「これで彼を許すわ《オル・リ・ベルドーノ》！」

静かな死の音楽が始まり、トスカはとむらいの儀式にかかる。彼の頭の両側にろうそくを、胸の上に十字架を置く。彼女は最後に戸口のところで足を止め、振り返る。遠くでドラムの音。幕。

今度こそほんとうに、観客はどっと湧き返った。だが、それは長くはつづかなかった。舞台の袖からだれかがあわてて飛びだしてくると、ラストンベリー卿に何ごとか報告したのだ。卿は立ちあがり、一、二分話し合っていたが、客席へ戻ってくると高名な内科医のドナルド・カルソープ卿を呼んだ。ほとんど同時に真相が観客全員に知れわたった。何かが起きた、事故だ、だれかがひどいけがをした。歌手の一人が幕の前にあらわれ、ブレオン氏が不幸にも事故にあってしまったので――オペラをつづけることは不可能になったと説明した。ふたたびうわさが流れた。ブレオンは刺された。ナツォルコッフが発狂した。あまりにも完全に自分の役になりきってしまったために、共演者をほんとうに刺してしまったのだ。友人の大使と話をしていたルコメール卿は、だれかが自分の腕にさわったのに気づき、振り返った。ブランシュ・アメリーが見つめていた。

「事故じゃありませんわ」令嬢はいった。「わたくし、絶対に事故じゃないと思いますわ。お聞きになりませんでした？　夕食の直前に、ブレオンさんが話していらしたイタリア人の娘の話。あの娘はポーラ・ナッツォルコッフだったんですわ。そのあとですぐ、彼女は自分がロシア人だというようなことをいっていましたけど、わたくし、コウアンさんが目を丸くしたのを見たんです。彼女の名前はロシア名だけれど、ほんとうはイタリア人だってこと、コウアンさんは知ってらしたのよ」

「おいおい、ブランシュ」ルコメール卿がいった。

「いいこと、絶対にまちがいありませんわ。彼女の寝室にグラフ雑誌が置いてあって、イギリスの田舎の自分の家にいるブレオンさんの写真がのっているページが開いてあったわ。ここへ来る前から彼女は知っていたのよ。あの気の毒な小さなイタリア人は、きっと何か具合が悪くなるようなものを彼女に飲まされたんですわ。まちがいありません」

「だが、またどうして？」ルコメール卿は大声を出した。「なぜだ？」

「おわかりにならないの？　『トスカ』の物語と同じなのよ。ブレオンはイタリアで彼女を自分のものにしようとしたんだわ。でも、彼女は恋人に貞淑で、その恋人をなんとか救い出してもらおうとして彼のところへ行ったのよ。彼は力になるふりをして、恋人を見殺しにしたんだわ。そしてとうとう復讐のときが来たのよ。彼女が〝わたしはトスカだ〟ってつぶやいたときのあの口調、お聴きにならなかった？　わたくし、彼女がそういったとき、ブレオンの顔を見たの。彼はそのとき初めて知ったのよ――彼女がだれなのか悟ったんだわ！」

　化粧室で、白テンのコートをはおったポーラ・ナツォルコッフは、みじろぎもせずに座っていた。ドアにノックの音がした。

「どうぞ」プリマドンナはいった。

　エリーズが入ってきた。すすり泣いている。

「マダム、マダム、あの方、亡くなりましたわ！　そして――」

「そして？」

「マダム、どう申しあげたらいいんでしょう。警察の方が二人いらして、お話ししたいそうです」

　ポーラ・ナツォルコッフはすっと立ちあがり、

「行きましょう」と静かにいった。

　それから、首にかけていた真珠のネックレスをはずし、フランス娘に握らせた。

「これ、あなたにあげるわ、エリーズ。あなたはよくやってくれたわ。これからわたくしが行くところでは、もう必要ないものなの。わかる、エリーズ？　わたくし、『トスカ』を歌うことはもう二度とないのよ」

彼女は戸口のところでちょっと足を止め、過去三十年間の歌手生活を回想するかのように化粧室を見渡した。

それから、口の中で、『トスカ』とはちがう別のオペラの幕切れの一節をそっとつぶやいた。

「お芝居はこれでおしまい《ラ・コメディア・エ・フィニータ》！」

解説

福井健太《レビュアー》

アガサ・クリスティーの『リスタデール卿の謎』は――『ポアロ登場』『おしどり探偵』『謎のクィン氏』『火曜クラブ』『死の猟犬』に続く六冊目の短篇集として――一九三四年に刊行された。『スタイルズ荘の怪事件』（一九二〇）から『スリーピング・マーダー』（一九七六）に及ぶ著者のキャリアの中では、比較的初期の単行本といえるだろう。ちなみに同年には『オリエント急行の殺人』『なぜ、エヴァンズに頼まなかったのか？』『パーカー・パイン登場』『三幕の殺人』『未完の肖像』（メアリ・ウェストマコット名義）の五冊も上梓されている。

本書がハヤカワ・ミステリ文庫から『リスタデール卿の謎　クリスティー短篇集11』として刊行されたのは、一九八一年一〇月のことだった（通し番号は六一）。短篇集の刊行順では『ヘラクレスの冒険』『パーカー・パイン登場』『死人の鏡』『愛の探偵たち』『黄色いアイリス』に追い抜かれており、ありていにいってしまえば、いささか後回しにされた感は否めない。その最大の理由として考えられるのは、本書がノン・シリーズものであることだ。エルキュール・ポアロ、ミス・マープル、ハーリ・クィン、トミーとタペンス、パーカー・パインといったお馴染みの面々は、本書の収録作には一切登場しない。十二の物語において描かれるのは普通の人々を主体としたサスペンスなのである。

*　*　*

未読の方の興を削がないためにも、ここでは具体的なタイトルは挙げないが、本書の収録作は三つのタイプ——主人公が疑惑を追究するもの、主人公が犯罪に巻き込まれるもの、重厚な犯罪にまつわる悲劇に分類できる。それぞれを個別に見ていくと、最初のタイプには（さらに）ハッピーエンドものとバッドエンドものがあり、疑惑が正しいのか杞憂なのかは最後まで解らない。一冊の中に両者が混ざっているため、読者は不要な先入観を抱くことなく、どちらともつかない状況を漂うことができるわけだ。

二つ目の巻き込まれ型サスペンスでは、何も知らない主人公が——偶然や陰謀によって——犯罪に関与していくことになる。トミーとタペンスのシリーズ、あるいは『茶色の服の男』や『バグダッドの秘密』にも通じる冒険への欲求が楽しげに綴られており、さらにロマンスの要素も備えているという、いかにもこの著者らしい作品群である。メアリ・ウェストマコット名義で書かれた六冊のロマンス小説のみならず、クリスティー名義のミステリにも冒険とロマンスを扱ったものは少なくない。そして三つ目の作品群において、読者はやや重い余韻を味わうことになる。そんな緩急の使い分けが本書に深みを与えていることは明らかだ。旧文庫版の裏表紙に「現代人のための童話ともいえる心温まる作品を中心に短篇12篇を収録する」と記されていたためか、本書は犯罪を絡ませた軽妙なロマンスというイメージで語られがちだったが、実際にはかなりの猛毒も含まれている。この点は改めて強調しておきたいところだ。

*　*　*

ギリシャ神話に見立てた十二の事件を描く『ヘラクレスの冒険』をはじめとして、クリスティーは短篇集のスタイルにこだわる作家だが、本書では「白鳥の歌」の最後に引用されたセリフ——歌劇『パリアッチ』の一節——が十二篇に及ぶ悲喜劇の幕引きとなっている。その事実だけを見ても、本書に演劇のイメージが重ねられていることは間違いなさそうだ。傑作として名高い『検察側の証人』や『ねずみとり』など、著者が多くの戯曲を発表していることは御存知の通りである。

クリスティー作品の登場人物は〈典型的〉と評されやすいが、人の良い退役軍人にせよ、花いじりが好きな老婦人にせよ、誰もが優れた役者としての存在感を備えている。対応できる役柄は限られているものの、実力派揃いの〈クリスティー劇団〉のメンバーたちは、天才作家のシナリオを演じきることで世界中の賞賛を集めてきた。名脇役たちが――主役たちが休んでいる間に――多彩な物語を演じてみせた本書は、彼らの芸域の深さを示す〈特別公演〉にほかならない。善意と悪意、喜劇と悲劇、冒険とロマンスがふんだんに盛り込まれた豊潤な作品集なのである。

名探偵の宝庫

〈短篇集〉

クリスティーは、処女短篇集『ポアロ登場』(一九二三)を発表以来、長篇だけでなく数々の名短篇も発表し、二十冊もの短篇集を発表した。ここでもエルキュール・ポアロとミス・マープルは名探偵ぶりを発揮する。ギリシャ神話を題材にとり、英雄ヘラクレスのごとく難事件に挑むポアロを描いた『ヘラクレスの冒険』(一九四七)や、毎週火曜日に様々な人が例会に集まり各人が体験した奇怪な事件を語り推理しあうという趣向のマープルものの『火曜クラブ』(一九三二)は有名。トミー&タペンスの『おしどり探偵』(一九二九)も多くのファンから愛されている作品。

また、クリスティー作品には、短篇にしか登場しない名探偵がいる。心の専門医の異名を持ち、大きな体、禿頭、度の強い眼鏡が特徴の身上相談探偵パーカー・パイン(『パーカー・パイン登場』一九三四 など)は、官庁で統計収集の事務を行なっていたため、その優れた分類能力で事件を追う。また同じく、ハーリ・クィンも短篇だけに登場する。心理的・幻想的な探偵譚を収めた『謎のクィン氏』（一九三〇）などで活躍する。その名は「道化役者」の意味で、まさに変幻自在、現われてはいつのまにか消え去る神秘的不可思議的な存在として描かれている。恋愛問題が絡んだ事件を得意とするというユニークな特徴をもっている。

ポアロものとミス・マープルものの両方が収められた『クリスマス・プディングの冒険』（一九六〇）や、いわゆる名探偵が登場しない『リスタデール卿の謎』（一九三四）や『死の猟犬』（一九三三）も高い評価を得ている。

51 ポアロ登場
52 おしどり探偵
53 謎のクィン氏
54 火曜クラブ
55 死の猟犬
56 リスタデール卿の謎
57 パーカー・パイン登場
58 死人の鏡
59 黄色いアイリス
60 ヘラクレスの冒険
61 愛の探偵たち
62 教会で死んだ男
63 クリスマス・プディングの冒険
64 マン島の黄金

訳者略歴　1923年生，1943年明治大学文芸科卒，1998年没，英米文学翻訳家　訳書『夜明けのヴァンパイア』ライス，『シタフォードの秘密』クリスティー（以上早川書房刊）他

リスタデール卿《きょう》の謎《なぞ》

〈クリスティー文庫 56〉

二〇〇三年十二月十五日　発行
二〇二五年　二　月十五日　六刷

（定価はカバーに表示してあります）

著者　アガサ・クリスティー
訳者　田《た》村《むら》隆《りゅう》一《いち》
発行者　早川　浩
発行所　株式会社　早川書房

郵便番号一〇一－〇〇四六
東京都千代田区神田多町二ノ二
電話　〇三－三二五二－三一一一
振替　〇〇一六〇－三－四七七九九
https://www.hayakawa-online.co.jp

印刷・星野精版印刷株式会社　製本・株式会社フォーネット社
Printed and bound in Japan
ISBN978-4-15-130056-1 C0197

本書は活字が大きく読みやすい〈トールサイズ〉です。